KB267167

영웅무가

영웅무가 8

검랑 新무협 판타지 소설

초판 1쇄 찍은 날 § 2003년 10월 1일
초판 1쇄 펴낸 날 § 2003년 10월 10일

지은이 § 검랑
펴낸이 § 서경석

편집장 § 문혜영
편집책임 § 권민정
편집 § 장상수 · 유경화
마케팅 § 정필 · 강양원 · 이선구 · 김규진 · 홍현경

펴낸곳 § 도서출판 청어람
등록번호 § 제1081-1-89호
등록일자 § 1999. 5. 31
어람번호 § 제2-0262호

주소 § 경기도 부천시 원미구 심곡1동 350-1 남성B/D 3F (우) 420-011
전화 § 032-656-4452 팩스 § 032-656-4453
http://www.chungeoram.com
E-mail § eoram99@chollian.net

ⓒ 검랑, 2003

값 8,000원

ISBN 89-5505-844-6 04810
ISBN 89-5505-623-0 (SET)

영웅무가

英雄舞歌

검랑 新무협 판타지 소설

8
완결

도서출판 청어람

제1장

천룡사를 찾아라

뭉클뭉클 퍼져 오르는 수증기 속에서 무너져 내린 바윗덩어리들과 여기저기 패인 구덩이들. 거대 잉어가 남긴 흔적은 그야말로 난장판이었다. 그 난장판의 한가운데에서 설련은 뭔가를 뒤적뒤적 열심히 찾고 있었다.

"음, 없나?"

곽산이 설련에게 말했다.

"그만 포기해. 내단 같은 건 없어."

설련은 고개를 세차게 흔들었다.

"아냐, 있을 거야. 이 정도의 영물이 내단 하나쯤 가지고 있지 않을 리가 있어? 분명 가지고 있을 거야. 암."

곽산은 무표정하게 설련이 뒤적거리는 모습을 바라보았다. 설련이 신경질 내며 딱딱한 비늘덩이를 발로 차는 모습을 보며 진류영은 쓴웃음을 짓고 있을 뿐이었다.

설련은 한참을 더 뒤적거리다가 화를 버럭 내며 소리를 질렀다.

"무슨 영물이 이 모양이야! 내단 하나조차 없다니! 얼마나 힘들게 잡았는데!"

곽산이 감정이 담기지 않은 말투로 말했다.

"그만둬. 찾는다 해도 난 더 이상 내공을 모을 수가 없어. 단전이 완전히 파괴되어 버린걸."

설련이 소리쳤다.

"그렇다고 이대로 가만히 있을 셈이야? 그동안 왜 그렇게 노력했는데! 감정까지 포기해 가며 얻은 무공을 그렇게 쉽게 날릴 거냐구!"

설련의 눈에 눈물이 글썽거렸다.

"어차피 포기할 거면… 감정까지 포기할 필요는… 없었잖아."

곽산은 아무 말도 하지 못했다. 그것은 진류영도 마찬가지.

솔직히 지금 가장 안타까운 것은 곽산일 것이다. 감정까지 버려가며 애써 양의태극검 십일성까지 달성했건만 파문을 당한 데다 단전까지 파괴되어 무공을 쓸 수 없는 지경에 이르렀으니.

곽산은 침중하게 말했다.

"이제는 무당에서 파문당한 몸, 설사 무공을 쓸 수 있었더라도 마음대로 무공을 쓰지 못하는 건 마찬가지야. 어쩌면 잘되었다고 할 수 있는……."

"쓸데없는 소리 마!"

설련이 붉어진 눈으로 소리쳤다.

"잘되었다니! 그런 말이 어디 있어! 곁에서 보는 사람은 생각도 해보지 않고!"

곽산은 고개를 흔들었다.

"어쨌거나 내단은 없는 것 같으니 그 얘기는 그만 하자. 이제 밥도 배부르게 먹었겠다, 천룡사나 찾아보는 게 여길 살아서 나갈 수 있는 유일한 길일 거 아냐."

진류영도 급히 화제를 돌리려 곽산의 말에 동조했다.

"그래, 내 생각에도 그게 낫겠어. 천룡사의 흔적을 찾았으니 지금은 그걸 찾는 데 힘을 기울여야 해."

설련은 뚱한 얼굴로 커다란 바위에 몸을 기대며 말했다.

"아까 이 근처를 찾아봤을 때 아무것도 없었잖아."

진류영이 말했다.

"그 거대 잉어의 뱃속에서 나온 것으로 보아 아마 물속에 있는 듯해."

"그럼 물속을 찾아봐야 한다는 거잖아."

설련은 눈을 찡그리며 호수를 바라보았다.

호수의 물은 아직도 부글거리며 끓고 있었다. 확실히 아까보다는 많이 식었다지만 아직은 사람이 헤엄을 칠 수 있을 것 같지 않았다.

"아무래도 오늘 저녁이 될 때까지는 어렵겠군요."

진류영의 말에 곽산은 '음' 하고 침음성을 내뱉었다.

"밤이 되면 물속에서 아무것도 보이지 않을 테고, 내일 아침까지 기다리자니 호수가 너무 차가워질지도 모르는데."

"어쩔 수 없지요."

결국 일행은 저녁까지 시간을 때우다가 고급 잉어 요리를 다시 한 번 맛본 후 밤을 보낼 수밖에 없었다.

한밤중.

그 흔한 풀벌레 소리조차 들리지 않는 무서우리만치 적막한 밤이었
다.

우우우웅— 후우우웅—

"으응?"

설련은 눈을 비비며 선잠에서 깨어났다. 뭔가 바람 소리와도 같은
누군가 흐느끼는 듯한 소름 끼치는 소리가 들린 탓이었다.

우우우우—

"귀, 귀신!"

새우잠을 자던 설련은 그 순간 잠이 버럭 달아나 버렸다.

"꺅! 귀신이야!"

"음냐… 응?"

덕분에 바위틈에 몸을 웅크리고 모닥불 앞에서 곤히 자던 곽산과 진
류영도 덩달아 깨고 말았다.

"뭐… 뭐가, 어디? 어디!"

"귀, 귀신입니까?"

설련은 소름 끼치는 얼굴로 말했다.

"귀, 귀신이 우, 울었어!"

설련은 유난히 귀신 같은 것에 약한 모습을 보였다. 좌양명과 만났
을 때도 서로 놀라서 소리를 지르지 않았던가. 남자 같은 성격이었을
때도 그랬으니 지금처럼 여성스럽게 성격이 변해 버린 후에야 오죽할
까.

설련은 오들오들 떨며 말했다.

"귀신이 웅웅— 웅웅— 하면서 막 울었어."

곽산은 눈도 거의 안 뜬 채 물었다.

"안 들리는데?"

"아냐! 이제 들릴 거야! 몇 번이나 그랬다구!"

"……."

"아무것도 안 들리는… 구만……. 쿨."

피곤한 하루를 보낸 탓이었는지 곽산과 진류영은 설련에게 말을 걸던 그대로 또 꾸벅꾸벅 졸기 시작했다. 때마침 그 괴이한 소리도 들려오지 않았기에 설련은 답답할 지경이었다.

눈을 동그랗게 뜬 채로 벽을 보며 돌아누운 설련은 가슴이 조마조마했다.

"설마… 또 들려오진 않겠지……?"

후우우우우—

오싹!

설련은 '으악!' 비명을 지르며 진류영과 곽산을 마구 흔들어 깨웠다.

"귀신 소리! 방금 들렸지!"

곽산과 진류영은 슬며시 실눈을 떴다.

"……."

"……."

곽산과 진류영은 설련을 째릿 쳐다보며 투덜댔다.

"안 들리잖아?"

"누이, 너무 예민해진 것 같아. 민폐를 끼치는 것은 군자가 할 일이 아니야. 하암."

곽산과 진류영은 또다시 잠이 들었다. 설련은 방방 뛰며 소리를 지르고 싶었지만 그래 봐야 곽산과 진류영에게 다시 욕이나 먹을 뿐.

후후후후훙—

"으으으……."

설련은 이빨을 다닥다닥 떨며 모닥불의 가까이로 다가갔다. 바위에 떨어져 죽은 흑의인의 옷가지를 벗겨 장작으로 삼은지라 불은 거의 꺼져 가고 있었다.

후우우—

"미, 미치겠네 정말!"

잔뜩 겁에 질린 설련의 귀에 무심코 곽산이 잠결에 중얼거린 말이 들려왔다.

"음냐. 잉어. 음냐. 거대 잉어. 잉어 맛있다… 음냐."

설련의 눈이 휘둥그레졌다. 잉어! 저 소리를 내는 것은 혹시 잉어 귀신? 서, 설마 자신을 죽인 복수를 하러 온 것인가!

결국 설련은 떨리는 손으로 막야현검을 꼭 쥔 채 뜬눈으로 밤을 새고 말았다.

이튿날, 곽산과 진류영은 너무나도 불쌍하고 가련하고 처량한 설련의 모습을 볼 수 있었다.

퀭한 눈으로 설련은 호수에서 고개를 돌린 채 부들부들 떨고 있었다.

"으아함. 드디어 아침인가. 밤에 누가 설치는 바람에 잠을 제대로 못 잤더니만……."

곽산은 한껏 기지개를 켜며 목을 손으로 잡고 우드득 소리를 냈다.

"응?"

곽산이 힐끔 본 호수 위에는 밤새 팅팅 분 흑의인의 시체가 둥둥 떠 있었다. 원래 며칠은 걸려야 뜨는 법인데 호수의 물이 따뜻하다 보니 금세 시체가 분 모양이었다.

"음. 저건 보기에 너무 안 좋군. 건져 낼까?"

곽산의 말에 설련이 강하게 반발했다.

"안 돼! 그럼 저 시체들이랑 땅 위에서 같이 있어야 되잖아!"

"어차피 물속에 들어가서 천룡사인지 뭔지를 찾을 거잖아."

"그, 그래도 싫어."

"그럼 맘대로 해."

넓은 호수 위에 둥둥 조각난 몸을 자랑하듯 떠오른 시체들. 설련은 끔찍한 모습에 소름이 끼쳤다.

곽산은 아직 환자이고 진류영은 기운이 없으니 저 시체를 건지지도 못할 것이 아닌가. 그럼 천상 설련이 저 시체를 끌어내야 하는데 그건 정말로 생각도 하기 싫은 일이었다.

"날도 밝았으니 일단 물속에 들어가서 둘러보고 올게."

설련은 긴장하며 막야현검을 들고 일어섰다. 검이야 두고 가면 물속에서 더 편하겠지만 혹시나 어제와 같은 거대 잉어가 또 있을까 두려웠기 때문이다.

"어제 먹다 남은 물고기라도 좀 먹고 가지?"

"됐어."

곽산의 말에 괜히 퉁명스레 대꾸한 설련은 시체들이 호수 중앙에 있는 것을 다행으로 여기며 호수에 손을 대어보았다.

호수를 달구었던 어제까지의 열기는 어디로 가버렸는지 차가웠다. 그나마 펄펄 끓는 물보다는 낫지만.

"흐읍!"

설련은 한껏 공기를 머금고는 작은 물보라를 일으키며 물속으로 뛰어들었다.

풍덩!

물속은 처음 보았을 때처럼 아주 맑고 깨끗했다. 너무 맑고 투명해서 호수의 바닥까지 볼 수 있을 정도였다. 그래도 막상 얕아 보였던 바닥은 들어가 보니 의외로 꽤 깊었다.

한참을 들어가서야 설련은 호수의 바닥에 닿을 수 있었다. 마치 입이 넓고 아래가 좁은 항아리처럼 호수의 밑바닥은 그리 넓지도 않았다.

무림인이라면 무공을 익히기 위해 호흡법을 익히기 마련, 설련 또한 적어도 반 각에서 일 다경쯤은 숨을 안 쉬고도 참을 수 있었다. 하지만 그사이에 호수의 밑바닥을 모두 뒤져 보는 것은 쉬운 일이 아니었다.

설련은 숨이 점점 가빠옴을 느끼고 물 위로 다시 돌아갔다.

"푸하!"

곽산과 진류영은 호숫가에서 어제 남겼던 차가운 잉어 고기를 먹고 있다가 반색을 하며 물었다.

"찾았어?"

설련은 물방울을 튀기며 머리를 흔들었다.

"아니, 아직."

그 이후로도 설련은 몇 번이나 호수의 밑바닥으로 잠수를 계속했다.

밤을 뜬눈으로 샌 데다 숨을 참고 물속에 잠수하는 것은 쉬운 일이 아니어서 설련은 쉽게 지치고 말았다. 설련이 호수에서 나올 생각을 한 것은 점심때.

"푸아! 못 찾겠다!"

설련은 물을 뚝뚝 떨구며 호수에서 걸어나왔다.

"아무리 찾아도 없는 것 같아."

설련의 말에 진류영이 물었다.

"음, 밑바닥을 다 찾아본 거야?"

"응."

곽산이 물었다.

"혹시 안 찾고 대충 놀다 온 거 아냐?"

"아냐!"

진류영은 입고 있던 겉옷을 벗어 설련을 위해 모닥불을 피웠다.

칙— 칙—

부싯돌 소리와 함께 잠깐이지만 설련의 몸을 말릴 불이 따스하게 타올랐다.

진류영이 조심스레 말했다.

"혹시 물속에 없는 것은 아닐까요? 물고기의 뱃속에 천룡사의 현판이 있다고 해서 꼭 물속에 있다 확신할 수는 없지요."

"흐음, 그런 걸까?"

곽산은 턱에 손을 올리고 짐짓 뭔가 생각하는 태도를 보였다. 설련은 이를 부득부득 갈며 소리쳤다.

"물속에 있다고 한 게 누군데!"

진류영은 어색한 웃음을 지으며 손을 살짝 흔들었다.

"아하하… 뭐, 말이 그렇다는 거지."

설련은 입을 뾰루퉁 내밀고 말했다.

"안 되겠어. 내가 물속을 찾는 동안 오라버니들은 이 주변을 아주 샅! 샅! 이! 찾아봐. 여린 소녀 혼자 험한 일을 하게 내버려 두고 자기들은 편하게 있다니. 쳇!”

“호오, 여린 소녀라?”

곽산의 반문에 설련은 두말없이 주먹을 불끈 쥐었다. 사태의 험악함
을 눈치 챈 곽산과 진류영은 잽싸게 일어섰다.

“알았어, 알았다구. 찾으면 되잖아, 찾으면.”

곽산과 진류영이 바위틈을 뒤지는 모습을 잠시 지켜보던 설련은 한
숨을 쉬며 다시 물속으로 들어갔다.

“결국 아무것도 찾지 못한 건가. 후우.”

지칠 대로 지쳐 버린 세 사람은 땅이 꺼져라 한숨을 내쉬었다. 다시
주변이 컴컴해지기 시작하자 수색 작업을 멈출 수밖에 없었던 것이다.

“일찍 잠이나 자자. 내일 아침에 다시 살펴보기로 하자. 희망을 가
지자고.”

그냥 벌러덩 누워버리는 곽산을 보며 설련이 말했다.

“혹시… 그 현판을 가진 사람이 절벽 위에서 다리를 건너다가 떨어
져서 물고기가 그걸 잡아먹었던 건 아닐까?”

“하하.”

“그 딴 재수없는 소리는 하지도 말고 잠이나 자. 어제처럼 괜히 귀
신이 나왔느니 어쩌니 괴롭히지 말고.”

“쳇!”

다시 적막이 찾아왔다.

어째서 이런 죽은 듯한 고요함은 어둠과 함께 찾아오는 것일까. 설
련은 ‘설마 어제와 같은 일은 없겠지?’ 속으로 몇 번이나 곱씹으며 차
가운 바닥에 몸을 뉘었다.

좀 전에 한 말은 정말 자신이 생각해도 재수없는 말이었다. 천룡사라는 절이 한두 개도 아닌데 그 현판을 짊어진 사람이 이 다리를 건너갔으리라는 법이 왜 없겠는가.

그 사람이 실수로 떨어져서 거대 잉어에게 잡아먹히지 말란 법이 왜 없겠는가.

단지 그게 사실이라면 이 세 사람은 헛된 희망으로 이곳에 있지도 않는 천룡사를 찾고 있는 셈이 될 테지만.

우우우우— 후우우웅—

"으! 또 시작이야!"

설련은 온몸에 소름이 좌악 돋는 것을 느꼈다. 고개를 돌려보니 진류영과 곽산은 편하지도 않은 돌 바닥에 누워서 잘도 자고 있었다. 또 깨웠다가는 무슨 욕을 얻어먹을지 알 수 없는 일이었다.

설련은 긴장하며 침을 꿀꺽 삼켰다.

후우우웅— 우우우—

"될 대로 되라지!"

설련은 막야현검을 쥔 손에 한껏 힘을 주며 고개를 들었다.

"……."

후우우웅—

설련은 눈에 불을 켜고 주위를 두리번거렸다.

"나오기만 해봐라."

설련은 귀신이든 뭐든 나오기만 하면 요절을 내버릴 거라고 생각하며 입술을 꽉 깨물었다. 하지만 막상 설련의 다른 한 손은 곽산의 소매 끝을 꾹 쥐고 있었다.

얼마나 오래 시간이 지났을까?

설련의 용기에 겁이라도 먹었는지 소리는 더 이상 들려오지 않았다.

"귀신이 겁이 나서 도망간 건가?"

설련은 다행이라 여기며 다시 고개를 이리저리 돌려 소리의 근원을 찾아보려 했다.

하지만 엉뚱하게도 설련은 귀신 대신 다른 것을 보고 말았다.

"으… 아……."

설련은 몸 안의 무엇이 빠져나간 듯 정신을 차릴 수가 없었다.

"설마… 설마……."

설련은 두려웠다. 지금 본 것이 사실일까? 그게 사실이라면 저 소리를 낸 것은!

설련은 쿨쿨 자고 있는 곽산과 진류영을 한 번 힐끔 쳐다본 후 이를 꾹 깨물었다. 그리곤 후들거리는 다리로 힘겹게 힘겹게 앞으로 걸어갔다.

다른 사람이 보기에는 거의 기어가는 꼴이었지만 설련은 아무래도 좋다는 듯한 얼굴이었다.

"설마……."

어둠에 짙게 물들어 시커먼 먹물처럼 보이는 호수가 다가오면서 설련의 얼굴도 조금씩 경악에 물들어갔다.

설련은 호숫가까지 이르러 두 눈을 비비며 자신의 눈으로 본 것을, 아니, 정확히는 보지 못하는 것 때문에 소리를 질러야 했다.

"꺄아아아악—!"

아닌 밤중에 날벼락이라더니 곽산과 진류영은 온 절벽에서 울려대는 비명 소리에 놀라 자리에서 벌떡 일어섰다.

"무슨 일이야!"

곽산과 진류영은 일어서자마자 설련이 호숫가까지 가서 털버덕 주저앉아 있는 꼴을 볼 수 있었다.

"으아앙!"

설련은 막야현검도 내동댕이치고 두 손으로 고개를 싸매고는 엉엉 울었다.

곽산과 진류영은 설련이 마구 울어대자 놀라 뛰어왔다.

"왜 그래!"

설련은 떨리는 손으로 호수의 중앙을 가리켰다.

"저기! 저… 저기!"

곽산과 진류영은 동시에 호수의 중앙을 바라보았다. 호수는 어두컴컴해서 뭔가 보일 듯 보일 듯 보이지 않고 있었다.

곽산은 내공은 잃었지만 오감만은 아직 발달한 그대로이고 야간 시력도 진류영보다는 훨씬 좋았다.

마침 달빛이 들어오고 있어 곽산은 다행히도 자세하게 호수의 표면을 살필 수 있었다. 하지만 설련의 무지막지한 비명 덕에 호수의 표면 위에서 살짝 파문이 일렁이는 듯 보이는 것 외에는 아무리 찾아봐도 아무것도 보이지 않았다.

곽산은 마침내 얼굴을 찡그리며 말했다.

"뭐야, 아무것도 보이지 않는데……."

진류영도 설련이 조금 한심스럽다는 표정으로 말했다.

"그렇군요. 어둡기는 하지만 아무것도 보이지……."

진류영은 말을 채 끝맺지 못하고 눈을 크게 치켜떴다.

곽산과 진류영은 동시에 서로를 마주 보며 소리쳤다.

"시체! 시체가 사라졌다!"

주변을 조그맣게 밝힐 수 있는 모닥불이 아닌 천하의 대지를 밝게 비추는 해가 찬란히 떠올랐다. 햇살은 바닥까지 보이는 투명한 호수 위를 반짝반짝 뛰놀며 호수의 밑바닥까지 환히 밝혀주고 있었다.

곽산은 호수 안을 샅샅이 살펴보다가 몸을 돌려 말했다.

"아무리 봐도 시체 비스므리한 것도 보이지 않는……."

오싹함이 사위를 감도는 가운데 설련이 몸을 떨며 말했다.

"어, 어디로 갔단 말야. 시체가 발이 달려서 걸어나갔… 다기보단 헤엄쳐서 나갔을… 아니아니! 둘 다 아니잖아!"

진류영은 호수 위에 떠 있던 시체가 사라진 것에 대해 다른 생각을 가지고 있었다.

"이 일은 두 가지로 생각해 볼 수 있겠군. 첫 번째, 혹시 투명하게 보이는 물고기가 하나 더 살고 있다. 그래서 밤새 시체를 먹어치웠다."

진류영의 말을 듣고 설련은 등에 소름이 주욱 돋았다. 만일 그런 물고기가 살고 있다면 어제 물속에 들어갔다 잡아먹히지 않은 것은 행운 중의 행운이었던 것이다.

"두 번째는 이 호수가 아주 막힌 것이 아니라 어디론가로 통하는 구멍이 있다는 것. 그래서 시체들이 다른 곳으로 옮겨졌을 가능성이 있다는 것."

"나, 나는 절대로 두 번째가 맞기를 바래."

설련의 말에 곽산도 고개를 끄덕였다.

"동감이야."

진류영은 설련을 보며 물었다.

"오늘 본 것으로 보아 호수의 수위는 변함이 없는 것 같아. 만일 두

번째 추측이 맞다면 누이가 밤에 들었다는 소리와 관련이 있을 것 같
군."

　설련이 괴이한 소리를 들은 것은 축시(丑時)경인 계명(鷄鳴:밤 한 시~세
시) 때였다. 어차피 호수 안에 무언가가 있을지 확신할 수 없는 때에 설련
더러 다시 호수 안으로 들어가 살펴보라고 할 수는 없는 노릇.

　설련이 고수이기는 했지만 보이지도 않는 무적 거대 잉어와 호수 속
에서 싸워봐야 승산이 있을 리가 없지 않은가.

　일행은 이미 호수 밖으로 뛰쳐나왔던 잉어의 무서움을 온몸으로 겪
은 바 있었다. 그것만으로도 설련이 호수 속으로 들어가지 않아야 할
이유는 충분했다.

　더불어 '호수 속으로 한 번 더 들어가라는 말을 하면 그땐 모두 다
이 자리에서 함께 죽어버리는 거야!' 라고 말을 하는 듯한 설련의 매서
운 눈초리와 번들거리는 막야현검의 협박도 한몫을 했다.

　일행은 결국 빈둥거리며 밤까지 시간을 때울 수밖에 없었다.

　어쨌든 모두가 기다리는 밤은 빠르지도 느리지도 않게 결국은 찾아
왔다.

　후우우우─

　예의 그 으스스한 소리가 들려오기 시작했다.

　"거봐! 내 말이 맞잖아! 저건 분명히 귀신이 우는 소리라구!"

　"쉿! 저걸 봐!"

　곽산이 설련의 말을 막으며 호수를 손으로 가리켰다.

　"앗! 저럴 수가!"

　"허!"

우우우훙——

　놀랍게도 호수의 수위가 빠르게 줄어들고 있었다. 설련이 호수의 밑바닥을 샅샅이 뒤졌을 때에는 분명 다른 데로 통하는 구멍이나 길 같은 것은 없었다. 한데……

　설련은 안력을 돋워 호수의 표면을 주시했다. 호수의 중앙에서 왼쪽으로 치우쳐 작은 소용돌이가 생겨나고 있었다. 이것은 분명 물이 어딘가로 빨려 들어갈 때 생기는 모습이었다.

우우웅——

　약 일각여가 지나자 호수의 수위는 반 정도에서 더 이상 낮아지지 않았다. 대신 소용돌이가 생겨났던 부분의 벽에 커다란 동굴 같은 것이 반쯤 모습을 드러냈다.

　"저곳! 저곳에서 물을 빨아들였어!"

　진류영은 어두워 설련이 가리킨 곳을 제대로 볼 수 없었지만 곽산은 어렴풋하게 그 동굴의 모습을 볼 수 있었다.

　"시체는 아마 저곳으로 빨려 나갔던 것 같군."

　"그렇다면 저 동굴이 어딘가로 통하고 있다는 말이 되겠군요."

　진류영과 곽산의 말을 듣고 설련이 벌떡 몸을 일으켰다.

　"뭐 해! 어서 일어나. 저 동굴에 들어가 봐야지."

　곽산과 진류영은 동시에 신음을 삼켰다.

　"험! 언제 물이 다시 들어올지 알고."

　"지금을 놓치면 저 일이 다시 언제 일어날지 알아! 기다리다 굶어 죽느니 뭔가 도전이라도 해봐야 할 것 아냐!"

　설련은 주춤거리는 곽산과 진류영을 다그치며 어두운 호수의 벽을 천천히 내려갔다. 곽산과 진류영도 할 수 없이 설련의 뒤를 따랐다.

"그래! 어차피 굶어 죽으나 물에 빠져 죽으나 이래저래 마찬가지다!"

곽산은 호기 좋게 소리치며 벽을 타고 천천히 내려갔다. 군데군데 물이끼가 덮여 미끄러운 벽면이었지만 가파른 경사가 아니라 보통 언덕의 내리막길 정도의 경사라 내려가는 데는 크게 무리가 없었다.

세 사람은 비교적 쉽게 호수의 벽을 타고 중간 부분까지 내려갈 수 있었다.

"조심해서 내 뒤를 따라와—"

설련이 앞장을 선 것은 바로 어둠 속에서도 제대로 볼 수 있는 유일한 사람이었기 때문. 설련은 마치 대낮에 움직이는 것처럼 거침없이, 하지만 조심스럽게 호수의 벽면에 뚫린 동굴까지 도착했다.

"엇!"

곽산은 설련의 다음으로 동굴 안에 들어서려는 순간 발이 주르륵 미끄러지며 중심을 잃었다. 아차 하는 순간에 물속으로 빠져들 지경.

턱!

하지만 다행히도 설련이 재빨리 곽산의 손을 잡고 끌어 올렸다.

"조심해야지. 예전 같은 몸이 아니잖아."

곽산은 놀란 가슴을 쓸어 내렸다.

내공을 가지고 있을 때였다면 설련의 도움을 받아야 할 지경은 아니었겠지만, 내공을 이용해 항상 몸을 가볍게 놀리던 곽산으로서는 지금의 자신의 몸이 자신의 몸 같지 않았다. 마치 남의 몸을 움직이는 듯 거추장스럽고 불편하기까지 했으니 말이다.

그런 곽산과는 달리 진류영은 몸이 가벼워 쉽게 동굴 안으로 들어올 수 있었다. 약했던 체력이 강해진 것은 아니었지만 먼 길을 걷거나 한 것이 여러 번이라 이 정도로 몸을 놀리는 데는 큰 어려움이 없었다.

하지만 막상 동굴의 안은 너무 어두웠다. 혹시나 밑으로 떨어지는 구멍이 있다거나 한다면 보지도 못하고 낭패를 당할 것 같았다.

설련은 잠시 생각을 하다가 막야현검에 내력을 조금 집어넣었다.

부웅—

갑자기 막야현검에서 환한 빛이 비춰지기 시작했다.

"호오, 그것참 쓸 만한걸. 횃불 같은 게 없어도 되다니."

곽산의 탄성에 설련은 재빨리 말했다.

"뭐 해. 이러고 있지 말고 물이 다시 들어오기 전에 빨리 안으로 들어가야지."

설련이 앞장서서 첨벙첨벙 걸어갔다. 호수의 물이 빨려 들어간 동굴은 이들의 무릎 정도까지 물이 차 있었다.

이 동굴의 끝에는 과연 무엇이 있을까. 진류영은 두근반 세근반 하는 마음으로 검에서 나오는 빛을 의지하며 동굴의 벽면을 살폈다.

차 한 잔 마실 정도를 걷는 동안 보이는 모습은 거의 같았다.

동굴의 벽은 듬성듬성 이끼가 끼어 있었고 매끄러웠다. 거기에 막야현검의 새하얀 빛이 물기에 젖은 벽면에서 반짝이는 것은 더할 나위 없는 아름다운 광경이기도 했다.

예의 그 귀신 소리—실제로는 물이 빠져나가는 소리였다—만 다시 들려오지 않았다면 진류영은 감상에 젖은 기분을 좀 더 느꼈을지도 모른다.

첨벙첨벙 앞서 걸어가던 설련이 갑자기 멈춰 서며 손을 들었다.

설련의 놀란 얼굴이 검이 내뿜는 빛에 괴기하게 비쳐졌다. 곽산은 설련의 얼굴을 보고 놀라 소리쳤다.

"뭐야! 깜짝 놀랐잖아! 지금 장난칠 때냐."

설련이 발끈하며 소리쳤다.

"아니, 그게 아니라… 소리… 물소리가 들려."

곽산과 진류영은 멈춰 서서 설련이 말한 소리를 듣기 위해 조용히 숨까지 죽였다.

"……."

쿠르르르—

"으악!"

세 사람은 비명을 질렀다. 이들이 걸어온 시간은 거의 일 다경(십오 분)이나 되는 시간이다. 만일 앞에서 물이 밀려와 호수로 다시 휩쓸려 간다면 어찌어찌 설련은 살까 모르지만 곽산이나 진류영은 숨이 차 익사하고 말 것이다.

"빨리 걸어!"

"우와아!"

세 사람은 누가 말할 것도 없이 앞으로 달리고 달렸다. 무릎까지 물이 차 있는 데다 바닥도 미끄러운 편이니 아무래도 평지에서 걷는 것보다는 느렸다.

"하아하아."

숨이 턱까지 차 오른 진류영은 금방이라도 가슴이 그대로 터져 버릴 것 같았다. 태어나서 이렇게 뛰어보는 것도 처음이었다. 어쩌면 마지막이 될 수도 있는.

"앗!"

희망의 빛!

이들의 앞에 나타난 것은 다름 아닌 두 개의 갈림길이었다. 앞장서서 뛰던 설련은 순간 당황하며 양쪽의 동굴을 번갈아 바라보며 소리쳤다.

“어디지? 어느 쪽이야!”

쿠우우우—

이젠 물이 앞쪽에서 다가오는 소리가 바로 들릴 정도였다. 일행은 곧 절망적인 심정이 되고 말았다.

이제 둘 중 한 곳에서는 곧 물이 뿜어져 나올 테니 만일 실수로 잘못된 선택을 한다면 바로 황천행이고 말 것이었다.

설련은 최대한 귀를 기울이며 어느 쪽이 정말로 생문(生門)인지를 밝혀내려 애썼다. 그러나 동굴의 안에서 소리가 마구 울려대는지라 어느 쪽에서 물이 다시 들어오는지를 확실히 짚어낼 수가 없었다.

콰르르르—

양쪽의 동굴을 번갈아 보던 설련의 눈이 갑작스레 이채를 띠었다.

“이쪽이야!”

설련은 막야현검을 허리춤에 꽂고 양손으로 곽산과 진류영을 잡아채며 한쪽 동굴로 몸을 날렸다. 순간 그들이 있던 자리로 엄청난 물줄기가 스치듯 지나갔다.

콰아아아아—

“헉… 헉……”

바로 앞에서 물방울들이 거세게 튀며 놀란 세 사람의 얼굴에 뛰어들었다. 곽산은 믿을 수 없다는 표정으로 설련을 바라보았다.

“헉… 헉… 어떻게 이쪽이라는 걸 알았어?”

설련은 질색하며 대답했다.

“뭔가 사람의 얼굴 같은 게 맨 앞에서 보이더라고. 그래서 그게 저 승사자구나 하고 이쪽으로 뛰었지.”

“허어.”

　그러나 설련이 본 것은 저승사자가 아니라 다름 아닌 흑의인의 시체였다.

　어디론가 사라졌던 시체는 물줄기를 타고 만 하루 만에 다시 돌아왔고, 다행히 설련은 그 시체가 맨 앞에서 떠밀려 오는 걸 볼 수 있었던 것이다.

　"호수에 물이 차게 되면 여기도 곧 물이 차 오를 테니 일단 자리를 피해야 합니다."

　진류영의 말에 곽산과 설련은 정신을 차리며 동굴 안쪽으로 발걸음을 급히 옮기기 시작했다.

　진류영의 말대로 지금이야 물줄기가 돌아오는 힘에 의해 이쪽의 동굴로 물이 들어오지 않고 있지만 호수가 차 오르게 되면 물이 빈틈을 메우며 밀려들게 될 것이다.

　그 예상을 증명이라도 하듯 일행이 약 백여 걸음 이상을 걷자 무릎까지 차 올랐던 물이 점차로 더 올라오기 시작했다.

　다시 백여 걸음을 걷자 물은 어느새 키가 작은 설련과 진류영의 허리까지 차 오르게 되었다.

　"이런… 어서 여기를 벗어나지 못하면 금방 수장당하고 말겠는걸."

　곽산의 말이 끝나기가 무섭게 이들의 앞에 거대한 철문 하나가 모습을 드러냈다.

　"엇?"

　한 뼘이 넘는 두께의 철문은 온통 찌그러지고 부서져 너덜너덜거리는 데다 녹이 잔뜩 슬어 그다지 좋지 않은 모습을 자랑하고 있었다.

　진류영은 철문에 살짝 손을 가져다 대며 말했다.

　"거대한 물고기의 작품이로군."

철문과 그 위 돌 벽에는 날카로운 자국이 마구 나 있었는데 그건 진류영의 추측대로 거대 잉어가 행해놓은 자국이 분명했다. 철문의 위에는 아마도 '천룡사'라 쓰인 현판이 걸려 있었던 것 같은 흔적이 분명하게 남아 있었다.

"끙!"

곽산이 철문을 열어보려 애를 썼지만 철문은 삐그덕거리면서 금방이라도 열릴 듯 열리지 않았다. 워낙 두껍기도 한 데다 잔뜩 녹까지 슬어 있어서 보통 사람의 힘으로는 열 수 없었다.

"내가 할게."

설련은 몸에 내력을 충만히 돌리며 앞으로 손을 뻗었다.

"탓!"

구웅―

철문은 여전히 몸을 떨기는 했지만 열리지 않았다. 좀 더 힘을 가하면 열 수도 있을지 몰랐으나 설련은 곽산을 생각해서 미는 것을 중단했다.

설련은 '할 수 없군' 하고 중얼거리며 막야현검을 치켜들었다.

막야현검에서 더욱 새하얀 검기가 뻗어 나왔다. 설련은 망설임없이 대각선으로 두어 번 검을 휘둘렀다.

서걱― 풍덩!

철문은 가볍게 반으로 동강나며 사람이 들어갈 정도의 틈을 만들어냈다. 설련이 떨어진 철문의 조각을 옆으로 치워내며 문 안으로 들어가자 곽산이 씁쓸한 표정으로 그 뒤를 따랐다.

무공을 잃었다는 것이 사람을 이렇게 쓸모없이 만드는 것일까. 창피하게 동굴 입구에서 떨어질 뻔하질 않나 문 하나도 열지 못하질 않나.

　진류영은 곽산의 표정을 보고 가슴이 아팠으나 이럴 때 무슨 말을 할 수 있겠는가. 어차피 본인이 이겨내야 할 시련일 뿐이다.

　허리춤까지 찬 물을 헤치며 일행은 잘려진 철문 안쪽으로 조심스레 들어섰다. 그 뒤에는 돌로 만들어진 계단이 위쪽을 향하고 있었다.

　"또 있군요."

　진류영이 숨을 고르며 말했다.

　이백여 단으로 이루어진 돌계단의 끝에는 방금과 같은 거대한 철문이 또다시 버티고 있었다.

　"이 문만 열면 되는 건가."

　설련은 자신의 키보다 배는 높아 보이는 철문을 바라보며 중얼거렸다. 설련이 가볍게 손으로 밀어보았지만 역시나 철문은 꿈쩍도 하지 않았다.

　"가로막는다면 또 부수면 되지."

　설련은 막야현검을 들어 그대로 철문을 내려쳤다.

　까앙!

　"윽!"

　어이없게도 설련은 손아귀가 찢어져 나갈 것 같은 통증을 느끼며 뒤로 굴러 떨어질 뻔했다. 곽산이 중심을 잃은 설련을 뒤에서 가볍게 받쳐 주었다.

　"뭐야, 이거?"

　설련이 멍청한 얼굴로 철문을 바라보았다. 방금 검으로 내려친 부분은 단지 조금의 흠집만이 나 있을 뿐이었다. 무엇이든 자를 수 있다는 막야현검으로 겨우 이런 철문을 어쩔 수 없다니?

　설련은 오기가 생겨 막야현검에서 검강을 뿜어냈다. 무섭도록 하얀 백광이 뚜렷한 형체를 이루며 나타났다.

“이래도 안 베일쏘냐!”

설련은 힘껏 검을 내려쳤다.

깡!

“큭!”

이번에도 철문은 검을 튕겨냈다. 설련은 반탄력에 의해 뒤로 밀리는 바람에 다시 한 번 곽산의 도움을 받아야만 했고.

“뭐, 저런 문이 다 있어? 검강으로도 잘리지 않는단 말야? 만년한철로 만들어진 쇳덩이도 자를 만했는데.”

진류영이 앞으로 나서며 철문을 만져 보았다.

“이건 아까와는 달리 그냥 두들겨서는 열리지 않는 문인 것 같군. 아마 기관 장치가 있다면…….”

설련이나 곽산은 문의 재질이 무엇인가가 더 궁금했지만 일단은 문을 여는 것이 급선무였으므로 진류영을 따라 문을 살피기 시작했다.

“아! 여기 뭐라고 쓰여 있는데?”

곽산은 철문의 오른쪽 귀퉁이에 놓인 동그란 바위를 찾아냈다. 사람의 머리통 두 개만한 크기의 바위는 둥그렇게 두 개의 홈이 파여 있었고 그 밑으로는 이상한 글씨가 새겨져 있었다.

그 글씨를 본 진류영이 눈을 빛냈다.

“인연이 닿은 자는 두 개의 신물을 바치라고 중국의 고대어로 쓰여 있어.”

“두 개의 신물?”

설련이 고개를 갸웃거리며 의아함을 나타냈다. 진류영은 달라이라마가 준 팔찌를 벗어 들었다.

"아마 하나는 이것인 것 같군."

진류영은 망설임없이 팔찌를 바위에 난 홈 안으로 밀어 넣었다. 놀랍게도 팔찌는 홈 안에 딱 맞게 끼워졌다. 동시에 '끼긱' 거리며 기관 장치가 작동하는 소리가 들려왔다.

곽산이 문을 밀어보더니 말했다.

"아직 안 열려."

설련은 자신의 팔찌를 바라보았다. 남궁호상이 자신이 어렸을 때 선물한 물건이며 마기를 다스리는 데 신묘한 효능을 지닌 팔찌다.

"어쩌면……."

설련은 조금 머뭇거리며 자신의 팔찌를 벗어 다른 하나의 홈에 끼워 넣었다. 팔찌는 마치 빨려 들어가는 것처럼 홈에 들어갔다.

이어 기관이 돌아가는 소리가 '철컹철컹' 들려왔다.

막야현검조차 튕겨내던 철문이 서서히 열리기 시작한 것이다. '끼기 긱' 날카로운 금속성을 울리며 철문이 완전히 열리고 곧 내부가 환히 눈 안에 들어왔다.

"아!"

일행은 탄성을 금치 못했다. 생각지도 못하게 엄청나게 넓은 공동(쏫洞)이 눈앞에 펼쳐져 있었다. 하지만 의외로 그 안에는 별 눈에 띄는 것이 없었다. 장소의 넓이와 크기에 비해 변변찮은 돌 부스러기와 종잇조각들만이 여기저기 흩어져 있을 뿐.

그리고 그 넓은 공동의 끝에는 초라할 정도로 허름한 작은 법당이 하나 세워져 있었다. 어떻게 이런 곳에 세웠는지는 알 수 없으나 그 모양은 마치 산중의 작은 암자와 같았다.

셋은 젖은 옷에서 물을 뚝뚝 흘리며 법당을 향해 걸어갔다. 설련은

문이 열려진—썩어서 문이 떨어진—법당 안의 불상들과 그 위에 써 있는
'천룡사'라는 글씨를 똑똑히 볼 수 있었다.

일행은 두근거리는 가슴을 안고 법당을 향해 걸어갔다.

"이건?"

갑작스레 진류영이 걸음을 멈추고 허리를 굽혔다. 진류영이 주워 든
것은 작은 뼛조각이었다. 사람의 두개골 비슷한 그것은 진류영이 살짝
힘을 주자 '파삭' 하고 쉽게 부서져 내렸다.

"세상에……."

설련 또한 진류영처럼 놀라기는 마찬가지였다. 돌 부스러기라고 생
각했던 것들은 죄다 어떤 생명체들의 뼈가 아닌가.

진류영은 그 옆에 떨어진 종잇조각들을 조심스레 살폈다. 종잇조각
들은 누렇게 변색된 것인지 원래 누런색이었는지 알 수 없을 정도로
색이 바래 있었다. 그리고 그 위에 검게 말라붙은 괴이한 글씨들은 주
문을 나타내고 있었다. 이 종잇조각들은 바로 부적이었던 것이다.

죽음만이 남아 있는 듯한 장소. 수없이 많은 동물들의 뼈가 삭아서
쉽게 부서질 정도로 오래된 곳.

천 년의 인연이 무엇인지 알려줄 수 있는 베일에 싸인 천룡사. 지금
의 혼란스러운 강호와 과연 어떠한 관계가 있어 천룡사는 운명적으로
이들 앞에 나타나게 된 것인가.

그 비밀이 지금 벗겨지려 하고 있었다.

제2장

만정지체의 비밀

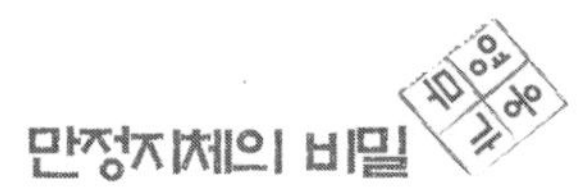

만정지체의 비밀

　주변에 흩어져 있는 부적들과 뼛조각들은 괴이하고 을씨년스러웠으나 단지 그것으로 그만이었다. 다른 단서들은 아무 데도 보이지 않았다. 이들이 진정으로 알고자 했고 찾아야 했던 비밀은 바로 법당 안에 숨겨져 있었으니.

　일행은 긴장을 감추지 못하고 법당으로 들어섰다. 모든 것이 낡아 부서질 것 같은 법당 안에는 세 불상이 나란히 있었고 그 앞에는 금방이라도 바스러져 버릴 듯한 시체 한 구가 좌정을 한 채 이들을 기다리고 있었다.

　"이 사람은……."

　설련이 앞으로 다가서서 시체를 만지려 하자 진류영이 급히 만류했다.

　"만지지 마! 부서질지도 몰라!"

“아, 알았어.”

설련은 황급히 뻗었던 손을 움츠렸다. 시체는 묘하게도 한 손을 바닥에 내리고 있었는데 그의 새끼손가락은 한 마디가 없었다. 그리고 그 앞의 바닥에는 검은 글씨가 휘갈겨 써져 있었다.

분명 죽기 직전 자신의 새끼손가락을 절단해 거기에서 나오는 피로 바닥에 쓴 것이리라.

피로 쓴 글씨는 이렇게 말하고 있었다.

‘천 년의 연을 지나 내 앞에 온 자여, 그대가 천의(天意)를 이었음을 내게 증명해 보이라. 그리하면 모든 것이 그대들의 앞에 열리게 되리라.’

“으음.”

곽산은 침음성을 흘렸다. 이건 또 무슨 소리란 말인가. 천의를 이었음을 증명하라니.

진류영이 조용히 앞으로 나섰다.

“이 글을 쓴 사람은 아마 우리가 이곳에 올 것을 미리 예측하고 있었던 것 같군요.”

설련이 귓가의 머리를 매만지며 조심히 물었다.

“어떻게 그걸 알 수 있어?”

“뭔진 모르지만 그대들에게 열린다고 했으니 적어도 두 명 이상이 올 것을 알고 있었다는 말이고, 증명하는 것은 ‘그대’ 라는 표현을 했으니……..”

진류영은 잠시 말을 끊으며 고개를 숙였다.

"하늘의 은혜, 또는 하늘이 내린 벌이라 하는 만정지체… 그것은 다른 말로 천의! 그 몸을 가진 내가 증명해 보여야 한다는 거겠지."

곽산이 무거운 입을 열었다.

"결국 우리가 이곳까지 오게 된 것은 모두 우연이라 칭할 수 있는 필연이었다는 말인가."

"하지만 어떻게 증명해 보이라는 거지?"

설련의 물음에 진류영은 아무 말 없이 소매 춤에서 자령도를 꺼내 들었다.

"그것은……."

자령도가 진류영의 희고 여린 손목에 가는 혈선을 그렸다. 확신은 없었지만 왜인지 그렇게 해야 할 것 같은 생각이 진류영의 머리 속에 강하게 맴돌았다.

"이 피로."

진류영의 손목에서 주르륵 진한 붉은색의 피가 흘러내렸다. 진류영은 얼굴을 조금 찡그리며 피가 뚝뚝 떨어지는 손목을 해골만 앙상히 남은 시체의 머리 위로 가져갔다.

순간, 해골의 몸에서 새싹이 돋듯 살과 근육이 돋아나기 시작했다.

"헛!"

소름 끼치는 이 광경에 놀라지 않을 사람이 누가 있겠는가!

잠시 눈 한 번 깜박일 사이에 시체는 완연히 생기가 도는 한 명의 청년으로 변모했다. 마치 환상처럼 그가 입고 있던 낡아빠진 옷도 새것처럼 변해 버렸다.

"아!"

시체는 청수한 한 명의 청년이 되어 눈을 떴다. 그의 눈에서 현현한 기운이 사방으로 뻗어 나왔다. 놀랍게도 그 모습은 진류영과 같은 생김새가 아닌가!

진류영이 놀라 뒤로 넘어지며 소리를 질렀다.

"으아아!"

청년은 좌정한 상태에서 몸을 일으켰다. 청년은 놀라서 주저앉은 설련과 진류영, 얼이 빠진 얼굴을 한 곽산을 차례대로 살펴보더니 천천히 손을 들어 올렸다.

"천 년을 기다렸다. 나의 후손이며 또한 또 다른 나여, 그리고 두 지장이여."

청년의 손이 슬쩍 움직이는가 싶더니 갑작스레 주위의 환경이 변하기 시작했다. 사물이 울렁이며 모습을 바꿔갔다.

"아니, 여긴?"

곽산은 자신이 허공에 떠 있는 것을 보고 깜짝 놀랐다. 진류영과 설련 역시 마찬가지였다. 방금 전까지 조그마한 법당 안에 있던 이들이 어느새 허공에 떠 있었던 것이다.

그 아래로는 모래가 풀풀 날리는 황야가 넓게 펼쳐져 있었다. 말라죽은 고목들과 석양이 지는 우울한 붉은색이 그 넓은 평야에 심상치 않은 일이 일어날 것을 예고하는 듯했다.

"크어어어!"

"캬아아아!"

멀리서 괴이한 함성과 함께 먼지구름이 일기 시작했다.

"앗!"

설련은 손으로 입을 막으며 깜짝 놀랐다. 적어도 수만, 아니, 수십만에 이르는 괴이한 모양의 악마들이 떼를 이루며 다가오고 있었다.

머리가 소 모양으로 생긴 악마, 다리는 사람인데 상체는 말의 모습을 한 악마, 마치 새처럼 생긴 머리에 세 개의 뿔이 나 있는 악마 등 그 모양은 가지각색이었다.

일행은 그 괴이한 악마들이 마구 달려오는 것을 보며 어디론가 피하고 싶었으나 허공에 떠 있는 상태에서 몸이 전혀 움직이지 않았다.

곽산이 몸을 떨며 이를 부득 갈았다.

"으으… 저 악마들이 우리에게 달려오는 건가!"

"멈추어라!"

그때 그들의 옆을 지나치며 두 명의 장수가 하늘에서 지상으로 내려서고 있었다.

일남일녀(一男一女)의 두 장수는 모두 번쩍이는 황금빛의 갑옷을 입고 긴 뿔이 숫아나 있는 투구를 쓰고 있었다. 또한 각기 긴 칼과 염주를 들고 있었는데, 그 위엄과 기백은 백만의 군사를 다스리는 장수와도 같았다.

또한 한 장수는 보기만 해도 목이 움츠러들 정도의 사나운 사자를 데리고 있었으며 한 장수는 거대한 흰 코끼리의 등에 타고 있었다.

"어?"

곽산과 설련은 동시에 탄성을 질렀다.

그 장수들은 각기 곽산과 설련과 똑같은 얼굴이 아닌가!

더 놀라운 것은 누가 말해 주지 않았는데도 일행은 그들이 누구라는 것을 알 수 있다는 점이었다.

사자를 데리고 지상으로 내려선 장수, 곽산의 얼굴과 똑같은 얼굴을 가진 장수는 석가모니를 모시는 문수보살(文殊菩薩) 휘하의 묘덕지장(妙德智將).

설련과 똑같은 얼굴로 흰 코끼리를 탄 여장수는 역시 석가모니를 모시는 두 협사(俠士) 중 하나인 보현보살(普賢菩薩) 휘하의 장수 중덕선일지장(衆德善一智將)이었다.

"캬아아아!"

수십만의 악마들이 몰려오는데도 두 장수는 눈 하나 깜짝하지 않으며 당당히 고개를 들어 소리쳤다.

"듣거라! 너희들은 마땅히 이 땅으로 들어오지 말라! 너희 악마들은 이 땅에 발을 들이지 말라!"

소리는 그 넓은 황야를 쩌렁쩌렁 울렸다. 동시에 자욱했던 먼지구름이 잠시 멈춰 섰다.

사방이 쥐 죽은 듯 고요해진 가운데 두 개의 뿔과 거대한 몸을 가진 악마가 무언가를 들고 앞으로 나왔다. 악마는 두 손을 높이 하늘로 뻗었다.

그 악마의 손에 들린 것은 보기만 해도 소름이 끼칠 정도로 험악한 얼굴 표정을 한 머리통이었다. 이 머리의 주인공은 바로 라후라는 악마였다.

신들의 틈에서 불사의 감로수를 마시다가 목이 잘려 머리만 불사가 된 악마가 바로 라후.

그 라후의 머리가 악마의 두 손 위에 받쳐진 채 버럭버럭 소리를 질렀다.

"우리는 끝도 없는 암흑 그곳에서 왔노라!"

수십만의 악마들이 함께 외쳤다.

"우리는 암흑에서 왔다! 우리는 그곳에서 왔다!"

묘덕지장이 앞으로 나서며 큰 소리로 외쳤다.

"세존의 말씀으로 권위를 받아 가로되, 이제 인간의 땅으로 가려 온

뜻이 무엇인가!"

라후가 지지 않고 악을 썼다.

"세존으로부터 땅을 두 걸음 빌리기 위해서다!"

악마들이 함께 외쳤다.

"땅을 두 걸음 빌려달라! 두 걸음의 땅을 빌려달라!"

온화하고 부드럽지만 날카로운 어조로 중덕선일지장이 외쳤다.

"세존의 말씀으로 권위를 받아 가로되 그대들이 필요한 땅이 두 걸음이라고 하니 마땅히 세 걸음을 줄 것이니라!"

라후가 다시 소리쳤다.

"그것은 틀렸다! 나는 세 걸음을 원한다!"

악마들이 소리쳤다.

"세 걸음의 땅을 달라! 세 걸음의 땅을 원한다!"

중덕선일지장이 외쳤다.

"세존의 말씀으로 권위를 받아 가로되 너희가 세 걸음의 땅을 원하면 마땅히 네 걸음의 땅을 줄 것이니라!"

라후는 가뜩이나 험악한 얼굴에 인상을 쓰며 소리쳤다.

"그것도 틀렸다! 나는 모든 인간들의 땅을 원한다!"

악마들은 환호성을 지르며 소리쳤다.

"인간들의 땅을 원한다! 모든 인간들의 땅을 달라!"

묘덕지장은 칼을 땅에 쿵 찍으며 말했다.

"너희 악마들은 마땅히 과욕과 악업의 단죄를 받을 것이니라!"

묘덕지장이 한 손에 든 염주를 치켜들자 염주는 끊임없이 회전하는 날카로운 칼을 가진 수레바퀴가 되었다. 중덕선일지장이 칼과 염주를 치켜들자 염주는 활이 되고 칼은 수십 개의 화살이 되었다.

그와 함께 수십만 악마의 대군은 두 장수에게 물밀듯 덮쳐 갔다. 묘덕지장의 곁에 있던 사자는 번득이는 이빨을 빛내며 악마들의 틈으로 뛰어들었다.

크허헝!

손 한 번 드는 시간에 사지가 갈가리 찢긴 악마들의 파편이 허공으로 마구 튀었다. 그 모습을 보며 묘덕지장은 빙글빙글 돌고 있는 한 손의 수레바퀴를 밀려오는 악마들의 사이에 집어 던졌다.

"크아아악!"

수레바퀴는 살아 있는 것처럼 날카로운 칼로 악마를 베고 또 베며 마구 그들의 사이를 휘저었다.

중덕선일지장은 흰 코끼리에 올라탄 채 악마들의 틈으로 뛰어들었다. 엄청난 덩치를 지닌 흰 코끼리는 악마를 마구 짓밟으며 날뛰었고, 중덕선일지장은 그 위에서 한꺼번에 열 개의 화살을 날리며 악마를 죽여갔다.

하지만 그 둘이 아무리 악마들을 죽여도 수십만의 악마들은 쉽게 포기하지 않았다. 그들은 황야를 가로질러 어디론가 가려고 기를 쓰고 이들을 지나쳐 갔다.

마침내 묘덕지장은 칼을 땅에 꽂고 양손으로 수인을 맺으며 진언을 외웠다.

"아(阿)는 무생(無生)이오, 청정하여 티끌이 없으며 평등하고 제법(諸法)의 성상(性相)이 없으니 모든 언어와 문자로는 이러한 깨달음을 얻지 못해 불가득(不可得)할지니라!"

이 라 따 짜 나

阿 羅 跛 者 娜

　묘덕지장의 수인을 맺은 손에서 밝고 흰 빛이 쏟아져 나왔다. 빛에 닿은 악마들 수천은 존재 자체가 소멸되듯 사그라들며 고통에 찬 신음성을 내질렀다.
　"크아아악!"
　"캬아악!"
　중덕선일지장도 활과 화살을 등 뒤에 메어놓으며 빠르게 수인을 맺었다.
　"내게 본존께서 들어서는 것[入我]과 내가 본존께 들어서는 것[我入]은 모두 평등하니, 이는 둘이 아닌 하나가 되느니라! 이는 곧 선(善)이 세상을 두루 펼치는 것에 다름 아닌 것이니라!"

옴 시마야 시트밤

唵 三昧耶 薩担番

츠츠츠츠—

　중덕선일지장의 몸에서 순간 수십 개의 분신이 뛰쳐나오는가 싶더니 각각의 중덕선일지장들이 일렬로 서서 화살을 빗발처럼 날리기 시작했다.
　"크어엉!"
　"캬륵!"
　또다시 수천의 악마들이 쓰러졌다. 하지만 이러한 두 장수들의 노력에도 불구하고 악마들은 아직 반수가 훨씬 넘게 건재했다. 수십만에서 겨우 몇만이 줄어봐야 얼마나 차이가 나겠는가.

그들은 두 장수를 지나치며 어디론가로 질주해 갔다.

가장 앞장서서 달리던 큰 몸을 가진 악마의 품에서 라후가 소리쳤다.

"문지기를 찾아라!"

악마들이 이구동성으로 따라 외쳤다.

"문지기를 찾아라! 문지기를 찾아라!"

악마들은 라후의 말에 따라 사방을 헤매기 시작했다.

"인간의 냄새를 찾았다!"

한 악마가 말라비틀어진 고목나무의 뒤에 숨어 있는 한 사람을 발견해 내고는 소리를 질렀다. 그 말에 다시 악마들이 함께 외쳤다.

"인간을 찾았다! 문지기를 찾았다!"

"히이익!"

괴기하고 흉흉한 꼴을 하고 있는 수십만이 넘는 악마들이 함께 소리를 질러대니 그 누가 두렵지 않겠는가!

고목나무에 숨어 있던 노인은 잔뜩 겁을 집어먹어 고개를 땅에 푹 처박고는 몸을 부들부들 떨고 있었다.

"사, 살려만 주세요!"

라후가 부릅뜬 눈으로 버럭 소리를 질렀다.

"열쇠를 내놓아라!"

악마들이 함께 소리를 질렀다.

"열쇠를 내놓아라! 문을 열어라!"

그 소리는 천둥 번개가 사방을 호령하는 것보다 더 큰 위협이었다. 노인은 귀가 멍멍했는지 고개를 마구 흔들며 말했다.

“그, 그럴 순 없습니다!”

“열쇠를 넘겨주지 마시오!”

멀리 뒤에서 악마들을 해치우며 두 장수가 달려오고 있었다. 악마들은 몸을 던져 두 장수의 진로를 방해했다.

라후는 맘이 더 급해졌는지 입을 크게 벌리고 노인에게 말했다.

“열쇠를 내놓지 않으면 네 온몸을 잘근잘근 씹어 먹어줄 테다! 살을 바르고 뼈를 내놓아 고통스럽게 죽게 할 테다!”

악마들이 소리쳤다.

“열쇠를 내놓아라, 씹어 먹기 전에! 살을 발라내기 전에!”

노인은 그만 겁을 이기지 못하고 품 안에서 열쇠를 꺼내 들었다. 그 모습을 본 두 장수가 소리쳤다.

“열쇠를 건네주면 큰 업보를 지게 될 것이오!”

하지만 이미 열쇠는 악마들의 손에 들어간 뒤였다. 한 악마가 열쇠를 손에 쥐고 허공에 던지자 공간이 열리며 빛의 문이 생겨났다.

라후가 소리쳤다.

“문이 열렸다, 인간 세상으로 가는 문이!”

악마들이 소리쳤다.

“인간 세상으로 간다! 인간 세상으로 간다!”

라후를 비롯한 악마들은 지체없이 문을 통해 다른 공간으로 사라져갔다. 노인은 그 모습을 바라보며 부들부들 떨고 있을 뿐이었다.

차례대로 순서를 기다리던 악마들의 삼 분지 일 정도가 이미 문을 통해 인간들의 세상으로 가버렸을 때, 허공에 하나의 온화한 음성이 울려 퍼졌다.

그 소리는 절대의 선[絶對善]!

마음속으로 울려 퍼지는 대자대비한 음성이었다.

"너희들은 잘 들으라. 나는 너희들을 위하여 대아비지옥(大阿鼻地獄)에 대광명을 일으키겠노라."

악마들을 마구 죽이던 두 장수는 그 음성을 듣자마자 자리에 무릎을 꿇으며 소리쳤다.

"세존이시여!"

그와 동시에 미처 문으로 뛰어들지 못했던 악마들이 자리에 못 박은 듯 멈춰 움직이지 않았다.

"크아아……."

이어 연꽃을 타고 한 사람이 하늘에서 나타났다. 그의 머리 위에서는 후광이 찬란하게 비치며 모든 더러운 것을 정화하고 있었다. 그의 입가에 머문 자비로운 미소는 그야말로 인간 세상에서는 볼 수 없는 것.

그가 바로 붓다, 또는 부처라 불리는 신 중의 신 비슈느인 것이다.

그 모습을 허공에서 지켜보던 진류영과 곽산, 설련은 자신도 모르게 마음이 포근해지며 긴장되었던 마음이 풀어지는 것을 느꼈다.

온화한 음성이 다시금 울려 퍼졌다.

"일체의 대고뇌를 짊어진 유정들아, 다시 큰 성(城)으로 돌아가 번뇌를 벗고 해탈을 맞을지어다. 끊임없이 일어나는 모든 고난이 그대들의 몸을 핍박할 수 없게 하고 대지옥의 맹렬한 불도 모두 멸하여 청정한 땅으로 만들겠노라."

"우우우……."

그 말을 들은 악마들 모두가 무릎을 꿇고 부처에게 절을 했다. 부처는 이들이 감화하여 회개하면 더 이상의 추궁이 없을 것을 약속한 것이다.

악마들은 죄다 눈물을 흘리며 천천히 황야를 떠났다. 올 때는 먼지 구름을 일으켰지만 가는 걸음은 공손하고 조용했다. 수십만의 악마들이 발소리 하나 내지 않고 떠나는 모습은 실로 엄숙하기까지 한 모습이었다.

그렇게 악마들이 모두 떠나자 연꽃을 타고 나타난 부처의 뒤로 수만의 보살과 지장, 신장들이 나타났다. 그들은 부처의 뒤에서 호위하듯 모여 자못 웅장한 기세를 보이고 있었다.

팔십구지보살(八十俱胝菩薩) 중 하나인 금강군보살마하살(金剛軍菩薩摩訶薩)이 묘덕지장과 중덕선일지장에게 꾸짖는 목소리로 말했다.

"그대들의 임무는 저 악한 악마들이 인간계로 가는 것을 막는 것이었다. 아니, 적어도 원군이 올 때까지는 버텨야 했다. 그런데 어째서 일부의 악마들을 인간계로 보낸 것인가."

삼십이천자(三十二天子) 중 우두머리 격인 상수(上首) 나라연천(那羅延天)이 근엄한 목소리로 말했다.

"둘만으로는 아무래도 한계가 있었으니 어쩔 수 없었을 것입니다. 다만 라후가 내려간 것이 마음에 걸리는군요."

묘덕지장과 중덕선일지장의 상관이 되는 문수보살과 보현보살이 무릎을 꿇고 있는 그 둘을 크게 꾸짖었다.

"그렇게 자신만만하더니 일을 크게 벌여놓았구나!"

"죄송합니다!"

이때 부처가 미소를 거두지 않으며 두 장수에게 말했다.

"선남자야, 선남자야, 그렇게 자책할 필요는 없을 것이니라."

백천(百千)의 건달바왕(乾達婆王)은 비파의 현을 튕기며 아직도 두려움에 떨고 있는 노인을 바라보았다. 간드러질 듯 아리따운 음성이 흘러나왔다.

"저 노인은 세존을 따르며 스스로 문지기를 자처했던 사람입니다. 그런 그가 목숨의 위협을 받고 악마들에게 열쇠를 건네주었으니 그를 처벌해야 하지 않겠습니까."

노인은 목소리와는 달리 싸늘한 내용의 말을 듣고 부처의 발 밑에 고개를 조아리며 황급히 소리쳤다.

"살려주십시오! 너무나 무서웠습니다! 제 몸을 잘근잘근 씹어 먹겠다는 협박을 저는 견딜 수 없었습니다. 용서해 주십시오."

부처는 친히 노인을 일으키며 말했다.

"선남자야, 무릇 두려움이란 육체의 고통에서 오는 것이냐, 아니면 마음의 고통에서 오는 것이더냐."

노인은 흐느끼며 고했다.

"저는 아직 깨달음이 부족해 육체의 고통이 더욱 두려웠습니다. 끓는 가마솥에 들어가는 것과 뾰족한 가시 위를 걸어가는 것이 두렵습니다. 피를 보이는 것이 두렵습니다."

부처가 말했다.

"선남자야, 육자진언(옴마니반메훔)을 수천 수만 번을 억념(憶念:생각하고 외움)하다 보면 자연스레 두려움은 사라지는 것이다. 두려움이 사라진다는 것은 극락왕생을 할 수 있고, 눈앞에서 무량수여래(無量壽如來)를 보고 따를 수 있다는 말이니라. 이와 같은 사람은 이후 윤회의 괴로움을 받지 않으며 늙고 병들어 죽는 일이 없게 되니, 법력의 힘을 빌어 연꽃에서 태어나게 되며 모두 해탈을 얻어 원(願)을 이룰 수 있게 되는 것이니라."

노인은 고개를 저으며 물었다.

"저는 이미 대죄를 저질렀으니 제가 스스로 그 업을 짊어지지 않고는 편히 법(法)을 구할 수 없습니다. 늦었지만 제 한 몸을 모두 불태워서라도 죄를 갚겠습니다. 제 두 손을 잘라서라도 업을 정화하겠습니다."

묘덕지장과 중덕선일지장 또한 그 노인의 옆으로 다가가 말했다.

"세존이시여, 그것은 저희 또한 마찬가지이옵니다. 이곳을 떠나 친인들과 헤어져 스스로 죄를 알겠나이다."

부처는 인자하고 온화한 웃음을 거두지 않고 차례대로 그들의 머리 위에 손을 얹었다.

"선남자야, 모든 것은 그대들의 뜻대로 이루어질지니라."

부처는 머리 위의 후광을 비추며 조용히 웃음을 짓고 떠났다. 부처를 태운 연꽃이 하늘 위로 멀리 날아가자 대부분의 보살과 신장, 지장들이 그 뒤를 좇았다.

남아 있던 백천의 금대천녀(金帶天女)가 낭랑한 목소리로 노인과 두 지장에게 말했다.

"사바세계(娑婆世界)로 내려간 악마들은 천 년간 힘을 잃고 있다가 다시 힘을 되찾으려 할 거예요. 그들은 중생들의 탐욕과 성냄과 어리석음을 먹이로 삼아 끝없는 힘을 얻으려 할 거예요. 특히 라후는 여기에 남아 있는 자신의 육체를 불러 불사의 몸을 완성시키려 하겠지요."

중덕선일지장이 아름다운 눈을 빛내며 물었다.

"그럼 저희가 사바세계로 내려가 어떻게 하면 되는 것입니까?"

금대천녀가 말했다.

"그대들 셋은 스스로 벌을 자처하고 나섰으니 가장 고통스러운 끝없는 윤회의 길을 걷게 될 거예요. 지금의 일을 모두 잊고 인간이 되어 살면서 천 년 후 악마들이 난리를 피울 때에 만나게 될 것이에요. 천 년의 약속. 그것은 아주 힘들고 긴 여정이겠지요."

금대천녀는 매끄럽고 부드러운 손으로 노인의 손을 잡으며 말했다.

"그대는 그대 스스로 몸을 바친다 했으니 그 뜻대로 이루어질 것이에요. 부처님의 법력으로 그대는 그대의 몸 안에 악마와 싸워 이길 수 있는 힘을 얻게 될 것이에요. 다만 인간으로서 감당하기 힘든 그 힘으로 인해 당신은 천 년의 시기에 병약한 몸으로 태어날 것이에요."

금대천녀는 이어 묘덕지장과 중덕선일지장의 손을 잡으며 말했다.

"그대들 둘은 천 년의 그날에 노인이 자신의 업을 다할 수 있도록 보좌하게 될 거예요. 기다림의 시간 동안 이어지는 윤회는 분명 고통스러울 것이에요. 그리고 다시 한 번 인간으로서의 감정을 느끼는 것도 고통스럽겠지요."

금대천녀는 이미 사라진 빛의 문을 자신의 법력으로 다시금 열었다.

"부디 모든 죄를 깨끗이 벗어던지고 다시 만나게 되기를 빌겠어요."

노인과 두 지장은 망설임없이 빛의 문으로 들어섰다. 환한 빛이 사위를 잠깐 비추고 세 사람은 사라졌다. 이어 빛의 문이 닫히고 황야는 짙푸른 어둠 속에 묻히게 되었다.

"모두 끝난 것인가?"

곽산이 어둠 속에서 말했다. 어둠은 너무나도 지독해서 바로 곁에 있는 진류영이나 설련도 보이지 않을 지경이었다.

"아니, 아직 끝나지 않았소."

사라졌던 빛의 문이 다시 열리는가 싶더니 진류영과 똑같이 생긴 청년 한 명이 문에서 걸어나왔다.

청년의 몸에서도 하얀 빛이 나오고 있었기에 주위는 다소 환해졌다.

곽산의 옆에 서 있던 진류영은 그 청년이 바로 좀 전에 천룡사에서 본 시체였다는 것을 알 수 있었다. 그리고 아까의 문지기 노인이 바로 그 청년이라는 것을, 그 청년이 바로 진류영 자신이라는 것을 알 수 있었다.

진류영은 자신과 똑같이 생긴 또 다른 자신을 향해 물었다.

"아직 끝나지 않았다는 것은 무슨 말입니까?"

청년이 진류영과 비슷한 담담한 웃음을 지으며 대답했다.

"내가 할 말이 남아 있다는 것이오, 또 다른 나여."

설련이 물었다.

"우리가 본 것은 환각인가요? 환상인가요?"

청년은 고개를 저었다.

"아니, 이것은 천 년의 약속에서 정해진 일이오. 매 천 년마다 일어나는 정해진 수순이지. 그대들이 본 이 모든 것은 진실이오. 그대들이 윤회를 거듭해 오면서 잊었던 것을 보여주고 있는 것이오."

곽산이 물었다.

"어째서 윤회가 계속되는 거요? 내가 천상의 묘덕지장이 맞다면 이 윤회가 천 년에서 끝나지 않고 계속되는 이유가 뭐요?"

청년은 곽산의 말투를 흉내 내며 말했다.

"천상으로 돌아가기를 바라는 거요? 지금 당장이라도 죽어서 천상으로 가고 싶다는 거요?"

곽산은 화를 내며 말했다.

"내가 물은 것은 그런 것이 아니오! 지금 이 일들이 어떻게 된 것인지 설명해 달라는 말이오! 천 년의 윤회에서 끝나야 할 일이 어째서 매

천 년 이어지는 것인지 말이오.”

청년은 웃으며 말했다.

“좋소. 내 이야기해 주지. 여기까지 오면서 그대들은 많은 것을 알게 되었을 것이오. 하지만 아직 궁금한 점은 많이 있을 거요. 특히나 마정단에 관해서.”

설련은 호기심을 참지 못하고 청년을 재촉했다.

“마정단! 대체 그것이 악마들과 무슨 관계가 있기에 그렇게 문제가 되는 것이죠?”

청년이 말했다.

“마정단. 그것은 바로 악마들 그 자체라오. 정확히는 마정란에서 부화한 마정아가 천 년이 지나면 마정단이 되는 것이지. 또는 마정아 백 개를 모으면 마정단으로 만들 수 있소.”

진류영이 물었다.

“마정단이 인간계에서 무슨 역할을 하는 것입니까?”

청년은 급할 것이 없다는 듯 뒷짐을 지고 천천히 허공을 걸으며 말했다.

“마정단은 인간계에 존재하는 것들의 생기를 빨아들여 힘을 축적하오. 그것은 불로불사의 힘을 가졌다 하지만 실제로는 악마의 힘을 가지고 있소. 그 악마의 힘은 궁극적으로 악마들이 살고 있는 세계와의 소통을 위한 문을 여는 것이 목표요. 가끔 이계의 요물들이 출몰하는 것은 비정상적으로 힘을 축적한 마정아가 마정단이 되며 기현상을 일으키는 것이지. 그것은 최종적으로 대마정단이 되는 것이오.”

진류영이 다시 물었다.

“악마들이 인간계에서 힘을 축적해서 굳이 그래야 할 필요가 있습니까?"

　청년이 말했다.

　"각 세계에는 존재하는 힘의 근간이 다르오. 때문에 악마들은 인간계에서 자신들의 힘을 완전히 쓸 수가 없소. 그럼에도 불구하고 악마들이 인간계로 온 것은 숨겨진 힘이 월등하기 때문이오. 악마들은……."

　청년은 잠시 말을 끊었다가 다시 입을 열었다.

　"인간계의 힘을 발판으로 천상을 노리려 하고 있소. 그 중심이 되는 것이 바로 라후라는 대악마요."

　일행은 청년의 말에 정신이 퍼뜩 들었다.

　라후!

　청년은 이야기를 계속했다.

　"라후가 가진 힘은 엄청나지만 아쉽게도 그는 목 이외에는 불사가 되지 못했소. 때문에 힘은 약하지만 불사체인 신들이 그를 제지할 수 있었던 것이지. 본체의 힘이 워낙에 강대하기에 그것을 인간계로 불러오는 것조차 쉬운 일이 아니오. 하지만 만일 대마정단이 나타나면 그 힘으로 라후의 몸을 인간계로 불러들일 수 있게 되며 더불어 인간계에서 라후는 완전한 불사체가 될 것이오."

　설련이 몸을 떨며 물었다.

　"그가… 라후라는 악마가 불사체가 되면 어떤 일이 생기죠?"

　청년이 대답했다.

　"그가 불사체가 되면 그는 강대하고 끊임없는 힘으로 악마들이 살고 있는 공간의 문을 열 것이오. 그렇게 되면 인간계의 넘치는 힘으로 악마들은 더욱 강해질 것이고 천상의 신들은 더욱 위협을 받게 되겠지."

진류영이 물었다.

"우리가 어떻게 해야 그것을 막을 수 있습니까?"

청년은 피식 웃으며 대답했다.

"그것은 이 시대를 살고 있는 그대가 더욱 잘 알고 있을 것이오."

청년의 말대로 세 사람은 잘 알고 있었다, 마교와 서문세가가 그 마정단을 모으고 있었다는 것을. 그것은 분명 영웅집회에서 드러낼 것이 분명했다.

곽산은 얼굴을 찡그린 채 가만히 청년의 말을 듣고 있다가 앞으로 나섰다.

"당신은 아직 내 말에 대답해 주지 않았소."

"어떤 것이오?"

"어째서 윤회가 끝도 없이 이어지고 있느냐는 내 질문에……."

청년은 곽산이 말을 끝내기도 전에 크게 웃었다.

"하하하하!"

곽산이 매서운 눈초리로 물었다.

"천 년 전에는 실패를 했던 것이오? 만일 실패했다면 지금쯤은 악마로 뒤덮인 세상이 되어야 했질 않겠소!"

청년은 손가락을 흔들며 혀를 찼다.

"저런저런, 나는 실패했다고 하지 않았소. 물론 라후가 부활하는 것은 확실히 막았소."

청년은 양손을 활짝 폈다. 그러자 온통 어둠이었던 세상이 다시 환하게 펼쳐졌다.

일행은 여전히 허공에 뜬 채로 아래를 볼 수 있었다. 그곳은 분명 이들이 찾아온 천룡사, 그 천룡사가 있던 넓은 공동이었다.

그 공동에는 괴이하게 생긴 동물들이 몇십 마리나 있었는데 그것들
은 하나같이 부적을 온몸에 덕지덕지 붙인 채 움직이지 않고 있었다.

청년은 그 모습을 손으로 가리키며 말했다.

"저곳을 보시오."

그가 가리킨 손끝에서는 한 청년이 뭔가를 열심히 적어가며 중얼거
리고 있었다. 마치 그 괴이한 생명체들을 연구하는 듯이.

청년이 말했다.

"저것은 천 년 전의 나요. 나는 그대들보다 각성이 빨랐기에 이 모
든 것을 미리 연구하고 대비할 수 있었소."

설련이 물었다.

"그런데 당신 옆에 있어야 할 두 지장이 보이질 않는군요."

청년은 씨익 웃었다.

"내가 죽였소."

"……."

"예?"

"뭐, 뭐라구요?"

일행은 깜짝 놀라 그를 바라보았다. 청년은 안색 하나 변한 것 없이
웃으며 말을 이었다.

"정확히는 천 년 전 그대들을 내 손으로 죽인 것이 되겠소이다."

진류영이 하얗게 질린 안색으로 더듬거리며 물었다.

"어, 어째서……."

청년은 두 눈을 감고 천천히 입을 떼었다.

"솔직히 말하자면."

청년은 눈을 감은 채 고개를 위로 들며 말했다.

"나는 죽고 싶지 않았소. 윤회를 끝내고 지겨운 천상으로 돌아가기
가 싫었던 거요."

진류영이 물었다.

"어째서 돌아가기 싫었던 것입니까! 두 지장은 왜 죽였구요!"

곽산이 소리쳤다.

"역시나 당신은 천 년의 윤회를 계속해서 이어갔던 거였군! 일부러
그것을 계속 늦춘 거였어!"

청년은 이들의 말 따윈 안중에도 없는 듯 입을 뗐다.

"천 년 전 당시, 나는 진시황이 가장 총애하는 오른팔이었고 누구도
따라올 수 없는 지식과 지혜로 충만했소. 그리고 그것을 이용하여 많
은 권력과 부를 얻었소. 수많은 미녀들을 품에 안을 수 있었고 무엇 하
나 부러울 것 없는 생활을 했소. 그것은 아무것도 없는 황량한 황야에
서 악마들의 위협을 받으며 문지기나 하고 있던 때와는 확연히 다른
세상이었지."

청년은 손을 휘저었다. 그러자 아래쪽의 모든 장면들이 사라지고 다
시 아까의 황량하고 을씨년스러운 황야의 전경이 나타났다.

"생각해 보시오. 그 모든 영화를 다 버리고 다시 저곳으로 돌아갈
수 있겠소? 몇천, 몇만 년을 혼자서 쓸쓸히 저곳을 지킬 수 있겠소?"

청년은 조금은 흥분된 목소리로 말했다.

"나는 내가 살던 마지막 시대, 그러니까 지금으로부터 천 년 전 라후
의 부활을 미루기 위해 다시 한 번 그 이전에 했던 것과 같은 일을 했
소."

진류영이 싸늘한 안색으로 말했다.

"마정단 하나를 진시황에게 건넸군요."

청년은 웃으며 진류영을 바라보았다.

"역시 그대는 총명하군."

진류영은 이를 갈며 소리를 질렀다.

"어째서 그런 것입니까! 그 때문에 많은 사람들이 죽어갔습니다! 분서니 갱유니 하는 사건으로 수만, 아니, 수십만이나 되는 사람들이 난폭하게 변해 버린 진시황에게 죽어갔단 말입니다!"

청년은 진류영의 그런 태도에 코웃음을 쳤다.

"진시황은 당시 가장 강력한 군주였고 그 힘에 대항할 수 있는 사람은 없었소. 그런 그에게서 누가 마정단을 훔쳐 갈 수 있었겠소. 내가 그에게 마정단을 불사의 약이라 속여 건넨 것은 더 많은 사람들을 구하기 위한 방편이었던 것이오. 물론 그전에도 같은 방법을 썼지만."

진류영은 분노했다. 평상시 그에게서 볼 수 없었던 사나운 눈빛은 설련이나 곽산을 놀라게 하기에 충분한 것이었다.

"나는 이제 목숨이 채 육 개월 남짓밖에는 남지 않았습니다. 언젠가 죽을 거란 생각은 분명 두려웠습니다. 나를 죽이려 했던 사람들이 대신 죽어갈 때는 다행이라는 생각까지 했습니다."

진류영은 청년을 싸늘히 바라보며 계속해서 말했다.

"그로 인해 나는 생명의 소중함을 알게 되었습니다. 얼마 남지 않은 내 목숨조차 이렇게 소중한데 다른 사람들이야 어찌 말로 다 할 수 있겠습니까. 나는 내 목숨을 버려서 많은 사람이 살 수 있다면 분명 그리했을 것입니다. 아니, 이제부터라도 그리할 것입니다."

청년은 진류영의 말을 묵묵히 듣고 있었다.

진류영은 청년을 보며 쏘아붙이듯 말했다.

"이미 많은 사람들이 마정단 때문에 죽어갔고 천 년의 윤회가 계속

되는 이상 더 많은 사람들이 목숨을 잃을 것이 분명하니, 나는 이번에 야말로 그것을 끊어버리겠습니다. 그것은 당신도 어쩌지 못할 것입니다."

청년은 어두운 얼굴로 품속에 손을 넣었다. 그리고는 한 장의 부적을 내밀었다.

"나도 각성하기 전에는 그것을 당연히 여겼소. 이것을 받으시오."

진류영이 차가운 어조로 물었다.

"그게 뭡니까."

"그건 전생의 기억을 일깨워 주고 각성시켜 주는 '진실의 눈' 이오. 그대의 피로 진실의 눈을 깨우면 그대는 지금의 나를 알 수 있게 되고 그전의 또 다른 나, 또 다른 그대의 기억을 되찾을 수 있게 되오."

진류영은 손을 내밀지 않고 가만히 있었다.

"받지 않겠습니다."

청년은 인상을 쓰며 소리쳤다.

"왜 받지 않겠다는 것이오!"

진류영은 냉정하고 단호하게 대답했다.

"과거를 알 필요는 없습니다! 천 년의 윤회. 그것으로 일어났던 모든 일은 이번으로 끝나게 될 것입니다."

청년은 주먹을 불끈 쥐며 소리를 질렀다.

"정말로 멍청하고 바보 같군! 라후의 부활을 지연시키는 것은 쉬운 일이야! 단지 마정단 열 개가 모이지 않게 하면 되는 거라구. 하지만 라후를 다시 저 세계로 보내려면 어떻게 해야 되는지 아나?"

진류영은 청년의 눈을 똑바로 쳐다보며 말했다.

"모릅니다."

청년은 답답한 듯 가슴을 쥐어뜯으며 말했다.

"이 두 손! 악마들에게 열쇠를 건넸던 이 두 손을 잘라 라후가 모습을 드러낼 때 그에게 피를 뿌려야 한단 말이다! 두 손을 잃게 돼! 그래도 좋은가?"

일행은 섬뜩한 기분을 느껴야만 했다. 두 손을 잘라 피를 뿌려야 하다니. 아무리 용맹한 자라도 그러한 것이 쉬운 일이겠는가!

하지만 진류영은 차갑게 웃으며 응수했다.

"어차피 오래 살지 못할 터인데 두 손이 없어진들 어떻겠습니까. 그것으로 많은 사람을 구할 수 있다면… 천 년 뒤에도 같은 일이 벌어지지 않는다면 그것으로 족할 것입니다."

청년은 그 말에 피식 웃으며 다시 원래의 침착한 모습으로 돌아왔다.

"그러길래 이 부적을 받아 각성하라 하지 않았소. 만일 그대가 정해진 이십 년이 아니라 천수를, 아니, 그 이상을 누릴 수 있다면 어찌하겠소?"

진류영은 그 말에 크게 놀랐다. 더 살 수 있다니! 천수 이상을 누릴 수 있다니!

청년이 말했다.

"지금의 그대는 과거의 나와 다를 바가 없을 거요. 온갖 부귀를 모두 누릴 수 있는 여건이 갖춰져 있으며 그대를 사모하는, 그대가 마음에 둔 아름다운 여인도 있을 것이오. 그대는 한 번의 선택으로 그 모든 것을 마음껏 누리며 윤회를 계속할 수 있소."

진류영은 갑자기 가슴이 두근거렸다.

'죽지 않는다. 오래도록 살 수 있다……'

　그렇게 되면 진류영은 효령 공주와 평생을 함께할 수 있다. 황제가 되기는 어렵겠지만 일국의 왕이 될 수도 있다. 어디 그것뿐이겠는가. 이제껏 자신 때문에 고생만 하시던 어머니를 호강시켜 드릴 수도 있다. 모든 부귀영화를 누리며 살 수 있는 것이다!

　진류영은 고민스런 표정을 역력히 드러내며 갈등했다.

　"하지만……."

　그때 설련이 외쳤다.

　"그렇다면 어째서 당신은 여기에서 그 꼴로 죽은 거죠?"

　청년은 한숨을 쉬며 말했다.

　"내가 그것을 안 건 스무 살이 되던 해, 죽기 바로 직전이었소. 나는 너무나도 안타까웠지만 극심한 고통으로 생명의 연장을 할 수 없었소. 나는 석존의 앞에서 내 몸을 불태우겠다 했고 석존은 그것이 이루어질 거라 했소. 그래서 나는 마지막에 온몸이 불타는 듯한 고통을 느끼며 죽었지."

　청년은 진류영을 바라보며 말했다.

　"아마 그대도 그 고통을 잘 알고 있을 것이오. 하늘의 형벌이라 할 정도로 지독한 고통을."

　진류영은 말없이 고개를 끄덕였다. 청년은 계속해서 말했다.

　"나는 그때 윤회를 계속 이어가야 한다는 것만을 생각하고 있었기에 그 일만을 계속하고 있었지. 그 고통을 천 년 후의 내가 또 겪지 않도록 마정아를 이용해 고통을 없애는 약도 만들었고."

　진류영이 떨리는 입술로 물었다.

　"그, 그런데 정말… 정말 내가 보통 사람처럼 살 수 있게 되는 것입니까?"

청년은 고개를 끄덕이며 대답했다.

"그렇소."

진류영의 마음이 급격히 흔들렸다.

진류영의 표정에서 이것을 눈치 챈 설련과 곽산이 외쳤다.

"속지 마! 그렇게 되면 다시 천 년의 윤회가 계속된다구!"

청년은 매서운 눈으로 설련과 곽산에게 손을 뻗었다. 순간 설련과 곽산은 몸을 움직일 수가 없었다. 마치 무언가에 결박이라도 당한 것처럼 손가락 하나도 까딱할 수가 없을 정도였다.

청년은 불타는 눈으로 그 둘을 쳐다보았다.

"묘덕지장! 중덕선일지장! 그대들은 어차피 천수를 누리다가 천상으로 회귀하겠지만 나, 지금의 나는 다르단 말이오! 상상할 수도 없는 지옥의 염황불에 타오르는 듯한 고통을 느끼며 죽어가게 된단 말이오! 발끝부터 머리끝까지 타버리는 듯한 고통으로 생을 마감하게 결정되어 있소! 그대들이 만일 그런 일을 당한다면 그리 쉽게 말할 수는 없을 것이오!"

설련과 곽산은 아무 말도 할 수가 없었다. 이전에 진류영이 발작했을 때 그 모습이 어땠던가. 저런 고통을 받으면서 차라리 죽어버리지 왜 사는가라고까지 생각하지 않았는가.

청년은 불타는 듯한 눈을 거두지 않으며 진류영을 보고 부적을 내밀었다.

"자아! 이제 선택할 시간이오."

진류영은 아직 마음을 다잡지 못해 혼란스러웠다.

이 얼마나 꿈꿔왔던 일인가. 보통 사람처럼 살 수 있다는 말은… 아니, 그 정도보다 더한 수명을 가지고 온갖 사치와 향락을 즐기며 살 수 있다는 달콤한 말.

어차피 다시 천 년 뒤에 무슨 일이 일어나든지 지금의 진류영과는 별로 관계가 없는 일이 아니겠는가. 누가 욕을 할 수도 없는 일이 아닌가. 몇 명이 죽어가든지 말든지 자신의 인생을 살겠다는데 말이다.

진류영은 자신도 모르게 침을 꿀꺽 삼켰다.

"그, 그럼 제 형제들은 어떻게 되는 겁니까?"

청년이 눈에서 살기를 뿜어내며 말했다.

"그들은 그대가 각성을 마치는 순간 함께 각성하게 될 것이오. 그렇게 되면 그들은 방해자가 되겠지."

진류영이 물었다.

"그래서… 당신은 두 지장을 죽였던 것이군요."

"지금도 같은 상황이오. 저들은 내가 남겨놓은 술법으로 속박되어 있소. 그대가 하기 어렵다면 내가 대신 저들을 죽여줄 수도 있소."

진류영이 황급히 외쳤다.

"안 됩니다! 저들을 죽게 할 수는……!"

청년은 곽산과 설련을 쏘아보며 진류영에게 말했다.

"어차피 저들은 그대가 각성하는 순간 이 세상의 기억을 모두 잊게 되오. 나, 아니, 우리들과는 다르게 저들은 천상의 신이니까. 저들이 각성하게 되면 분명 그대를 막을 것이오."

"그, 그런 일이……."

청년의 한 손은 곽산과 설련을 향해 뻗어 있었다. 어떻게 될지는 모르지만 진류영이 더 살기를 선택하는 순간 곽산과 설련이 죽을 것은 분명했다.

청년은 진류영을 재촉하며 말했다.

“어서 선택하시오. 시간이 없소. 나의 잔존 사념(殘存思念)이 나와 같은 존재인 그대를 만났기에 더 이상 이 세상에 머무를 수가 없게 되오.”

진류영은 퍼뜩 팔찌의 존재가 생각났다. 어쩌면 그것은…

“그전에 묻고 싶은 것이 있습니다!”

청년이 진류영의 물음에 얼굴을 찌푸리며 말했다.

“뭐요?”

“천룡사의 입구에 있던 철문의 열쇠. 그 열쇠인 팔찌 두 개를 만든 것은 당신입니까?”

청년이 대답했다.

“그렇소. 그것은 내가 수없는 천기를 헤아리며 지금의 연을 억지로 만들어낸 것이오. 그래서 그대와 저들이 함께 이 자리에 올 수 있도록 말이오. 그렇지 않으면 그대는 저들을 죽일 수 없을 테니.”

진류영은 청년의 말을 듣고는 입가에 미소를 지었다.

“후후, 그렇군요.”

청년은 미심쩍은 얼굴로 진류영을 바라보았다. 진류영은 상념을 털고 고개를 들어 말했다.

“정말로 추악하군요. 당신의 이기적인 욕망을 위해 타인들을 희생시키는 일 따위를 하겠다니.”

청년은 진류영의 말에 크게 노기가 치솟은 얼굴로 소리쳤다.

“그대가 각성을 하면 알게 될 것이오! 그대는 나이고 나는 곧 그대요!”

진류영은 굳게 입술을 다물며 말했다.

“다 필요없습니다. 나는 더 이상 나로 인해 다른 사람들이 피해를 받는 것을 원치 않습니다. 그것이 과거의 나였든 지금의 나이든.”

청년은 얼굴을 한껏 찌푸리며 손을 들어 올렸다. 그의 얼굴은 그야 말로 진실된 악마처럼 보였다.

“그토록 설명했건만 정말로 멍청하군! 이렇게 된 이상에는 힘으로라 도 뜻을 이루겠다!”

진류영은 그 청년의 손짓에 따라 몸이 뻣뻣하게 굳어 움직이지 않는 것을 깨달았다.

“이, 이게 무슨 짓입니까!”

청년은 곽산과 설련에게 손을 뻗으며 소리쳤다.

“비드라바 나라카야[毗陀囉波 拏囉迦耶(불태워라)]!!”

한 손으로 맺은 청년의 수인에서 시퍼런 불길이 튀어나와 곽산과 설 련을 감쌌다. 절대 꺼지지 않을 것처럼 불길은 곽산과 설련의 몸을 휩 싸며 타올랐다.

“으아아아!”

“꺄아아아!”

곽산과 설련의 비명이 마구 뛰쳐나왔다. 엄청난 고통을 겪고 있음에 분명했다. 진류영은 눈에서 불똥이 튀는 것을 느끼며 몸을 움직여 막 아보려 했지만 몸은 꼼짝도 않았다.

“흐흐, 이제 너는 내가 되는 거야. 나는 네가 되는 거고.”

청년은 부적을 들고 진류영의 앞으로 다가왔다.

진류영은 이를 으득 갈았다.

“마음대로 되지는 않을걸!”

진류영은 고통스러워하는 곽산과 설련을 보며 온 힘을 끌어올렸다.

그리고는 있는 힘껏 소리쳤다.

"네가 나의 잔존 사념이라면 나의 의지에, 나의 명에 따를 것이다! 사라져라!"

청년의 눈이 휘둥그레 떠졌다.

"어, 어떻게……!"

어차피 그 청년이 윤회를 거쳐 지금의 진류영으로 태어난 것이다. 그 말은 그 청년의 사념으로 만들어진 주술은 진류영의 영향을 받을 수밖에 없다는 말이다.

"으아악!"

청년은 진류영의 앞에서 조금씩 흐려졌다. 처음엔 다리가 서서히 없어지더니 몸에서부터는 더욱 빠르게 사라지고 있었다. 청년은 연기처럼 허공으로 사르륵 흩어져 갔다.

마침내 거의 목만 남았을 때 청년은 눈을 빛내며 마지막 말을 남겼다.

"라후를 저 세계로 보낸 후에라도… 각성을 하면… 수명을 늘릴 수…… 있을……."

파슥—

청년은 그 말을 끝으로 완전히 사라졌다. 동시에 곽산과 설련을 감싸고 있던 푸른 불꽃도 함께 사라졌다. 진류영은 몸속의 기운이 모두 빠져나가는 듯한 느낌을 받으며 그대로 앞으로 쓰러졌다.

청년의 몸이 사라지며 그가 떨군 부적. 그 위에 쓰러지던 진류영의 손이 살짝 덮였다.

툭—

진류영이 시체를 깨우기 위해 스스로 베었던 상처.

그 상처에서 아주 조금이지만…

피가 흘러나오고 있었다.

진류영은 부드럽고 포근한 기분과 어지러움을 동시에 느끼며 눈을 떴다.

자신의 뺨을 간질이고 있는 풀들과 차가운 밤의 이슬들. 머리 속이 부서질 듯 밀려오는 기억의 파편들. 난생처음 보는 기억들이 마구 머리 속으로 스며들듯 자리 잡고 있었다.

진류영은 자신의 정면으로 휘황한 빛을 뿌리는 달을 바라보며 잠시 멍한 몽환 속에 빠진 것처럼 멀뚱히 눈을 깜박였다.

겨우 십수 년을 살아온 진류영이었다. 하지만 그 눈빛은 마치 수천 년을 살아온 사람처럼 깊은 무게를 담고 있었다.

분명 진류영은 변했다.

그의 몸에서 흐르던 현현한 기는 더욱 완숙해졌고 표정에서는 한결 여유로움이 자리 잡고 있었다.

한참 동안을 누운 상태로 있던 진류영은 풀밭 위에서 몸을 일으켰다. 몸 위에 어째서인지 잔뜩 덮여 있던 말라비틀어진 칡넝쿨들이 후드득 땅으로 떨어졌다.

진류영은 일어서서 몸의 흙과 풀들을 툭툭 털어냈다. 그리고는 주변을 한 바퀴 둘러보았다. 밤의 정취가 넘치는 반짝이는 풀들과 한 아름도 넘는 나무들이 드문드문 자라고 있는 숲 속.

천룡사가 있던 그 깊은 절벽 아래에서 어떻게 여기까지 오게 되었는지 알 수 없는 일이었다. 하지만 진류영은 거리낌없이 어느 무성한 잎을 가진 나무의 아래로 걸음을 옮겼다.

그 나무 아래에는 질긴 칡넝쿨에 온몸이 매여 꼼짝도 할 수 없는 곽산과 설련이 눈을 감고 잠들어 있었다.

진류영은 그 모습을 내려다보며 품 안에서 자령도를 꺼내 들었다. 달빛이 비치는 밤에 날카로운 예기를 지닌 자령도가 자못 살벌하게 모습을 드러냈다.

진류영은 잠시 망설이는 기색이었으나 곧 마음을 잡았는지 무릎을 굽혀 곽산의 머리에 손을 가져다 댔다. 번쩍이는 비수, 자령도를 든 채.

순간 곽산이 번쩍 눈을 떴다.

"무엇을 하는 거냐!"

진류영은 흠칫 놀랐으나 다시 아무렇지 않게 담담히 대답했다.

"깨어났군요."

곽산은 눈에서 푸른 정광을 발산하며 분노의 음색이 담긴 소리로 외쳤다.

"그대는 어찌하여 세존의 뜻을 거스르려 하는가!"

곽산의 목소리에는 자못 위엄이 가득했다. 그 모습은 마치 딴사람과 같았다. 그리고 내공을 잃은 사람이 외쳤다기에는 믿을 수 없을 정도로 숲을 쩌렁쩌렁 울리고 있었다.

"거스르는 것이 아닙니다."

"그렇다면 어째서 중덕선일지장과 나의 몸을 사술로 결박한 것이냐!"

진류영은 씁쓸히 웃었다.

"나는……."

그때 갑자기 '뿌드득' 하는 소리가 진류영의 뒤에서 들려왔다. 설련이 몸에 얽힌 칡넝쿨을 굉장한 힘으로 잡아 뜯으며 일어서고 있었다.

곽산은 부릅뜬 두 눈에서 더욱 짙은 푸른 정광을 흘리며 장엄한 목소리로 소리쳤다.

"중덕선일지장! 이자를 막아라!"

설련은 이미 상체에 얽힌 장애물을 모두 뜯어내며 반쯤 몸을 일으킨 상태였다. 그녀의 두 눈에서는 곽산과 마찬가지로 활활 불길이 타오르는 것처럼 파란 광채가 빛나고 있었다.

설련은 싸늘하고 냉막한 표정으로 진류영을 바라보며 말했다.

"그대는 우리를 몇 번이나 죽이려 하는군요. 만일 묘덕지장을 해친다 해도 그대는 나로 인해 뜻을 이루지 못할 거예요."

그 음성에는 듣기만 해도 소름이 끼칠 정도의 차가움이 묻어 나오고 있었다.

진류영은 더욱 쓸쓸한 미소를 흘리며 자령도로 자신의 손끝을 살짝 베었다. 그 모습을 본 설련은 눈을 크게 뜨고 놀라며 황급히 자신의 다리를 옭아매고 있는 칡넝쿨을 잡아 뜯었다.

하지만 진류영은 천천히 피가 흐르는 왼손을 설련을 향해 뻗으며 뭔가의 주문을 외웠다.

"옴 킬라야미[唵 鷄囉夜彌(결박하겠노라)]!!"

진류영의 손끝에서 피가 살아 있는 것처럼 설련에게로 튕겨 나가며 몸을 감쌌다.

"뭘 하는 것이냐!"

설련의 눈이 더욱 커졌다. 뽑혀 나갔던 칡넝쿨이 다시 몸을 타고 옭아매고 있었다.

"으아아아!"

설련은 날카로운 비명을 지르며 칡넝쿨을 마구 뜯어냈다. 그리고 그

틈을 이용해 양손으로 수인을 맺으려 했지만 칡넝쿨은 살아 있는 것처럼 그녀의 팔을 잡아끌었다.

쿵!

둔한 소리와 함께 설련의 몸이 뒤로 젖혀지며 칡넝쿨이 친친 감싸기 시작했다.

설련은 바락바락 소리를 질렀다.

"가만두지 않겠다! 감히 천상의 지장에게 이런 짓을 하고도 멀쩡할 듯싶으냐! 천 년 후에 다시 보게 된다면 그때는 내 손으로 너를 죽이고 말리라!"

진류영은 창백한 안색으로 중얼거렸다.

"하자르 살 핏체 헤(천 년 후라)……."

진류영은 곽산에게서 몸을 돌려 설련에게 다가갔다. 그리고는 뭔가를 중얼거리다가 갑자기 자령도를 위로 치켜들었다.

자령도가 설련의 가슴을 향해 내리꽂혔다.

"으아—"

설련은 비명을 질렀다. 진류영이 아무리 힘이 없다 한들 자령도의 예리한 날이 보통의 칼과 같을 리 없었다. 단단한 암석도 두부 자르듯 하는 자령도였다.

"컥!"

자령도가 설련의 심장을 파고들었다. 붉은 피가 점점이 새어 나오다가 어느 순간 위로 확 솟구쳐 올랐다.

"중덕선일지장—!"

곽산의 목소리가 어두운 밤의 숲에 한차례 광풍이 휩쓰는 것처럼 메아리쳤다.

“으아아아!”

심장을 검이 관통한다 해도 인간은 쉽게 죽지 않는다. 약 이백여 걸음을 걸을 시간까지는 생존할 수 있는 것이다. 비록 그것이 엄청난 고통의 시간이겠지만.

“중덕선일지장!”

곽산은 분노와 통한이 섞인 목소리로 울부짖으며 몸부림을 쳤다. 분명 내공도 잃었을 터인데 곽산은 힘겹지만 조금씩 그 질긴 칡넝쿨을 끊어내고 있었다.

진류영은 그 모습을 보며 다가가다가 잠시 현기증을 느끼며 비틀거렸다. 주술을 사용할 때 피를 너무 많이 썼던 탓이었다. 비록 진류영이 부처에게 직접 힘을 받았다지만 그것은 일부분일 뿐이었다. 천상의 지장을 제압하려면 보다 많은 힘이 들었다.

진류영은 더욱 창백해진 낯빛으로 손을 치켜들었다.

“옴 킬라야미[唵 鷄囉夜彌]!”

이번에도 진류영의 손끝에서 피가 흘러나오며 곽산의 몸을 덮쳤다. 곽산은 그에 항거하다가 진류영이 또 잠깐 비틀거리는 틈에 칡넝쿨이 조여오는 것이 잠깐이나마 느슨해지자 땅에서 뭔가를 주워 들었다.

곽산은 땅에서 주워 든 그것을 휙 던졌다.

파앗—

주먹만한 돌덩이 하나가 진류영의 이마를 스치고 지나갔다. 살이 찢어진 듯 살짝 피가 맺혔다. 만일 정통으로 맞았더라면 낭패를 봤을지도 몰랐다.

“절대 가만두지 않으리라!”

곽산은 사지가 결박당해 땅에 매여서도 소리를 질러댔다. 진류영은 한층 수척해진 얼굴로 천천히 곽산에게 다가갔다.

"잘 가시오."

자령도가 높이 치켜졌다.

"언젠가 그대는 억겁의 시간 동안 지옥의 염황불에서 고통을 받게 되리라!"

곽산은 더욱 매서운 눈빛으로 진류영을 쏘아보았다. 진류영은 애써 그 눈길을 회피하며 자령도를 곽산의 가슴에 내리꽂았다.

"크악!"

곽산의 입에서 피가 솟구쳤다. 진류영은 자령도를 곽산의 가슴에 꽂은 채 한동안 움직이지 않았다.

몇 번이나 꿈틀거리던 곽산의 육체는 천천히 그 온기를 잃고 식어가고 있었다.

그 차가운 가슴에 엎드린 채 진류영은 중얼거렸다.

"언젠가 그대를 다시 만나면 진심으로 사과드릴 것입니다. 분명히 그때가 올 것입니다."

조용한 정적이 숲을 감싸고 떠돌았다. 정적 속의 한줄기 바람이 진류영의 귀밑을 스쳐 가며 몇 가닥의 머리카락을 살짝 날리고 있었다.

진류영은 다시 희미해져 가는 의식이 심연의 나락으로 떨어지기 직전 조용히 입을 열었다.

"묘덕지장, 중덕선일지장, 제가 당신들을 만나게 될 곳은 이 지상이 아니게 될 것입니다. 나는… 그를 반드시 막을 것입니다. 하지만 그때까지는… 그때까지만이라도 나의 욕심으로 그대들이 아닌 형님과 누이를 곁에 두고 싶습니다."

진류영은 말을 마치고 그대로 정신을 잃었다.

“아아…….”

진류영이 다시 눈을 떴을 때 그의 눈앞에는 언제나처럼 반갑고 정겨운 두 얼굴이 있었다. 두 얼굴은 근심스러운 표정으로 진류영을 내려다보고 있었다.

“좀 정신이 들어?”

다시는 듣지 못할 것 같았던 정겨운 음성. 설련은 진류영이 몸을 일으키는 것을 도우며 걱정 어린 음성으로 물었다.

진류영은 눈물이 왈칵 쏟아질 것 같아 말을 제대로 하지 못하며 고개만을 끄덕였다. 울음이 나올 것 같았는데도 기분만은 좋았다.

곽산이 그 옆에서 이상하다는 듯 중얼거렸다.

“우리가 왜 여기 쓰러져 있었던 거지?”

곽산은 황량한 공동의 내부를 여기저기 둘러보며 못내 의문스러운 표정이었다.

“천룡사를 찾아온 것까지는 기억이 나는데 왜 갑자기 정신을 잃었을까?”

진류영은 눈물이 나지 않도록 눈에 힘을 주며 손을 들어 법당의 뒤쪽을 가리켰다.

“저쪽에 나가는 통로가 있습니다.”

설련이 놀라며 물었다.

“여기서 나가는 곳을 알아?”

“응.”

“어떻게?”

진류영은 잠시 머뭇거리다가 대답했다.

"아까 둘이 기절해 있을 때 내가 둘러봤었거든."

"아아! 그렇구나. 아무튼 다행이네."

"……."

곽산이 안색이 창백해져 말을 하지 못하는 진류영의 한쪽 팔을 부축하며 말했다.

"아우의 건강이 많이 안 좋아진 모양이군. 얼굴이 더 하얘진 것 같아."

"별것 아닙니다. 아마 몸이 피곤해서 그런 모양입니다."

진류영은 곽산과 설련의 부축을 받으며 법당의 뒤로 향했다. 거기에는 과연 나무 문 하나가 있었는데, 역시 오랜 세월이 지나는 동안 썩어 있었기에 문은 쉽게 열렸다. 열렸다기보다는 거의 부서진 것이나 다름없지만.

문이 부서지며 나타난 것은 끝이 없을 것 같은 긴 계단이었다.

"이 위로 올라가면 길이 나올 것 같습니다."

진류영의 말에 곽산과 설련은 고개를 끄덕이며 계단을 오르기 시작할 때였다.

툭—

진류영의 이마에서 한줄기 피가 흘렀다. 설련이 호들갑스럽게 소리를 질렀다.

"아앗! 왜 그래? 이건 언제 다친 거야?"

진류영은 황급히 소매로 이마를 닦으며 둘러댔다.

"아… 별것 아니야. 아까 둘러보다가 넘어졌던 것뿐이야."

이마를 덮고 있는 진류영의 머리카락을 넘겨서 상처를 본 설련은 다행이라는 듯 말했다.

"별로 크게 다친 건 아니네. 근데 넘어져서 부딪친 게 아니라 어디 스쳐서 조금 찢어진 것 같은데?"

곽산은 설련을 재촉하며 말했다.

"지금 그게 뭐가 중요해. 아무튼 크게 다치지 않은 것만도 다행이지."

설련은 양손을 깍지 껴서 뒷머리에 올리며 한탄했다.

"아! 그나저나 여기까지 와서 아무런 소득이 없었다니… 정말 실망이야. 천룡사가 다 뭐야. 다 쓰러져 가는 법당 하나뿐이구만. 그나마도 안에는 아무것도 없고 말야."

이들은 아무것도 기억하지 못하는 것일까? 방금 전 진류영이 가슴에 비수를 꽂았던 이들은 과연 누구였을까.

일행이 떠나 버린 천룡사.

천 년이란 세월 동안 아무도 방문하지 않았던 이곳에 잠시나마 생겨났던 일들은 모두 거짓이었던 것처럼 사라졌다.

멀리 울려 퍼지는 계단을 오르는 발소리마저 점차 들리지 않게 된 이곳에는 다시 적막이 찾아오기 시작했다.

그 고요의 한가운데에 자리 잡은 법당. 그 안에는 좀 전까지 있던 세 불상은 감쪽같이 사라지고 적막함에 어울리는 빈 공간만이 남아 있었다.

제3장
북등연의 정체는?

북등연의 정체는?

　새들이 지저귀고 태양을 받은 나뭇잎들이 반짝이며 싱그럽게 빛나는 한가로운 숲 속의 정경. 이미 무르익을 대로 익은 짙푸른 자연의 내음이 물씬 느껴지는 평화로운 풍경이었다.

　울긋하게 붉어지며 일찌감치 단풍이 들어가는 나무와 아직 여름을 벗어나지 못한 풀과 나무도 초가을의 한 풍경을 장식하는 오후.

　이미 고목이 되어버린—몇 아름이나 되어 보이는 듯한 둘레의—커다란 은행나무 하나가 그 오후의 망중한을 즐기며 서 있었다.

　하지만 한가로운 숲 속의 풍경을 방해하는 자들이 고목나무의 눈살을 찌푸리게 만들었으니, 그들은 다름 아닌 온통 검은 복장을 하고 얼굴에마저 검은 복면을 쓴 흑의인들이었다.

　어디서 나타났는지 흑의인들은 고목나무에 기댄 한 명의 흑의인 앞에 구름처럼 모여들기 시작했다.

약 마흔 명의 흑의인들 중 한 명이 조용히 말했다.

"흑호, 아무것도 찾지 못했습니다."

다른 한 명이 말했다.

"이미 며칠이나 지났습니다만 절벽의 아래로 내려가는 길은 찾지 못했습니다. 더 이상은 무의미하지 않겠습니까?"

다른 흑의인이 말했다.

"이제 그만 철수하는 것이 어떻겠습니까? 아무리 봉문을 선언했다지만 무당산의 앞마당에서 너무 오래 있었던 것 같습니다. 제 생각으로는⋯⋯."

고목나무에 기대어 팔짱을 낀 채 그들의 말을 듣고 있던 흑의인, 흑호는 눈을 찡그리며 말했다.

"살수에게 생각이란 필요없다. 그저 명령받은 대로만 하면 되는 것이야."

그러자 방금 말을 꺼냈던 흑의인들이 고개를 살짝 숙이며 말했다.

"죄송합니다."

흑호는 팔짱을 풀고 고목나무에 기대 있던 몸을 일으켰다.

"하지만 거기에서 떨어진 이상에야 살아날 리는 거의 없을 터, 만일 살아 있다 해도 그 절벽을 내려갈 길이 없다 하니 올라오지도 못할 것이다. 명령은 수행한 것이나 다름없다. 이제 철수한다 해도 명령 위반은 되지 않을 것이다."

한 흑의인이 조심스럽게 말했다.

"흑호, 명령을 수행했다면 이제 마지막 계약이 끝난 셈이니 살막(殺幕)으로 돌아가면 되는 겁니까?"

흑호는 고개를 끄덕였다.

“그래, 이제 독립적으로 계약자를 찾아야 하겠지.”

그 말에 모두가 갑자기 침울해졌다. 흑호가 다시 입을 열었다.

“우리는 마교 내에서 십 년 이상을 비밀리에 활동해 왔고 그것은 모두 살막의 재건을 위해서였다. 이제 다시 원래처럼 떳떳한 하나의 살수단으로 태어날 터인데 왜 그리들 침울한가.”

한 명의 흑의인이 나서서 말했다.

“사실 흑영은 우리가 마교의 그자에게 좌지우지당해 있었던 것이 싫었을 뿐일 겁니다. 이제 다시 돌아가게 되었는데…….”

흑호는 단호하게 손을 내저었다.

“그는 어차피 세상에서 사는 것이 죽는 것보다 더 괴로웠을 것이다. 어차피 흑영은 세상에서 어울리며 살 수 없는 그런 자였다.”

흑호는 잠시 침묵을 지키다가 천천히 입을 열었다.

“비록 남의 밑에 있었다지만 그것은 어디까지나 살막의 재건을 위해서였다. 과거 정사대전에서 큰 피해를 입어 궤멸 직전까지 갔었지만 결국은 이렇게 재건할 수 있게 된 것이다. 만일…….”

흑호는 긴장하며 자신을 바라보는 흑의인들을 차례로 훑어보며 말했다.

“만일 다시 살막으로 돌아가기 싫은 사람은 이 자리에서 떠나도 좋다. 하지만 우리는 어디까지나 살막에서 태어난 자들이니 떠나겠다는 사람은 내 손으로 직접 죽여 시신을 살막에서 거두도록 하겠다.”

흑의인들은 한결같이 고개를 저었다.

“떠날 생각 따위는 없습니다.”

“우리 역시 같은 생각입니다.”

살막. 그곳은 한때 최고의 살수 단체였다. 조그만 단체에 불과했던 살막은 맡은 청부를 거의 놓치지 않으며 세력을 키워 살수계의 최고봉까지 차지했었다.

살막이란 이름은 그들을 지칭하는 말이며 또한 그들이 숨어서 사는 은밀한 본거지를 말하기도 했다. 마치 마을처럼 이루어진 그곳에는 어린아이부터 여자들까지 모두 살수로 키워지고 살수로 생활을 꾸려 나가야 했다.

정사대전에서 주요 임무를 맡았다가 실수로 깊게 휘말리는 바람에 살막은 궤멸 직전까지 갔었고, 다행히 남은 후손들은 살막의 후손이라는 이름을 숨기며 재건 자금을 모아왔던 것이다.

흑호는 흑의인들을 바라보며 말했다.

"나는 마교로 돌아가 약속한 나머지 금액을 받은 뒤 돌아가겠다. 너희들은 미리 돌아가 마을을 정비하도록 해라."

흑의인들의 눈에 잠시나마 기쁨이 어렸다. 그들에게도 아내와 자식들이 있었다. 비록 집에는 거의 정도 두지 못하고 있지만 아무튼 가정이라는 것이 기다리고 있는 것이다.

그때 흑호는 누군가 다가오는 기척을 알아채고는 손짓했다.

그들이 작은 기쁨을 누릴 시간조차 줄 수 없다는 듯 팽팽한 긴장감이 살짝 감돌았다. 흑의인들은 기척조차 내지 않으며 순식간에 자리에서 감쪽같이 사라졌다.

원래 살수였던 만큼 그들의 행동은 민첩했으며 조용했다. 눈 한 번 깜박일 사이에 은행나무 앞에는 아무것도 남지 않게 되었다.

그리고 잠시 후 고목의 뒤로 조심스레 누군가가 나타났다. 그는 사방을 주의 깊게 둘러보더니 땅바닥에 침을 '탁' 뱉으며 투덜댔다.

"뭐야, 아무것도 없잖아. 인기척이 느껴지길래 와봤건만."

그는 다름 아닌 화산파의 둘째 제자인 임명이었다. 임명은 예전 암흑수라 군악에게 오른손을 잘렸었기에 왼손으로 검을 들고 서 있었다.

"뭐 하러 무당 쪽으로 들러서 돌아가라고 하셨는지 모르겠다니까, 사부님은."

임명은 좌수검이 손에 꽤나 익었는지 별 불편함 없이 오른쪽 허리춤의 검집에 검을 넣었다. 그리고는 뒤를 돌아보며 소리쳤다.

"사형, 사매, 여기에는 아무것도 없습니다."

잠시 후 임명이 서 있는 은행나무의 옆으로 두 인영이 날아들었다. 일 년 전과 비교해서 조금은 앳된 티를 벗은 임소앵과 더욱 차분한 기품이 엿보이는 임현이었다.

임소앵과 임현은 임명에 비해 얼굴 표정이 좋지 않았다. 임명은 그 모습을 보며 의아해했다.

"왜들 그러십니까? 사매, 표정이 왜 그래?"

임소앵은 살짝 볼을 붉히며 말했다.

"제가 보기에… 아무것도 없기는 하지만 누군가는… 있는 것 같아요."

임명은 놀라며 주위를 두리번거렸다. 임소앵과 임현의 무공이 자신보다 더 높은 것은 이미 알고 있는 사실이다. 하지만 임명의 무위는 그둘보다 약할 뿐이지 다른 이에 비해서는 절대 떨어지는 편이 아니다.

원래 임명은 태허자에게 십 년간 출타를 금지하고 무공 수련을 하라 명을 받은 적이 있었다.

하지만 침식(寢食)도 잊은 채 수련에 몰두한 지 일 년. 임명은 사부조차 놀랄 정도로 좌수검을 완성했다. 오히려 오른손으로 검을 쓸 때보다 성취가 더 높기까지 했다.

그것은 사실 다들 알지 못했지만 임명이 원래 왼손잡이였던 까닭이었다. 비록 복수는 허락되지 않았지만 강호에 나가도 된다는 허락은 받은 것이다.

아무튼 임명은 임소앵과 임현도 깨달은 사실을 자신은 모른다는 사실에 창피함이 앞서 얼굴을 금세 붉혔다.

"있으면 나올 것이지 누가 숨어 있는 거야!"

임명이 버럭 고함을 질렀다. 그러자 임현이 나서며 임명을 제지했다.

"어떤 고인이 피치 못할 사정이 있어 모습을 감추고 계신지도 모르는 것이 아니냐. 경거망동하지 말거라."

임현은 일부러 그 말을 크게 함으로써 고인에 대한 사과를 대신하는 한편 신중을 기하는 모습을 보였다.

곧 임현은 정중한 태도로 두 손을 맞잡고 크게 외쳤다.

"어느 고인이 계십니까! 저희는 그저 지나는 나그네일 뿐입니다. 잠시 모습을 드러내고 말씀을 나누시지요."

임현의 말은 정중했지만 그 속에는 약간의 긴장과 살기가 들어 있었다. 그는 임명을 살짝 꾸짖는 말속에서 수풀 속에 이미 한두 명이 아니라 여러 사람이 숨어 있다는 것을 살짝 비추었다.

화산파를 떠나기 전 장문인인 태허자는 그에게 극구 당부한 바가 있었다.

"현아야, 감숙으로 갈 때는 무당을 경유해서 되도록 길을 돌아가는 게 낫겠다. 그리고 그쪽의 제자들과 합류해서 길을 가도록 해라. 우리가 봉문을 한 채 모인다는 소문이 이미 강호에 파다하니 혹시나 마교에서 눈치를 챘으면 가는 길이 위험하게 될지도 모르질 않겠느냐. 만에 하나를 생각해서 나쁠 것은 없으니 거기까지 가는 길에도 절대 화산파라는 것을 들켜서는 안 되느니라. 이미 종남에서도 무당으로 모인 후 가기로 결정되었다고 어제 연락이 도착했다. 나머지 제자들은 후발대로 뒤따를 것이다."

이러한 이유 때문에 화산파의 제자들은 소맷자락과 검의 손잡이에도 매화 문양 없이 평범한 무인의 복장이었다. 얼굴을 아는 사람이 없다면 겉으로만은 화산파의 제자인지도 모를 것이다.

"……."

임현이 정중하게 말을 했음에도 불구하고 장내에는 아무도 모습을 드러내지 않았다. 임현은 일부러 몸에서 날카로운 기세를 흘리며 다시 한 번 외쳤다.

"모습을 나타내지 않으신다면 저희에게 호의가 없는 것으로 알고 부득이하게 손을 쓰겠소이다!"

임현은 화산파에서도 기재라 불리는 몸이다. 그것은 그의 노력이 뒷받침되어 있었기에 가능한 일이었다. 임현의 실력이란 보통의 일류고수를 지나 있었으니 그가 뻗어내는 기세는 가히 가공할 만한 것이었다.

임현은 두 번씩이나 외쳤는데도 아무도 모습을 드러내지 않자 허리춤에서 검을 빼 들었다.

창—

날카로운 검기가 살짝 뻗어 나오며 금속성을 울렸다.

"모두 마흔두 분이나 계시는데도 아무도 모습을 드러내지 않으니 우리에게 적의가 있음으로 간주하겠소!"

임현은 목소리에 내공을 깊이 실어 주변의 나무들이 가지를 부산하게 흔들며 웅웅 떨게 할 정도의 장관을 연출해 냈다. 그것은 수가 많은 상대에게 오히려 위압감을 줄 정도로 당당한 모습이었다.

사십여 명이 넘는 자들이 있다 해도 굽히지 않는 당당함. 임현은 정파인이 행해야 할 모습을 그대로 보여주고 있었다.

스륵.

풀잎이 살짝 스치는—보통 무인이라면 듣지 못할 정도의—소리가 나며 마침내 흑호는 모습을 드러낼 수밖에 없었다.

임현은 그가 온통 검은 옷을 입고 복면까지 한 데 대해 적잖이 놀랐다.

'이들은 살수 집단인가?'

임현은 검을 거두지 않으며 흑호에게 물었다.

"복장을 보아하니 좋은 뜻으로 계셨던 것은 아닌 듯싶소이다."

한편 흑호는 그 나름대로 놀랐던 터였다. 아무리 급하게 몸을 숨겼다고는 하나 명색이 살수가 아니던가. 그런데도 자신들의 수까지 확실히 파악했으니 말이다.

흑호는 어차피 청부를 완수한 직후이니 무의미한 전투는 가급적 피하고 싶었다. 게다가 막 돌아가려 한 참이고 상대가 강해 보이는 데야 그 맘이 더했다.

"우리는 당신들에게 볼일이 없소. 우리는 일을 마치고 돌아가려던 참이외다."

흑호의 말에 임현은 신중히 물었다.

"그렇다면 어째서 그리 숲 속에 매복을 하고 계셨던 것이오?"

"누군가 갑자기 나타나기에 일단은 몸을 피한 것뿐이오."

"흐음, 뭔가 좋은 일을 했던 것은 아닌 듯싶소만."

흑호는 눈을 가늘게 뜨며 임현을 바라보았다. 아무리 강하다지만 세 명이서 설마 자신들 사십여 명을 당해내려 저리 허세를 부린단 말인가?

흑호는 한 손을 자신의 무기에 가져다 대며 은근한 위협을 가했다.

"그것은 우리의 문제요. 귀하가 신경 쓸 바가 아니오. 귀하는 그저 가던 길만 마저 가면 되는 것이오. 괜히 피를 부를 필요는 없소이다. 우리를 여기에서 못 본 것으로 하시오."

그것은 하나의 타협안이었다. 서로 상관없는 사람들이니 그냥 모른 체 지나가자는. 아니면 피를 볼 수밖에 없다는.

그 증거로 살수단 사십여 명이 몸을 숨긴 채 화산파의 일행들을 서서히 포위해 가고 있었다.

임현 일행은 일단은 조용히 감숙성의 서문세가까지 가는 것이 목적이었으므로 사실 큰일을 벌일 필요는 없었다. 일부러 여유롭게 시간을 두고 돌아가기까지 하지 않는가.

"좋소, 그렇게 합시다."

흑호는 긴장을 풀지 않으며 한 손을 치켜들었다. 그러자 스슥거리는 잔 소리가 들리며 서서히 포위망이 물러서기 시작했다. 어느 정도 거리가 되자 흑호는 몸을 돌리며 중얼거렸다.

"역시 화산파의 제자답게 상황 판단이 빠르군."

"……!!"

임현의 눈이 한순간 살기로 번들거렸다. 임현은 검을 들어 올려 흑호의 뒤를 찌르듯 겨누었다.

"잠깐!"

임현이 낮은 목소리로 몸을 돌린 흑호에게 말했다. 흑호는 굳은 듯 몸을 멈추며 고개를 살짝 돌렸다.

"볼일이 또 남아 있소?"

흑호는 임현의 검이 자신을 향해 있는 것을 보았기에 적잖이 당황했다. 방금 그대로 떠나기로 하지 않았는가.

임현은 살기가 넘치는 낮은 목소리로 물었다.

"우리가 화산파의 제자들인 것을 알아보았군."

임현의 말이 하대로 바뀌자 흑호는 일이 심상치 않게 돌아가고 있음을 느꼈다.

'아차! 내가 말을 실수한 것인가!'

흑호는 아무 말도 하지 못한 채 임현을 노려보기만 할 수밖에 없었다.

약간의 시간이 흐른 뒤 숨막히는 대치 상황 속에 흑호가 천천히 입을 열었다.

"그것이 뭐가 잘못됐는가."

임현은 검을 들어 천천히 공격 자세를 취했다. 그리고는 나지막하게, 하지만 똑똑히 들릴 정도의 목소리로 대답했다.

"우리가 이곳으로 온 것은 아무도 모르는 사실. 우리는 이곳에서 원래 다른 이들을 만나기로 했소. 그런데 거기에 우연이라고는 보기 어렵게 그대들이 매복을 하고 있었으니."

임현의 눈이 번쩍 빛났다.

"그대들은 역시 우리를 노린 것이 틀림없군! 아니면 다른 자의 사주를 받고 감시하고 있었던가."

흑호 역시 눈에서 살기를 뿜어내며 음산히 말했다.

"굳이 피를 부르겠다면야……."

“어차피 이렇게 다니는 것을 들킨 이상 그대들은 죽어줘야겠다.”

임현은 흑호에게 선전 포고를 하고는 소리쳤다.

“사제! 사매! 저들을 모두 죽여 입을 막아라!”

“예!”

그 말과 동시에 미리 준비를 하고 있던 임명과 임소앵은 검을 뽑으며 앞으로 뛰쳐나갔다.

자신들을 무시하는 듯한 그들의 태도에 흑호는 머리끝까지 화가 치밀었다.

“건방진 애송이 놈들이… 쳐라!”

흑호의 명령과 함께 흑의인들이 모습을 드러냈다. 하지만 이미 포위를 풀며 물러나는 상태였기에 직접 공격할 수 있는 수는 한정되어 있었다.

흑의인, 즉 살막의 살수들은 화산파의 세 제자들을 공격하기 시작했다. 어차피 매복이 들킨 이상 정면으로 붙을 수밖에 없었다.

짙은 살기를 지닌 검광이 태양 빛과 함께 번쩍였다. 한순간 평화롭던 숲은 어느샌가 아수라장이 되어가고 있었다.

“타앗!”

임명은 좌수검으로 동시에 세 명의 검을 막아내며 한 명의 다리를 베었다. 예전과 비교해 몇 배나 빨라진 힘과 속도였다. 그나마 살막의 살수들이나 되니 한 번에 목숨을 잃진 않은 것이다.

그 정도면 예전에 그를 그렇게나 두들겨 팬 과거의 일천, 지금의 설련에게 그때처럼은 당하지 않을 것이다.

임명이 잠시 옛 생각을 하며 한눈을 파는 사이 그의 머리와 몸을 노리고 십여 개의 검이 날아들었다.

"아차!"

싸움 중에 정신을 파는 것은 하수나 할 법한 일이다. 하지만 그의 뒤에는 임소앵이 있었다.

"조심해요! 신이십사수매화검법(新二十四手梅花劍法), 제삼수(第三手) 순백오엽(純白五葉)!"

임소앵의 쌍검에서 뿜어 나온 흰 검기는 열 개의 동그란 잎을 그리며 살수들의 검을 튕겨냈다.

"사매나 조심해!"

임명은 고맙다는 말도 없이 쌀쌀맞게 외쳤다. 하지만 임소앵은 그런 임명을 한 번 힐끔 보았을 뿐 별다른 표정이 없었다. 검을 들면 완전히 딴사람으로 변해 버리는 임소앵이니 그런 말에 연연할 리가 없었다.

임소앵은 몸을 낮춰서 자신에게 짓쳐들어오는 검을 살짝 머리 위로 지나가게 한 후 곧바로 쌍검을 활짝 펼쳤다.

"암향매우(暗香梅雨)!"

갑작스레 백색의 검기로 번뜩이던 임소앵의 검이 빛을 잡아먹은 것처럼 사라졌다. 하지만 그 검은 정확히 앞서 몸을 내밀며 공격했던 살수의 목줄기를 꿰뚫고 있었다.

"컥!"

포위가 되지 않은 상태라 정면 승부에서는 임명과 임소앵이 쉽사리 당하지 않았다. 그 모습을 잠시 지켜보던 임현은 자신이 돕지 않아도 되리라 생각하고는 흑호에게로 몸을 돌렸다.

핏—

임현의 빈틈을 노리고 들어온 몇 개의 검이 어이없게 임현의 몸을 관통했다.

"앗!"

하지만 임현을 찌른 살수들은 어안이 벙벙한 얼굴이었다.

핑그르르—

그들의 검은 반 토막이 되어 하늘을 날고 있었던 것이다. 임현은 지체없이 몸을 돌리며 크게 한 번을 회전하여 베었다.

"현천검(玄天劍), 제사합(第四合) 일격(一擊)!"

"크억!"

짧은 비명을 지르며 세 명이 목을 부여잡고 뒹굴었다. 임현은 몸을 돌리던 그대로 흑호에게로 뛰어들었다.

"간다! 천류검(天流劍), 주성류(主星流) 보보투진(步步偸進)!"

임현의 몸이 스르륵 구름이 움직이는 것처럼 흐려지며 검끝이 흑호의 목젖을 향했다.

흑호는 자신의 검을 들어 맞서며 뒤로 살짝 물러섰다. 흑호 역시 약한 상대가 아니기에 임현의 한 수로 목숨을 빼앗기는 쉽지 않았다.

"크아악!"

흑호의 귓가에 살수들의 비명이 연이어 들려왔다. 임명과 임소앵에 의해 서너 명이 더 쓰러진 것이다.

'이제 곧 자신들의 집으로 돌아갈 터였는데!'

흑호는 이를 갈며 임현의 가슴께를 노리고 검을 찔러갔다. 임현은 좌우로 발걸음을 옮기며 보법을 이용해 흑호의 검을 피해냈다. 그리곤 흑호의 검을 자신의 검으로 쳐냈다.

쨍!

하지만 흑호는 이미 다른 한 손을 품에 넣고 있었다. 임현이 그 모습을 보고 눈살을 찌푸리는 순간 흑호는 주머니와 같은 것을 확 집어 던지며 엄지와 검지손가락을 이용해 주머니의 끈을 풀렀다.

파악―

황색과 검은색의 가루가 공중에 흩뿌려졌다.

"음!"

임현은 숨을 멈추고 눈을 가린 채 뒤로 크게 뛰어올랐다. 하지만 그것은 바로 흑호가 노리던 바였다. 흑호 역시 독 가루를 마시지 않기 위해 뒤로 피하며 소리쳤다.

"던져라!"

흑영을 잡았을 때 쓰던 그 방법처럼 쇠 그물이 공중에 촤악 펼쳐졌다. 임현은 눈을 재빨리 감았지만 조금의 독 가루가 들어간 터라 눈에서 눈물을 흘리며 앞을 보지 못하였다.

임현은 물고기가 잡히듯 허공에서 그물에 걸려 꼼짝달싹하지 못하고 바닥으로 쿵! 하고 떨어지고 말았다.

임명은 임현이 그물에 사로잡히는 것을 보자 달려드는 한 명의 살수를 발로 차내고 크게 소리쳤다.

"대사형!"

임소앵도 날카로운 눈빛을 빛내며 연이어 쌍검을 휘둘러 댔으나 쉽사리 임현에게 다가가지 못하고 있었다.

임현은 독에 의해 고통스런 표정으로 눈에서 눈물을 흘리며 소리쳤다.

"나는 신경 쓰지 말고 저들을 모두 죽여라!"

흑호는 이를 갈며 검을 번쩍 들었다.

"지독한 놈! 네놈 먼저 보내주지!"

삐익!

그때 갑자기 멀리서 내공을 실은 휘파람 소리가 들려왔다. 그리고는 우렁찬 목소리가 울려 퍼졌다.

"거기까지!"

흑호가 보아하니 달려오는 네 명의 인물은 평범한 무림인의 복장을 하고 있었지만 분명 무당의 제자들이 아닌가!

"봉문을 하고서도 저렇듯 활보하다니… 더러운……."

무당의 제자들은 가벼운 몸놀림으로 혼란스러운 장내에 날아들었다.

"임 대협! 괜찮으시오? 마중이 늦었소이다!"

그중 배분이 높은 한 제자가 임현의 앞을 호위하며 흑호와 검을 맞대었다. 그리고 나머지는 이렇다 말도 없이 살수들을 베어넘기기 시작했다.

흑호는 치를 떨었다. 이 무슨 더러운 일이란 말인가. 이제 막 돌아가려는 찰나에… 아니, 조금만 일찍 걸음을 옮겼더라도…….

"으악!"

그 순간에도 살막의 살수들은 하나둘씩 쓰러져 갔다. 언제 어디서나 목숨을 잃을 수 있는 것이 강호라지만 죽어가는 이들의 얼굴에는 하나같이 억울한 표정뿐이었다.

"이놈들!"

흑호는 무당파 제자의 검을 가까스로 막으며 고함을 질렀다. 무당파의 검법은 확실히 정면에서 살수가 이길 수 있을 정도로 만만한 것이 아니었다.

흑호는 혼란스러운 생각 때문에 손발이 어지러워졌다. 만일 어떤 임무를 수행하다 죽었더라면 이토록 비참하고 안타깝지는 않을 것이다.

몇십 년을 기다려 겨우 살막을 재건할 자금을 모았고 이제야 마지막 절차를 끝냈단 말이다!

흑호는 속으로 부르짖으며 후퇴를 명령했다. 한 사람이라도 살아가야 후사를 도모해 볼 것이 아닌가.

그러나,

"쥐새끼 하나라도 놓칠 수 없다!"

살수들이 조금씩 몸을 빼내며 뒤로 물러서자 무당의 제자 네 명과 화산의 임명, 임소앵은 살기가 어린 눈으로 더욱 거세게 몰아붙였다.

"오행검(五行劍), 광야출월(廣野出越)!"

번쩍이는 수많은 검광이 뒤로 물러서는 살수들의 몸에 작렬했다. 뒤로 물러서면 더욱 공격을 받기 쉬운 법. 무당파의 제자들은 번개 같은 몸놀림으로 살수들을 제압해 갔다.

아마도 살아남을 수 있는 살수는 거의 없을 것 같았다.

"크억!"

비통한 신음성이 흑호의 입에서 튀어나왔다. 마침내 흑호 역시 가슴에 일검을 맞게 된 것이다. 상대하던 무당파의 제자 대신 어느새 그의 앞에 서서 팔을 뻗고 있는 임명.

잔뜩 예리한 검기를 머금은 임명의 검은 흑호의 명치 위로 약 두 치 정도 부근에서 살짝 왼쪽으로 치우쳐 파고들어 왔다. 그곳은 기본적으로 사람의 심장이 위치한 곳이다.

"쿨럭!"

흑호의 등 뒤로 삐죽이 솟아오른 피 묻은 검을 보고 살아남았던 살수들도 희망을 잃었다. 그들은 채 변변히 저항도 하지 못하고 피를 흘리며 죽어갔다.

흑호의 눈에서도 절망의 빛이 흘러나왔다. 말하자면 서서히 죽어가는 상태였다.

"억!"

마지막 남은 살수도 외마디 비명을 지르며 자리에서 무너져 갔다. 임명은 흑호의 가슴에서 검을 뽑아내며 한 번 힐끔 흑호를 쳐다보더니 지체없이 몸을 돌렸다.

이윽고 그물에서 임현을 구해낸 그들은 참혹한 현장이 보기도 싫다는 듯 서둘러 떠나갔다.

"호호호… 이제 끝인가."

눈살이 찌푸려질 정도로 피비린내가 나는 한가운데에서 흑호는 아직 살아 있었다!

그 정도로 그가 가진 삶의 의지가 강했던 것인가?

"어차피… 심장은 비껴갔지만… 쿨럭. 오래 버티기는 힘들겠군……."

이것은 또 무슨 소리인가!

원래 흑호는 심장이 약간 오른쪽에 위치해 있었다. 그것은 만 명에 하나 꼴로 있을까 말까 하다는 특이한 신체였다. 단지 보통 사람이라면 죽을 때까지 알지 못하는 사실이기도 했다.

어쨌든 심장이 무사하다 하더라도 부근의 정맥과 동맥은 이미 절단된 상태. 흑호는 핏물로 질퍽거리는 땅을 다리를 질질 끌며 걸어갔다.

커다란 은행나무로 다가간 흑호는 힘없이 털썩 주저앉아 등을 나무에 기댔다. 흑호는 복잡한 심정으로 장내를 둘러보았다.

만일 살막의 재건이 다가왔다는 생각으로 방심만 하지 않았더라면 이렇게 쉽게는 무너지지 않았을 텐데.

흑호는 고개를 설레설레 저으며 죽을 시간만을 기다릴 뿐이었다.

그때 그의 귀에 이상한 소리가 들려왔다. 약간 울리는 듯하면서도 멀리서 들려오는 듯한 말소리가 들린 것이다.

"아, 이제 다 왔나보다. 저기 빛이 보여."

"그럼 빨리 올라가라구. 거의 반나절은 넘게 걸었더니 힘들어 죽겠다."

"근데 이게 무슨 냄새야? 무슨 비린내가 나는데?"

"빨리 올라가기나 해."

덜컹—

흑호가 앉아 기대고 있던 나무의 위쪽 줄기에서 둔탁한 소리가 들리며 그의 머리 위로 자잘한 나무 부스러기들이 떨어졌다. 흑호는 그것을 느끼면서도 몸을 움직일 수가 없었다.

"으아! 여기 사람 되게 많이 죽었네."

"정말이야, 누이?"

"뭐? 무슨 일인지 궁금하다. 빨리 나가봐."

"알았어."

여자의 음성과 두 남자의 음성이 뒤섞여 들려왔다. 흑호는 익숙한 그 목소리를 듣고 어이가 없어 웃음이 나올 지경이었다.

그 목소리는 다름 아닌 자신이 죽이려 한 설련과 일행들이 아닌가.

그의 눈앞으로 휘익 누군가가 떨어져 내렸다. 그리고는 다시 두 명이 내려섰다. 절벽의 아래 천룡사, 그곳에서 이어진 통로는 다름 아닌 거대한 은행나무의 속, 그 빈 공간까지 이어져 있었던 것이다.

흑호는 힘없이 소리를 내어 웃었다.

"후후후……."

설련과 곽산, 진류영은 난데없는 시체들과 온통 피로 얼룩진 숲 속을 보고 놀라 멍하니 있다가 음산한 웃음소리를 듣고 또 한 번 놀랐다.

"으악!"

설련은 자신들이 나온 은행나무 둥치에 앉아 있는 흑호를 보고 그제야 이들이 누구인지 알 수 있었다. 여기의 시체들과 둥치에 앉은 흑의인은 얼마 전까지 자기들을 죽이려 했던 살수들이었다.

흑호는 온몸에 싸늘히 오한이 찾아오는 것을 느꼈다. 피를 너무 많이 흘린 탓이다. 살아 있는 건지 확실치도 않을 정도로 정신도 점점 혼미해지고 있었다.

하지만 그에게는 아직 한 가지 해야 할 일이 있었다.

흑호는 온 힘을 짜내어 말을 걸었다.

"정말 운이 좋군. 그 절벽에서 떨어지고도 살아나다니……."

그 모습을 보는 설련의 눈에 살기가 번들거렸다. 이들 때문에 곽산의 무공이 사라지게 된 것이 아닌가.

"다들 죽었는데 당신은 아직 죽지 않고 있군. 이건 복수를 하라는 하늘의 뜻이지 뭐야."

설련의 음산한 말에 흑호는 가물거리는 정신을 조금은 더 되찾을 수 있었다.

"마음대로 해, 어차피 난 이제 곧 죽을 몸이니."

설련은 백색의 검광이 빛나는 막야현검을 손에 가볍게 쥐어 들었다.

"우리를 죽이려 했으니 내가 당신을 죽인대도 할 말은 없겠지만 좀 더 고통을 받도록 그냥 두지."

설련의 말에 흑호는 실소를 흘렸다.

"클클, 그거 정말 고맙군. 조금이라도… 더 살게 해준다니. 쿨럭!"

진류영은 고개를 흔들며 앞으로 나섰다.

"가슴의 자상(刺傷:찔린 상처)에서 피가 계속 흘러나오는 것을 보니 아무래도 살리는 것은 어렵겠어."

곽산은 묵묵히 흑호를 바라볼 뿐이었다. 그들에 의해 단전을 파괴당하고 모든 무공을 잃었는데도 죽어간 자들과 죽어가는 흑호를 보니 이상하게도 화가 별로 나지 않았다.

그러나 설련은 진류영의 말에 화를 벌컥 냈다.

"살리긴 뭘 살려! 우리가 이들 때문에 죽을 뻔했는데!"

설련은 발갛게 상기된 얼굴로 막야현검을 흑호의 목에 가져다 댔다.

"누가 우리를 죽이라고 시켰는지 말해! 그리고 지난번에 나를 공격했던 괴물은 마공을 쓰던데, 그자는 누구야! 당신들은 왜 여기서 다 당한 거지?"

"흐흐흐, 살수가 그런 것을 입에 담을 것 같은가."

흑호는 이미 죽음의 문턱에 다다른 자다. 그를 어떻게 위협해 봐야 아무런 소용이 없는 것이기에 설련은 방법이 없어 입술을 깨물며 고민했다.

흑호는 잠시 침묵을 지켰다가 입을 열었다.

"다만 한 가지 부탁을 들어준다면 알고 있는 것을 모두 말하겠다."

그 말에 일행은 모두 놀랐다.

"뭐라구?"

설련이 소리쳤다.

"우리를 죽이려 해놓고 이번엔 도움을 청하다니! 정말로 멍청하군, 당신은!"

흑호는 클클 웃었다. 어차피 방법이 없었다. 흑호는 허리춤에서 하나의 가죽 주머니를 꺼냈다.

“뭐지?”

흑호는 이들이 경계하며 물러서자 떨리는 손으로 직접 가죽 주머니를 열었다.

“허튼짓 하지 마!”

설련이 외치며 검을 내려치려 할 때 흑호는 피가 묻은 손으로 하나의 문서를 안에서 꺼냈다.

“이건… 전표다, 중원 각지의 중앙전장에서 돈으로 바꿀 수 있는…….”

“음, 어디 봅시다.”

진류영이 흑호의 손에서 종이 문서를 받아 들었다. 거기에는 상당한 액수의 금액이 쓰여져 있었다.

“그것을 사천의 성도(成都)… 에서 푸줏간을 하는… 사람에게 전해주게.”

설련은 기가 차서 웃음이 나올 지경이었다.

“어째서 우리가 그런 부탁을… 게다가 성도에서 푸줏간 하나를 어떻게 찾으란…….”

“푸줏간 주인이 여자라서 쉽게 찾을 수 있을… 쿨럭! 그녀에게 모든 것은 사라졌다고 전해… 쿨럭!”

흑호는 짙은 선홍빛 피를 토해냈다. 흑호는 이들에게 확실한 다짐을 받고 싶었지만 어차피 달리 방도가 없었다. 시간도 부족했다. 이미 몸이 말을 듣지 않고 마구 떨리며 얼굴이 굳어가기 시작했다.

흑호는 이들의 확답도 듣지 않고 마지막 힘을 쥐어짜 내며 설련을 향해 소리쳤다.

“우리를 사주한 것은 마교의 총관 북등연이다! 그리고 너에게 죽은 괴인도······.”

흑호의 몸이 급격히 기울었다.

“바로··· 북등연······.”

“뭐라고?”

쿵!

흑호는 숨을 거두었다.

일행은 멍하니 있을 수밖에 없었다. 흑호가 한 말은 무슨 소리란 말인가. 죽이라 시킨 자가 북등연이고 설련과 상대했던 괴물 같은 자도 바로 북등연이라니.

설련뿐 아니라 곽산이나 진류영도 잠시 정신을 차리지 못했다. 흑호의 말은 너무나 뜻밖의 이야기였다.

“이, 이게 무슨 헛소리야?”

설련은 고운 아미를 찌푸리며 어찌할 바를 몰랐다. 진류영이 살짝 침음성을 흘리며 말했다.

“지금 마교의 총관이 다른 사람이라는 말이야.”

“뭐?”

설련과 곽산은 진류영의 확실하다는 투의 말을 듣고 놀랐다. 진류영은 어떠한 근거로 그것을 단언할 수 있었을까.

곽산이 진류영에게 물었다.

“나는 도저히 모르겠는데 어떻게 그렇게 말할 수 있는 거지?”

“응, 나도 궁금해.”

진류영은 고개를 끄덕이며 말했다.

“총관인 북등연이 이들에게 사주를 했다면 지난번 괴인은 북등연이 아닐 것입니다. 왜냐하면 명령 또는 의뢰를 한 사람이 죽었을 경우 그 명령은 지킬 필요가 없어지는 것이니까요. 아니, 설사 누군가 북등연의 행세를 하며 누이를 죽이라고 했다면 그게 더 위험한 일입니다. 그자는 혈해적인이라는 북등연을 마음대로 부릴 정도의 인물이니까. 그렇게 볼 때 누이, 누이가 지금 마교로 돌아가는 건 너무 위험해."

설련이 믿을 수 없다는 듯 고개를 흔들었다.

"분명 그 괴인은 강했어. 하지만 총관은 예전에 주화입마를 당해서 무공을 쓸 수 없는 몸이라구."

설련은 자기가 말을 해놓고 갑자기 놀라며 '앗!' 소리를 질렀다.

"그렇다면……."

"주화입마를 당했다는 말은 소문이었을 뿐이고 그가 혈해적인이라 불릴 때부터 이미 바꿔치기가 되어 있었다는 말일 거야."

원래 마교로 돌아가 부친을 설득하려던 설련은 진류영의 말대로 계획을 고쳐야만 했다. 북등연, 아니, 북등연의 행세를 하는 자가 뭔가를 꾸미고 있는 게 확실하다면 대책없이 마교로 돌아가는 것은 너무나도 위험한 일이었다. 그건 '나를 잡아주시오' 하고 말하는 것밖에는 안 되는 것이니 말이다.

"대체 교 내에서는 또 무슨 일이 벌어지고 있는 거야……."

설련의 얼굴에 근심이 어렸다. 만일, 정말 만일이지만 마상회가 그래도 자기 딸인 설련을 죽이라 그랬을 리는 없을 테니 총관 행세를 하는 자가 다른 일을 꾸미고 있다는 말일 터.

진류영이 말했다.

"일단은 부탁받은 것이니 사천의 성도로 가서 이것을 전해주죠. 너무 시간이 지체되면 할 수 없겠지만 말입니다. 혹시나 다른 얘기를 더 들을 수도 있구요."

설련은 말없이 고개를 끄덕였다.

너무나 많은 일이 일어나고 있었다, 머리가 터져 버릴 정도로.

하지만 그 모든 일은 이번 중양절을 기해 모두 드러나게 될 것이다.
많은 사람들의 목숨과 피로 채워지며…….

제4장

살막의 후예

살막의 후예 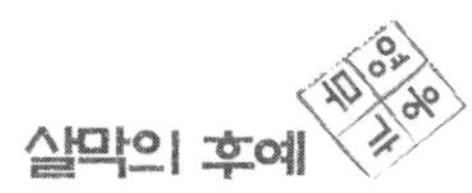

　태양 빛이 내리쬐는 뜨거운 한낮의 열기가 유유히 창공을 날던 제비 한 마리의 날개를 무겁게 내리눌렀다. 제비는 하늘을 선회하다가 무엇을 봤는지 깜짝 놀라는 모습이었다.

　제비는 더 두고 볼 것도 없다는 듯 남쪽으로 머리를 돌렸다. 마치 제비는 뭔가에라도 쫓겨가듯 사라져 갔다.

　산길.

　조그만 소로가 무성한 풀 사이로 나 있었다. 이것은 누가 만든 것이 아니라 사람들이 다니다 보니 저절로 만들어진 길이다. 그래도 이 소로는 사람들의 발길이 뜸한 편인지, 완전한 길이 되어 있지는 못하고 길 사이마다 듬성한 잡초들을 기르고 있었다.

　딸랑― 딸랑―

　어디선가 연이어서 방울 소리가 들려왔다. 도사의 복장을 한 한 남

자가 소로에 서서 조그마한 방울 여덟 개가 달린 가지를 흔들고 있었
다. 이것은 팔주령(八珠鈴)이라 하여 보통은 무당들이나 제사에서 쓰이
는 무구(巫具)이다.

어째서 그런 방울을 흔드는지 연유가 궁금해질 쯤.

팔주령을 흔드는 남자 앞으로 더운 날임에도 불구하고 몸 전체에 늘
어지는 허름한 갈의를 입은 남자 한 명이 나타났다. 그는 숨을 헐떡거
리며 팔주령을 흔드는 남자를 노려보고 있었다.

딸랑— 딸랑—

다시 여덟 개의 방울이 동시에 울려 퍼졌다. 맑은 소리가 조용함이
감도는 숲 속을 뛰어다니며 귀를 어지럽게 했다.

“크으으으—”

갈의를 입은 남자는 고운 방울 소리를 들으면서 인상을 굳히고 있었
다. 다른 사람들에게는 기분까지 말끔하게 해주는 상쾌한 방울 소리가
남자의 귀에는 천둥 벼락이 치는 소리로 들린 것일까?

파악—

갑자기 갈의를 입은 남자의 앞으로 검은 인영 하나가 날아들었다.
갈의를 입은 남자는 입술을 질끈 물어 피가 날 정도로 힘을 주며 양손
을 뻗었다.

“혈린잠은사!”

남자의 양손에서 가는 실 열 가닥이 뻗어 나갔다. 볼 수 없을 정도로
빠르고 몸이 떨릴 정도로 엄청난 기운을 담은 실들이 검은 인영의 온
몸에 꽂혀들었다.

놀랍게도 그 실은 하나하나가 검은 인영의 요혈에 정확하게 꽂히는
것이 아닌가. 그 실에 내력이 담겨 있다면 보통은 즉사시킬 수 있는 위

험한 혈을 남자는 한 치의 오차도 없이 공격한 것이다.

"크으으으."

그러나 열 가닥의 실들은 꽂힌 것이 아니라 단지 살짝 찌르고 있을 뿐이었다. 겨우 인영이 입은 검은 옷에 구멍을 냈을 뿐 파고들지는 못했던 것이다.

검은 인영은 아무런 타격도 받지 않은 채 멀쩡히 두 발을 딛고 서 있었다. 갈의를 입은 남자의 얼굴은 난감함과 당혹함으로 물들었다.

그러고 보니 갈의를 입은 남자의 행색은 영 말이 아니었다. 여기저기 찢어진 곳으로 핏줄기가 언뜻언뜻 보이고 목으로는 땀이 송골송골 배어 있었다.

이번에는 검은 인영이 갈의를 입은 남자에게 달려들었다.

부웅—

마치 아무렇게나 내지른 듯한 주먹을 보고 갈의를 입은 남자는 쉽게 몸을 피해 버렸다. 대신 그가 서 있던 자리 뒤쪽의 아름드리 나무 한 그루가 봉변을 당해 버리게 되었다.

콰직!

적어도 한 아름이 넘는 나무가 너무나 손쉽게 부러져 나갔다. 검은 인영은 쉬지 않고 갈의를 입은 남자를 쫓아가며 팔다리를 휘둘렀다. 거추장스러운 부러진 나무가 인영의 발에 채였다.

무성한 잎과 가지를 가진 나무는 그대로 박살이 나며 멀리 날아갔다. 그 모습을 어찌 인간이라 할 수 있으랴.

검은 인영은 잠시 자리에 멈춰 섰다. 갈의를 입은 남자는 검은 인영과 대치하며 긴장을 늦추지 않고 있었다.

"크아앗!"

갈의를 입은 남자는 마치 채찍을 휘두르듯 실들을 옆에서부터 휘둘렀다. 칼날이라도 달린 듯 가는 실들은 가로막는 풀들과 나뭇가지들을 뎅겅뎅겅 잘라 버리며 검은 인영의 몸을 쓸어갔다.

딸랑딸랑―

검은 인영은 방울 소리를 듣더니 재빠르게 몸을 날려 갈의를 입은 남자에게 날아들었다. 옆에서 몰아치는 예리한 칼날의 실들은 검은 인영의 한 손에 가로막히며 놀랍게도 그의 팔을 잘라내지 못하고 허공에서 멈춰 버렸다.

갈의를 입은 남자는 이를 부득 갈며 뒤로 물러섰다. 그의 공격은 검은 인영에게 아무런 타격도 주지 못하고 있었다. 다른 방법이 있을 리가 있겠는가!

"큭큭큭. 천하의 암혼수라도 금혼강시(禁魂殭屍)에겐 꼼짝도 못하는구만."

팔주령을 흔드는 도사 복장의 남자가 소리 죽여 웃으며 중얼거렸다.

암혼수라! 갈의를 입은 남자는 암혼수라 군악이었던 것이다. 그리고 그와 상대하는 검은 인영은 바로 금혼강시!

"놀랍군. 몸이 금강불괴라도 되는 것인가?"

그의 옆에 언제 나타났는지 금색의 장포를 두른 복면인이 나타나 말을 걸었다. 도사 복장의 남자는 큭큭거리고 웃으며 말했다.

"온몸이 도검불침인데다 호신강기가 초고수급에 해당되기 때문에 보통의 내공을 이용한 공격으로도 당하지 않습죠. 뭐, 천하의 보검이라도 된다면 또 모르겠습니다만."

금의인은 신중히 금혼강시와 군악이 싸우는 모습을 지켜보았다. 군악은 여전히 금혼강시에게 밀리고 있었다.

“음, 저런 괴물이 사천 구나 된단 말인가.”

“그렇습죠. 정확히는 상태가 불량한 것을 폐기해서 삼천칠백 구가 됩니다. 예상된 구 할보다 더 성공률이 높았습죠. 게다가 암혼수라와 싸우는 건 겨우 한 구일 뿐인데도 저 정도의 위력입니다. 저도 정말 놀랐습죠. 암, 놀랐고말고요. 극오존자 중 최고 고수라는 암혼수라 군악 정도가 한 구의 강시를 이기지 못한다니 말이죠.”

금의인은 코웃음을 쳤다.

“군악의 실력으로도 겨우 저 정도라… 그렇다면야 겨우 몇백 구의 강시로도 천하를 일통할 수 있다는 말인가? 큭큭, 과단은 언제나 금물이다. 지금 군악을 여기까지 몰아넣은 것은 십여 구의 강시가 있었기 때문이지.”

도사 옷을 입은 남자는 자신의 성과를 깎아내리는 금의인의 말에 기분이 좋지 않았는지 살짝 눈살을 찌푸렸다.

“금혼강시는 제 최대의 역작입니다요. 설사 대공자라 하시더라도……..”

금의인은 그 말을 들으며 살기 어린 웃음을 흘렸다.

“흐흐흐, 정말 그렇게 생각하는가?”

그때 금혼강시와 군악의 싸움은 천천히 금의인의 말대로 흘러가기 시작했다.

“크으으으—”

금혼강시는 몇 개의 나무를 부러뜨리며 군악을 압박해 가고 있었으나 군악의 몸에는 별다른 타격을 주지 못했다.

금혼강시의 공격은 확실히 위력적이었다. 손으로 때리는 위력이 이갑자 내공을 담은 고수의 권(拳)과 같았다. 하지만 결정적으로 이미 죽어 있는 상태기 때문에 몸이 뻣뻣하게 굳어 있다는 게 문제였다.

움직임의 빠르기는 그럭저럭 일류고수의 수준이었으나 몸이 굳은 상태에서 공격을 가하니 항상 일정한 공격을 할 수밖에 없었다. 기본적으로 팔을 움츠렸다가 직선으로 내지르는 공격은 너무 움직임이 느렸고 팔을 뻗은 상태로 마구 휘두르는 것은 피하기가 쉬운 공격이었다.

팔주령을 흔들던 도사는 금의인의 말대로 되어가자 가히 안색이 좋지 못했다.

"온몸의 뼈를 자잘하게 부러뜨려서 움직임을 최대한 부드럽게 했고 빠져나가는 혼을 잡아두어서 근육이 굳지 않도록 했건만……."

금의인은 복잡한 생각이 얽힌 얼굴로 말했다.

"무릇 세상에서 거스를 수 없는 것이 죽음이지. 혼을 붙잡아둔들 몸을 살아 있는 상태와 같게 할 수는 없는 것이다."

도사는 찌푸린 얼굴로 방울을 계속해서 흔들어댔다. 그러자 강시는 좀 전보다 더 과격하게 군악을 몰아붙이기 시작했다.

어차피 살아 있는 이상 도망만 다니더라도 힘이 빠지면 한 번은 팔이든 발이든 간에 맞지 않겠는가. 물론 한 번만 맞게 되면 죽겠지만 말이다.

부웅—

콰직!

강시가 내차는 발길질에 땅이 퍽퍽 패어 나가고 휘두르는 팔 한 번에 나무들이 비명을 지르며 부러져 나갔다. 혼자서 숲 속을 완전히 난장판으로 만들어 버리는 강시.

그 공격에도 군악은 의외로 침착했다. 때때로 그는 도사와 금의인을 곁눈질하고 있었는데, 그것은 금의인이 더 위험한 존재라는 것을 알아챘기 때문일 것이다.

어느 순간 군악은 갑자기 도사를 향해 팔을 뻗었다.

피잉—

날카로운 파공성과 함께 그의 검지손가락에서 얇은 실이 뻗어 나왔다.

"으악!"

도사는 놀라서 양손으로 얼굴을 가렸다. 그는 이미 군악의 혈린잠은사가 가진 위력을 알고 있었던 것이다. 강시라면 모를까 무인도 아닌 평범한 사람이 저 혈린잠은사를 맞고 살아날 수 있을 리가 없었다.

팟—

금의인은 발을 미동도 하지 않은 채 손만 살짝 움직였다. 벼락처럼 뻗어 나간 검은 혈린잠은사를 옆에서부터 끊어냈다.

"앗, 따거워!"

도사의 손등에 혈린잠은사의 앞부분이 꽂혔다. 하지만 이미 혈린잠은사는 금의인에 의해 중간에 절단되었고 다행히 도사의 손에 꽂힌 실에는 내공이 깃들지 않아 있었다.

"흐음, 이런 문제도 있었군."

금의인은 고개를 끄덕이며 아무렇지 않게 말을 내뱉었다. 도사의 입장에서 보면 자신은 죽을 뻔했던 것이지만 금의인의 입장에서는 그 역시 소모품에 불과할 뿐인 것이다.

도사가 방울을 울리지 않아 강시는 잠시 멈춰 섰다. 군악은 채찍을 던져 감는 것처럼 강시의 한 다리에 남은 아홉 가닥의 혈린잠은사를 핑핑 둘러 감았다.

"크아아아!"

그리고는 비명과 같은 고함을 지르며 온 힘을 다해 혈린잠은사를 잡아당겼다. 얼마나 엄청난 힘으로 당겼는지 그의 다리가 땅에 푹 빠질 지경이었다.

강시는 기우뚱하더니 뒤로 쿵 하고 넘어졌다. 동시에 강시의 한 발은 우직— 소리와 함께 뽑혀 나갔다. 그 모습을 본 도사는 급히 팔주령을 흔들어댔다.

딸랑— 딸랑—

강시는 고통이란 것이 없는지 벌떡 일어서며 군악을 공격하려 했다. 하지만 중심을 잃고 쓰러지기를 몇 번, 결국은 마구 버둥거리며 기어가기 시작했다.

그러한 것이 군악에게 위협이 될 리 없었다. 군악은 금의인과 도사를 한 번씩 쏘아보더니 몸을 돌려 달아났다. 이미 금의인의 뒤쪽으로 열 구가 넘는 강시들이 모습을 드러냈기 때문이었다.

"이, 이런."

도사의 얼굴이 당혹감으로 물들자 금의인은 비웃음이 잔뜩 담긴 조소를 그에게 보냈다. 그리고는 누워서 버둥거리는 강시의 앞으로 다가갔다.

"아까 나라고 해도 어쩔 수 없을 거라 했던가?"

금의인은 한 발을 크게 내디디며 손에 든 검을 땅에서부터 하늘로 휘익 쳐올렸다.

파앗—

강시의 썩은 얼굴이 목부터 잘린 채 하늘로 부웅 떠올랐다. 금의인은 검을 쥐지 않은 다른 손을 머리를 향해 뻗었다.

콰직!

허공에서 강시의 머리가 산산조각나며 검은 피와 뇌수가 후드득 땅으로 떨어졌다. 그 모습에 도사의 얼굴이 새파랗게 질렀다. 군악도 어쩌지 못한 강시를 저렇게 쉽게 베어내고 머리를 일장으로 부수다니!

"어차피 혼전 양상으로 가면 될 테니 상관은 없겠지만 초고수들과의 대결에서는 큰 도움이 되지 못하겠군. 하지만 만 명이든 십만 명이든 평범한 무인들이나 병사에게는 꽤나 쓸모있겠어."

금의인은 중얼거리다가 자신의 검을 들여다보았다. 평범한 검이었지만 그의 손에 있는 이상 보검 못지않은 검이라 할 수 있었다. 그런데도 그 검날에는 이가 빠져 있었다.

방금 그는 검강으로 검을 감싸며 강시의 목을 단숨에 날렸었다. 그런데도 날이 상했다는 건 강시의 몸이 얼마나 단단한지 확실히 말해주고 있었다.

"도검불침지체라 그런지 확실히 평범한 청강장검으로는 무리가 있군."

금의인은 이가 빠져 쓸모가 없어진 검을 숲 속으로 휙 던져 버리고는 도사를 보며 말했다.

"지금 본 것처럼 피해 다니는 적은 강시로 처리하기 어렵잖은가. 강시들의 손끝에 극독을 묻히도록 하게, 스치기라도 하면 죽을 정도로 강력한 독을."

"예… 예……."

도사는 몸을 오들오들 떨며 고개를 조아렸다. 아까까지 자신이 일구어낸 성과의 뿌듯함과 자만으로 꼬박꼬박 말대답을 하던 모습은 이미 사라지고 없었다.

그와 함께 금의인의 모습도 어딘가로 사라지고 자리에는 횅한 바람만이 맴돌고 있을 뿐이었다.

*　　　　*　　　　*

강호의 소문은 모두 객점에서 이루어진다. 객점은 여행자들이 많이 이용하기 때문에 여기저기의 소문을 한 자리에서 들을 수 있는 것이다.

곧 영웅집회가 가을의 중양절을 기해 일어나기 때문에 감숙성으로 향하는 길목의 객점들은 모두 즐거운 비명을 지를 정도로 장사가 잘 되고 있었다.

곽산과 진류영, 설련이 머문 객점에서도 마찬가지였다. 가뜩이나 개미 떼보다 더 우글거릴 정도로 사람이 많은 성도였다. 장사치들이 파는 색색의 장신구나 구수한 냄새와 함께 전갈 꼬치 같은 군것질거리까지 정말로 없는 게 없는 성도의 번화한 거리.

쿵!

그 북적거리는 틈에서 웬 허름한 옷을 입은 꼬마 아이가 달려와 곽산의 품에 달려들었다.

무공을 잃었다지만 오랜 기간을 단련해 온 몸이다. 곽산은 아이가 다치지 않도록 잡으며 무뚝뚝하게—오히려 웃는 표정에서는 무뚝뚝해져 버린다—말했다.

"조심해야지. 사람이 많으니 뛰어다니면 안 된다."

"아! 죄송해요."

아이는 고개도 끄덕이는 중 마는 둥 하더니 또 달려가기 시작했다.

"아이는 아이로구만."

설련이 의심스러운 눈초리로 멀어져 가는 아이의 뒷모습을 눈으로 좇았다.

"뭐 잃어버린 거 없어?"

설련의 말에 곽산은 뜨끔하며 속으로 아차 싶었다. 이런 복잡한 거리에서는 소매치기를 주의해야 한다. 그동안 무공만 믿고 감각에만 의지하다 보니 그런 것은 사실 생각지도 못했던 일.

곽산은 급히 품을 뒤졌다. 어차피 든 거라고는 거의 없는 돈주머니가 사라졌을 뿐.

"다행이군. 몇 푼 안 되는 돈주머니만……."

설련이 소리쳤다.

"이 바보! 거기에 전표가 들어 있었잖아!"

"헛!"

곽산은 침을 꿀꺽 삼켰다. 흑호가 죽어가며 전해주라던 전표가 그 안에 들어 있었던 것이다.

"이런, 제길."

곽산의 눈에 당황과 허무함이 스쳐 갔다. 거의 반 억지로 부탁받은 일이었지만 어쨌거나 약속한 일을 못 지키게 되었으니 찜찜하기 그지없는 일이었다.

그런 일에도 불구하고 일행에게는 다행인 일이 있었다. 바로 객점에 방을 잡을 수 있었던 것. 이렇게 사람이 바글거리는 곳에서 자리를 잡은 것만도 대단하다고 할 수 있는 성과였다.

더구나 저녁때 말이다.

"여기 술 두 병 더 주게."

"예!"

"이리 와서 주문을 받아, 주문을. 여기 장사 안 하나?"

“예, 예, 조금만 기다리십쇼. 지금 나갑니다요.”

왁자지껄. 마치 시장판을 연상시키는 객점의 내부는 온갖 음식 냄새와 술 냄새, 시끄럽게 떠들어대는 소리들로 가득 차 있었다. 곳곳에 켜 놓은 등의 불빛들이 소리에 가려져 어둡게 느껴질 지경이었다.

“어휴, 왜 이리 사람이 많은 거야?”

손으로 얼굴을 살짝 가린 채로 설련이 말했다. 눈에 띄는 미모를 가진 설련은 더 이상 남장을 포기했기에 여기까지 오면서도 거추장스러운 일을 많이 당했었다.

때문에 얼굴에 숯검정도 묻히고 머리도 흐트러뜨려 지저분하고 추레한 몰골로 변장을 했건만, 가까이서 유심히 보면 역시나 귀엽고 예쁜 얼굴이란 것을 부인할 수 없었다.

곽산이 설련의 말에 입을 열어 말하려는 찰나에 뒤쪽에서 누군가 크게 웃으며 말했다.

“크핫핫하! 우리는 영웅이라구. 영웅호걸이란 말이지. 세상을 구원하는 영웅! 크하하하!”

아마도 술에 취한 듯 장대한 몸을 가진 사십 대의 남자는 비틀거리며 자리에서 동료와 떠들고 있었다. 술에 취한 사람이 으레 그러하듯 동료인 듯한 중년의 남자 역시 큰 소리로 마구 고함을 지르고 있었다.

“으하하! 영웅집회는 우리를 위한 잔치라 할 수 있단 말이지! 으하하!”

곽산은 그 말을 가만히 듣다가 말했다.

“…라는군.”

설련은 ‘칫’ 하고 입을 삐죽거렸다.

“나도 멀쩡하게 귀 두 개가 있다고.”

다른 탁자에서 술을 마시던 여섯 명의 무인들은 술 취한 두 남자들을 보며 혀를 찼다.

"쯧쯧, 마교와 싸우는 것이 누구 집 개 잡는 것처럼 쉬운 일이던가. 저러다가 칼날받이가 되기 딱 십상이지."

"그러게 말일세. 아마 십상팔구(十常八九)는 그러하겠지."

"그 싸움에서 살아남지 못한다는 데 십중구십(十中九十)이라 단언하겠네."

무인들 중 한 사내가 의자에 팔을 기대며 말했다.

"우리도 비록 천하제일가로 가기는 하지만 잘하는 일인지 모르겠네. 마교가 워낙에 강해야 말이지."

"구대문파가 봉문의 율법까지 어겨가며 비밀리에 힘을 다한다지 않는가. 이번에야말로 사생결단을 낼 모양이던데?"

"이 사람아, 어린아이들도 다 알고 있는 게 무슨 비밀인가. 말로만 비밀이었지, 이미 마교에서도 다 알고 준비를 하고 있을 거네."

"아무튼 평생 삼류인생 따위 사느니 목숨을 걸어봐야지. 그렇지 않겠는가? 안 되면 죽는 거고 잘되어 적당한 마교의 고수 하나를 쓰러뜨리면 평생 대우받고 살 수도 있을 걸세."

그들 이외에도 객점 안 대부분은 무인이었는데, 아마도 모두가 감숙성으로 향하는 듯했다. 그리고 그들은 정의와 협을 지키기 위한다기보다는 자신들의 이익을 걱정하며 이야기를 나누고 있었다.

"자아, 요리가 나왔습니다요."

점소이가 두 손 가득한 쟁반을 곽산들의 탁자에 내려놓았다.

"맛있게 드십시오!"

점소이는 쟁반을 내려놓자마자 다른 손님이 부르는 쪽으로 바삐 달려갔다.

"빌어먹을 꼬마 녀석, 얼굴을 기억하고 있으니 다음에 만나면 가만두지… 응?"

곽산은 탁자 중앙에 놓인 통에서 젓가락을 집어 들다 말고 눈을 크게 떴다. 시키지도 않은 소면이 나와 있었다.

"바쁘다 보니 시키지도 않은 걸 가져다 주는구만. 일단은 먹고 볼까나."

곽산이 앞에 놓인 소면을 먹으려 하자 설련이 갑자기 제지했다.

"잠깐만."

곽산과 진류영은 설련의 행동에 의아해했다.

"왜?"

설련은 소면이 담긴 그릇을 보며 점점 안색이 어두워져 갔다. 곽산은 긴장하며 물었다.

"혹시 여기에 독이라도?"

설련은 고개를 저으며 대답했다.

"아니."

설련은 살짝 입술을 깨물며 천천히 자리에서 일어섰다. 진류영은 설련의 행동이 이상해 궁금함이 치밀었지만 가만히 지켜보았다.

설련은 한숨을 내쉬었다.

"나… 교로 돌아가야겠어."

곽산과 진류영은 놀라서 반문했다.

"그게 무슨 소리야? 돌아가면 위험하다구."

설련은 또다시 고개를 저었다.

"아니, 돌아가지 않으면 안 돼. 교에서 연락이 왔어."

설련은 손가락으로 소면을 가리켰다. 곽산과 진류영이 자세히 보니 맨 윗줄에 놓인 국수 한 가닥이 돌아올 '귀(歸)' 자 모양으로 되어 있는 것이 아닌가. 국수들이 얽혀 있으니 유심히 보지 않으면 모르고 넘어갈 일이었다.

곽산이 설련을 말리며 말했다.

"지금 돌아가면 위험하잖아. 게다가 이건 함정일 수도 있다구."

설련은 굳은 얼굴로 말했다.

"이건 아빠가 친히 내린 명령이야. 저걸 봐."

설련이 가리킨 소면의 접시는 평범한 나무 그릇이었는데 그 옆면에 세 개의 줄이 살짝 그어져 있었다. 마치 삼(三) 자와 같았는데 그 끝이 살짝 벌어져 새의 발톱과도 같은 모양이었다. 그리고 그 사이에 동그라미 세 개가 그려져 있었다.

그러나 이것도 얼핏 보면 알아챌 수 없는 것이고 그냥 흠집이라 생각할 수도 있는 것이었다.

하지만 설련은 심각한 표정으로 말했다.

"교주가 직접 명령을 내렸다는 표식이야. 미안해. 난 돌아가 봐야겠어. 교에 몸을 담은 이상 무조건 교의 뜻에 따라야 해."

설련은 갑작스런 일에 당황해하는 둘을 보며 말했다.

"내가 돌아가거든 잘 설득해 볼게. 나쁜 일이 일어나지 않도록……."

설련은 두 눈에 살짝 물기가 고인 것을 감추며 빠르게 몸을 돌려 객점 밖으로 나갔다.

둘은 멍해졌다. 이게 무슨 일인가.

곽산과 진류영은 허탈해지는 기분을 참을 수 없었다. 어차피 끝까지 함께할 수 없다는 것쯤이야 이미 알고 있었던 사실이다. 설련이 언젠

가는 마교로 돌아간다는 것, 적이 되어 얼굴을 마주할 수 있다는 것도
만난 순간부터 알고 있던 사실이다.

곽산은 크게 소리쳐 점소이를 불렀다.

"이봐, 여기 술을 가져다 달라고!"

"예, 예."

진류영은 쓴웃음을 지었다. 곧 다가올 풍파를 과연 어찌 막아야 하
는가. 몇만 명이 넘는 사람들을 무슨 재주로 막아내야 하는 것인가. 거
기에서 한 명이라도 더 의지할 수 있는—마음으로라도 의지할—사람이
떠나가 버린 지금 그의 마음도 착잡하기는 마찬가지였다.

"하하."

진류영의 입에서 웃음이 터져 나왔다.

"하하하하."

곽산도 웃었다.

웃음 한 번에 한 병의 술이 비워졌다. 아무 힘도 없는 병약한 청년
한 명과 무공을 모두 잃은 파문제자만이 남아 있는 공간. 그 공간에서
술은 취해 일그러지는 공간을 만들어냈고 그 공간 속에서 두 청년은
점점 의식을 잃어갔다.

"으음."

―일어나라.

"누구야… 음냐."

―넌 아직 이런 데서 죽어서는 안 될 몸이다. 정신을 차리고 일어서
도록 해!

"누가… 음냐. 감히 내게 이래라저래라… 음냐."

술에 취해 버린 곽산은 귓가에 들려오는 목소리에 조금은 정신을 차
릴 수 있었다. 흐리멍덩한 곽산의 눈앞에는 대여섯 명의 남자들이 눈
을 시퍼렇게 뜨고 자신을 바라보고 있었다.

"응?"

순간 곽산의 감각을 일깨우듯 온몸에 소름이 주욱 돋았다. 그것은
겨우 곽산이 정신을 차린 후 입 한 번 열기도 전이었다.

"죽엇!"

곽산의 머리 위로 서늘한 살기를 품은 무언가가 떨어져 내리고 있었
다. 곽산은 본능적으로 '이것은 위험하다!' 라는 것을 직감했다.

곽산이 눈을 돌려보니 옆에서 탁자에 고개를 파묻은 채 진류영은 정
신없이 곯아떨어져 있었다. 곽산은 더 생각할 것도 없이 진류영의 허
리를 낚아채듯 잡고 바닥을 뒹굴었다.

으적―

좀 전까지 곽산이 앉아 있던 의자는 거칠게 부서져 나가고 말았다.
두 개의 철퇴가 객점의 마룻바닥까지 우지끈 부순 채 잠시 멈춰 있었
다.

곽산이 좌우를 둘러보니 좀 전까지 가득 차 있던 객점 안의 사람들
은 이미 어디론가 모두 사라지고 객점 안에는 자신들만이 자리하고 있
었다.

"빌어먹을! 어떻게 그 약을 먹고도 깨어난 거지?"

한 남자가 방방 뛰며 악을 썼다. 그가 그렇게 악을 쓴단 얘기는 주변
에 그들을 방해할 만한 사람이 아무도 없다는 얘기다.

"으……."

곽산은 갑자기 머리가 핑― 하니 도는 것을 느꼈다. 어쨌거나 한 번

의 위험은 피했지만 저들이 말하는 약효는 아직 사라지지 않았던 모양
이다.

"볼 것 없이 쳐버려!"

한 사내의 명령이 떨어지자 남은 다섯 명의 사내가 동시에 달려들었
다. 각각이 철퇴니 단도니 쇠꼬챙이니 하는 이상한 것들을 들고 있었
다.

곽산은 입술을 질끈 깨물어 피를 냈다. 그제야 정신이 살짝 돌아오
는 것이 느껴졌다.

"이놈!"

곽산의 가슴으로 끝이 뾰족한 쇠꼬챙이가 날아들었다. 곽산은 한 손
으로 쇠꼬챙이를 옆으로 밀어내며 그를 대뜸 발로 걷어찼다.

"컥!"

"조심해라! 놈이 반항한다!"

사내들이 수군거리며 뒤로 살짝 물러섰다.

"으으으……."

곽산에게 가슴팍을 얻어맞았던 남자도 가슴을 문지르며 일어났다.
예전 같았으면 가슴의 뼈가 부러져 죽어버렸을 것이다. 하나 지금의
곽산은 그저 보통 사람보다 조금 더 강할 뿐.

'그래도 전문적으로 무술을 배운 자들이 아니라 다행이구나.'

곽산은 이들이 기껏해야 삼류무인이거나 뒷골목 불량배 정도의 수
준이라는 것을 알고 조금은 안심이 되었다.

'마교의 패들인가 보군.'

곽산의 예상은 어느 정도는 들어맞는 것이었다. 하지만 마공을 배운
흔적 따위는 없으며 무공도 삼류.

이것이 바로 마교가 각지에 퍼져 있지만 오랫동안 들키지 않은 까닭이었다. 일반의 교도들은 마공을 익히지도 않고 눈에 띄게 강하지도 않았던 것이다. 그 덕에 곽산이 목숨을 잠깐이나마 부지할 수 있었던 것이기도 하고.

곽산은 몸을 가다듬으며 물었다.

"왜 나를… 아니, 우리를 죽이려 하는 거요?"

철퇴를 든 남자가 말했다.

"아까 그 아가씨와 함께 다니던 자들을 죽이면 포상이 있을 거라는 공문이 내려왔다."

곽산은 입가에 흐르는 피를 닦으며 자리에 우뚝 섰다. 몸이 뻣뻣해져서 마음대로 움직이지 않았지만 이들만이라면 어떻게든 될 것 같았다.

곽산은 약간 거만한 표정으로 손을 내밀었다.

"포상이 목숨보다 귀하다면 한번 와봐라."

곽산의 모습을 보고 사내들이 잠시 움찔거렸다. 곽산이 너무나 당당했기에 조금은 겁을 집어먹은 것이다.

한 사내가 손으로 곽산을 가리키며 소리쳤다.

"그래 봐야 놈은 아직 약에서 깨어나지 못했다! 다 같이 덤벼들어! 정식으로 교에 들어갈 수 있는 기회다!"

"으아아!"

사내들이 저마다 기합을 지르며 무기를 들고 달려들었다. 제일 먼저 곽산의 정수리에 떨어진 것은 아까의 철퇴였다. 예전 같으면 철퇴를 맨손으로도 부술 수 있었지만 지금은 철퇴를 막는다는 것조차 위험한 일이었다.

“어딜!”

곽산은 옆으로 슬쩍 비켜서며 오른손으로 철퇴를 눌렀다. 덕분에 콰
직— 하고 객점의 마루가 원망의 비명을 질러댔지만 철퇴를 후려친 사
내도 중심을 잃고 앞으로 쓰러졌다.

“어… 어…….”

곽산은 인정사정 볼 것도 없이 앞으로 넘어지는 사내의 면상을 무릎
으로 힘껏 강타했다.

우직!

콧잔등이 주저앉는 섬뜩한 소리와 함께 사내는 그대로 뒤로 나뒹굴
었다.

“으가각! 내 코!”

그 틈에 단도가 곽산의 목줄기를 노리고 크게 베어왔다. 곽산은 고
개를 힘껏 뒤로 젖히며 단도를 든 사내의 앞 무릎을 툭 하고 가볍게 밀
었다.

“엇.”

뻐억!

역시나 중심을 잃은 사내는 곽산의 주먹에 고개가 휙 젖혀지며 뒤로
주춤주춤 물러섰다. 곽산은 이어 옆구리를 찔러오는 쇠꼬챙이를 두 손
으로 잡으며 힘껏 당겼다가 확 뒤로 밀어젖혔다.

“큭.”

다시 한 번 신음 소리와 함께 쇠꼬챙이를 든 사내는 뒤로 나뒹굴었
다. 곽산은 제법 신이 나는 것을 느꼈다. 초식이고 뭐고 없는 막싸움이
었지만 워낙에 기틀이 잡혀 있었으니 보통 사람이 상대하기는 쉽지 않
은 것이다.

웃을 수만 있었다면, 웃는다는 기쁨을 알 수만 있었다면 곽산은 크게 한 번 호탕하게 웃었을 것이다. 그러나 현실이란 지난 일을 돌아보게만 할 뿐 되돌아가지는 못하게 하는 더러운 녀석이었다.

"음?"

곽산은 갑자기 눈앞의 사내들이 일곱 명, 여덟 명으로 흐릿하게 보이는 것을 알았다. 가뜩이나 술을 한창 먹은 데다 몸을 이리저리 움직이니 남아 있던 약효가 다시 모습을 드러낸 것이다.

"지금이다! 놈이 정신을 못 차린다!"

'크, 큰일이다!'

곽산은 정신이 아득해지자 날아오는 살벌한 무기들을 바라볼 수밖에 없었다. 몸이 뻣뻣하게 굳어지면서 제대로 움직일 수가 없었다.

'이대로 개죽음을 당한단 말인가!'

곽산은 속으로 부르짖으며 뒤로 물러섰다. 물러선다는 것, 그것은 어디까지나 곽산의 생각이었을 뿐, 곽산은 뒤로 쿠당 하고 넘어지고 말았다.

그나마 다행히도 그의 복부를 노렸던 쇠꼬챙이가 곽산의 어깨를 뚫고 지나갔을 뿐이었다.

"크윽!"

곽산은 지독한 고통을 느꼈지만 반항도 제대로 할 수 없었다.

"낄낄."

"이제 우리도 진정한 교인이 되겠구먼."

곽산은 흐릿한 눈으로 그들을 바라보았다. 무기를 들고 한 걸음씩 다가오며 금방이라도 내려칠 듯한!

스윽—

“억!”

갑자기 하나의 그림자가 그들의 뒤에 나타났다. 곽산이 눈에 힘을 주고 잘못 봤나 하고 생각할 때 이미 여섯 사내는 하나같이 목에서 피를 뿌리며 쓰러지고 있었다.

쿵!

사내들이 쓰러지고 난 자리에는 세 명의 그림자가 서 있었다. 가벼운 흑의 경장을 입었지만 몸매가 호리호리한 것이 여자인 것 같았다. 그리고 그 뒤에는 조그마한 꼬마 아이가 서 있었다.

꼬마 아이가 소리쳤다.

“저 사람! 저 사람이에요!”

곽산이 마지막으로 들은 소리였다.

곽산과 진류영이 깨어났을 때에는 온몸이 친친 결박당한 상태였다. 의자에 앉힌 채 몸을 밧줄로 감아놓았기에 몸을 꼼짝달싹도 할 수가 없었다. 게다가 깨어난 것도 자의로 깬 것은 아니었다.

촤악—

“어푸푸!”

곽산과 진류영은 정신 퍼뜩 들 정도로 차가운 물세례를 몇 번이나 받고서야 깨어났다.

“약에 지독하게 당한 모양이군. 우리가 조금만 늦었어도 큰일 날 뻔했어. 어떻게 저 몸으로 버텼던 거야?”

“보통 녀석이 아니었나 보지.”

여자들의 목소리가 어둑한 공간을 울려 골이 울릴 지경이었다. 진류영은 숙취로 인한 갈증과 두통을 느끼며 말했다.

"물……."

눈을 반쯤 뜬 진류영의 입에 고맙게도 물이 들이부어졌다. 진류영은 차가움이 온몸을 시원하게 도는 것을 느끼며 그제야 찬찬히 주위를 둘러보았다.

컴컴하고 좁은 공간에는 몇 개의 등만이 켜져 있어서 음산한 분위기가 흐르고 있었으며 곳곳에는 피비린내와 살덩이들이 보이고 있었다.

진류영은 눈을 동그랗게 뜨고 놀랐다.

"피… 와 살!"

희미한 등불로 보이는 것은 바닥의 피와 천장에 걸린 나체의 살덩이들. 이곳은 사람을 잡아 고문이라도 하는 곳이란 말인가!

어느새 깨어난 곽산도 어슴푸레 보이는 주변의 광경들이 섬뜩했던 모양이었다. 곽산은 눈을 댕그라니 떴다.

"이제야 정신을 제대로 차린 모양이네."

곽산의 앞에서 한 여인이 말했다. 그 여인의 곁에는 두 명의 여인이 더 있었는데 손에는 각기 물동이, 그리고 피가 뚝뚝 떨어지며 시퍼런 날이 빛나는 칼을 들고 있었다.

곽산이 뭔가 말하려고 입을 열자 동시에 그 칼이 목에 대어졌다. 목에서부터 온몸으로 섬뜩한 감촉이 퍼져 나갔다. 누군가 자신의 목에 칼을 대는 것은 그리 좋은 기분이 아니다.

곽산은 곧 입을 다물었다. 그 모양을 지켜본 여인이 말했다.

"뭔가를 묻고 싶다면 한 가지 질문부터 대답을 해줘야겠어요."

곽산은 고개를 끄덕이려다가 그대로 멈칫했다. 살짝 목이 베여 쓰라린 정도에서 그친 게 다행이지 괜히 목이 날아가 버릴 뻔했던 것이다.

여인은 곽산과 진류영의 눈앞에 종이 한 장을 내밀며 말했다.

"이것을 어떻게 당신들이 가지고 있었죠?"

여인이 내민 것은 다름 아닌 흑호가 건네주었던—이후 소매치기를 당했었던—그 전표가 아닌가.

목에 칼을 대고 있지 않은 진류영이 말했다.

"그건 흑호라는 사람에게서 받은 것입니다."

"거짓말!"

날카로운 음성이 터져 나왔다. 한쪽에서 물동이를 들고 있던 다른 여인이 말했다.

"그, 그럴 리가 없어. 그가 어째서 그런 걸 당신들에게……."

곽산의 목에 칼을 겨누고 있던 여인이 물었다.

"당신들은 흑호와 무슨 관계죠?"

이번에도 역시 진류영이 대답했다.

"그가 노렸던 청부 대상자이지요."

짜악!

진류영의 얼굴이 휙 돌아갔다.

"에… 에?"

진류영은 무슨 일이 생겼는지도 모른 채 왼쪽 뺨이 후끈거리는 것을 참아내야만 했다.

"죽… 여 버릴 테야!"

진류영의 뺨을 올려붙인… 이라기보다는 거의 사납게 갈겼던 여인이 화를 내며 진류영의 멱살을 잡아챘다.

"참아, 동생."

"놔! 이들이 흑호가 노렸던 청부 대상이었다면… 이들이 흑호들을 죽였다는 말이잖아! 벌써 며칠째 연락이 없다구!"

“기다려 봐. 아직 얘기는 다 끝나지 않았어.”

다른 여인이 말려서야 진류영의 뺨을 때린 여인은 겨우 진류영에게서 떨어졌다.

“씩씩. 만일 그들이 이들의 손에 죽었다면…….”

사위가 어두워 자세히 보이지는 않았지만 곽산과 진류영은 그 여인의 칼날 같은 서슬을 충분히 느낄 수 있었다.

“곱게 죽이지는 않을 테야.”

섬뜩.

곽산의 목에 칼을 대고 있는 여인이 긴장하며 물었다.

“흑호들은 어떻게 되었죠?”

그 목소리가 약간 떨리고 있는 것으로 보아 이 여인 역시 아까의 여인과 마찬가지 심정인 것 같았다.

진류영이 대답을 하지 못하자 곽산이 조그맣게 말했다.

“죽었소.”

퍼억!

나무로 만들어진 물동이가 곽산의 머리통에 작렬하면서 곽산은 눈에서 불이 번쩍 튀는 것을 느꼈다.

‘왜!’

라고 외치고 싶은 곽산이었다.

정말로 다행인 게 이마를 맞았기에 망정이지 옆이나 뒤에서 맞았다면 목에 대고 있던 칼 때문에 목이 잘렸으리라.

진류영은 더 이상 참을 수가 없어 소리쳤다.

“왜 이러시는 거요!”

진류영의 뺨을 때리고 곽산의 머리를 후려친 여인이 빽 고함을 질렸다.

"그들을! 그들을 당신들이 죽였어! 죽여 버릴 테야! 죽여 버릴 테야!"

스릉―

여인은 벽에서 쇳소리를 내며 무언가를 꺼내 들었다. 빛이 번쩍이는 것으로 보아 날카로운 무언가를 집어 든 모양이었다.

곽산은 황급히 소리쳤다.

"그는!"

빠악!

곽산의 목에 칼을 대고 있던 여인은 칼등으로 곽산의 어깨를 후려쳤다. 쇠꼬챙이에 다쳤던 어깨를 이미 알고 있었던 모양이다.

"크윽!"

곽산은 이를 꾹 깨물며 고통을 참아냈다.

"손발을 토막 내서 저기 있는 고깃덩어리들처럼 만들어주겠어."

냉기를 풀풀 날리며 여인들이 다가왔다. 곽산이 다시 소리치려 했다.

"그를 죽인 것은……."

"닥쳐!"

하지만 이대로 입을 닥친다면 손발이 잘린 고깃덩이가 된다!

진류영이 필사적으로 외쳤다.

"우리들이 아니오!"

"……."

순간 정적이 감돌았다.

진류영이 말했다.

"우리는 그에게서 단지 전표를 전해주라 부탁을 받은 것뿐입니다!"

여인의 뾰족한 음성이 다시 귀를 웅웅거리게 했다.

"거짓말이야! 청부 대상이었다면서! 자기를 죽이려 한 사람의 부탁을 받았다는 건 말이 안 돼!"

잠시의 시간이 흐른 후에 한 여인이 조금은 차분해진 목소리로 물었다.

"그들을 죽인 것은 누구죠?"

진류영은 고개를 저었다.

"모릅니다."

"그것 봐! 거짓말이야!"

"동생은 가만히 있어!"

제일 맏이인 듯한 여인의 말에 모두가 조용해졌다. 진류영은 당시의 일을 간단히 설명했다.

"그들은 우리를 죽이려 했지만 우리는 극적으로 살아날 수 있었습니다. 며칠 후에 그들을 보았을 때는 이미 모두가 죽고 혹호 한 명만이 살아 있을 뿐이었지요. 우리는 그때 그에게서 이러한 부탁을 받았던 것입니다."

"그가… 죽어가면서 뭐라고 했지요?"

"성도에서 푸줏간을 하는 사람을 찾아가라더군요. 그래서 우리가 어떻게 찾나 물었더니 그 푸줏간을 하는 사람이 여자라… 아! 당신들이 바로 그가 말한 사람들입니까?"

진류영의 말에 여인들은 별다른 말을 하지 못하고 조용해졌다. 두 명의 여인이 살짝 흐느끼는 소리가 들려왔다.

잠시 후 맏이인 듯한 여인이 말했다.

"그래요, 우리가 바로 그가 말한 살막의 후예들이에요."

“아!”

“당신들의 주머니를 훔친 것은 우리들의 아이였어요. 이렇게까지 될 줄이야 몰랐던 일이죠. 우리는 훔친 주머니에서 전표를 발견하고 놀라 당신들을 쫓게 되었던 거예요.”

곽산이 말했다.

“객점에서 목숨을 구해준 것은 고맙소이다만, 일단은 이곳에서 다른 곳으로 자리를 옮기지 않겠소? 시체와 피들이 사방에 즐비하고 있으니 꺼림칙하외다.”

여자는 슬픈 얼굴로 어색한 미소를 지으며 말했다.

“방금 말하지 않았나요? 여기는 푸줏간이라고요. 저건 사람의 시체가 아니라 도축한 돼지예요.”

제5장

격동(激動)

격동(激動) 

"우리는 몇십 년이나 살막의 재건을 기다려 왔어요. 하지만 이제는 소용이 없게 되고 말았군요."

곽산의 어깨에 붕대를 감아주며 여인이 말했다. 이 여인의 이름은 외자로 청(晴)이라 하며 세 여인 중 가장 나이가 많은 삼십오 세로 맏이 역할을 하고 있었다.

곽산과 진류영을 때린 여인은 둘째였다. 정(靖:편안하고 고요할 정)이라는 이름으로 실제 성격과는 다소 상반된 이름을 가지고 있었다. 곽산의 목에 가축을 잡는 칼을 가져다 댄 건 무(霧)라는 이름을 가진 막내뻘의 여인.

흑호의 부인은 바로 정이라는 여인이며 곽산의 주머니를 털었던 아이는 바로 이들의 아들이었다.

청은 곽산의 어깨에 붕대를 다 감고 나서 말했다.

"우리 정이가 당신들에게 잘못한 것은 미안해요. 하지만 정의 마음을 이해해 줬으면 좋겠군요. 그 애는 의외로 마음이 여려 방에서 혼자 울고 있는 중이에요."

진류영이 말했다.

"부군이 죽었으니 그 마음 이해할 수 있습니다."

"고마워요."

곽산이 뭔가 생각났는지 갑자기 물었다.

"언제나 듣던 살수단과는 다른 것 같소만… 살수들은 부부의 연은 맺을지언정 그 정이 없다 들었소. 그런데 아까 보니 그런 것 같지 않더군요. 그 이유를 물어도 되겠소?"

청은 한숨을 쉬며 대답했다.

"살막이 허무하게 무너지고 나서 그 가족들과 식솔들이 모두 뿔뿔이 흩어지고 말았어요. 그리고 육십 년. 실제로 저희도 살수로서의 훈련은 받았지만 아까처럼 사람을 죽이는 건 자주 있는 일은 아니에요. 그만큼 살수로서의 자각이 많이 사라진 것일 테죠."

진류영은 조금 얼굴을 찡그렸다. 사람을 죽이는 것이 살수의 일이라 하지만 어떻게 저렇듯 아무렇지도 않게 말할 수 있단 말인가. 자신의 부군이 죽어 슬프다면 아무리 악한이라 해도 죽은 사람들의 가족 역시 슬퍼할 것이 분명한데 말이다.

곽산이 물었다.

"하지만 흑호라는 사람을 비롯해 내가 본 살수들은 오십여 명밖에 되지 않았소. 다른 사람들이 다시 재건하면 되지 않겠소? 어째서 끝났다고 하는 것이오."

청은 갑자기 동요하며 분노를 그대로 드러냈다.

"우리에게 부족한 것은 단지 자금이었어요! 육십 년간 중원 각지에 흩어진 우리들은 언젠가 이루어질 살막의 재건을 위해 노력해 왔어요! 개방에 못지않은 정보력이나 사람의 확충은 꾸준히 이루어지고 있었죠. 단지 그에 걸맞는 자금이 부족했어요!"

청은 울분을 터뜨리며 말했다.

"그 작자! 마교의 인물이라며 나타난 그 작자는 부족한 자금을 모두 충당해 주겠다며 살막의 후예 중 쓸 만한 실력자들을 모두 데려갔죠. 당신들이 본 이들은 오십여 명에 지나지 않지만 실제로는 이백 명 정도의 인원이 그와 계약을 맺었어요."

청은 두 손을 으스러져라 힘껏 쥐며 소리쳤다.

"그런데! 그런데 얼마 전 그들이 모두 당했다고 연락이 왔어요! 그래서… 마지막 남은 희망은 흑호… 그 사람과 그 사람이 데리고 있는 인원뿐이었는데…….”

곽산은 '음' 하고 침음성을 흘리며 물었다.

"이백 명이나 되는 인원이 어떻게 학살을 당한 것이오? 그 정도의 일이 강호에 알려지지…….”

청이 말했다.

"그 작자의 짓이에요! 계약이 만료될 때가 되어 돈을 지불해야 하자 모두를 죽인 거죠. 한 사람이 죽어가며 전서구를 날린 덕분에 우리가 그 사실을 알게 된 거구요."

진류영은 심각한 얼굴로 말했다.

"그 사람이 바로 총관인 북등연이겠군요."

청은 힘없이 대답했다.

"그럴 거예요. 아쉽기는 하지만 우리는 이제 힘이 없죠. 거대한 마교와 싸울 힘이 없으니까요.”

진류영이 다시 물었다.

“흑영… 이라는 사람이 죽은 것은 알고 있습니까?”

청은 고개를 끄덕였다.

“이미 연락을 받았던 일이에요. 흑호와 흑영은 사사건건 대립해 왔었어요. 흑호가 책임자이면서 높은 지위에 있었는데도 흑영은 그를 따르지 않았어요. 그는 원래 살수에는 어울리지 않는 사람이었어요. 때문에 흑영을 추종하는 사람들이 생겨나 한때 분란이 일어났었죠.”

곽산은 고개를 끄덕거렸다.

“그렇게 되었던 일이군.”

청은 이들을 돌아보며 말했다.

“아무튼 고마웠어요. 전표를 금전으로 환원해서 보답하도록 하지요. 당신들이 가져다 준 전표는 남아 있는 식구들에게 많은 도움이 될 거예요. 턱없이 부족하기는 하지만.”

청은 말을 마치고 문을 열어 나가려 했다. 그때 진류영에게 퍼뜩 스친 생각이 있었다.

“아! 잠깐. 잠깐 기다려 주십시오.”

청은 의아한 얼굴로 진류영을 돌아보았다.

“무슨 일이시죠?”

진류영은 살짝 긴장된 얼굴로 말했다.

“이야기를 들어보니 조직의 연락망이 꽤 두터운 것 같았습니다.”

“그렇지요. 살수들에게 중요한 것은 정보력이고 그 정보망은 살막이 거의 망한 후에도 남아 있었던 것이니까요.”

진류영은 잠시 뜸을 들이며 말했다.

“만일… 만일 내가 그 정보 조직을 사겠다면…….”

청의 눈이 둥그레졌다.

“당신의 의도는 모르겠지만 우리의 정보망은 살수로만 이루어진 것이 아니라서 굉장히 방대해요. 한두 푼으로 살 수 있는 게 아니라구요. 게다가 그것을 유지하는 데도 이제껏 엄청나게 힘들었어요. 거의 후예들이 모은 수입의 반 이상이 정보를 유지하는 데 나갔거든요.”

청은 한참을 말하다가 진류영을 똑바로 쳐다보았다.

“하지만.”

청은 웃으며 말했다.

“황제의 총애를 받으며 중앙전장의 주인인 당신이라면 가능할지도 모르겠군요.”

곽산은 어리둥절한 데 반해 진류영은 담담히 웃었다.

“역시 알고 있었군요. 몰랐다면 사지 않으려 했습니다.”

청은 다시 미소를 지었다.

“이래야 제 값을 받을 수 있으니까요.”

진류영은 청의 말에 살짝 웃음을 띠었다가 다시 신중한 얼굴로 돌아왔다.

“내가 원하는 것은 당신들이 살수라는 직업에서 벗어나는 것입니다. 사람을 죽이지 않고 보통 사람으로 살아가겠다면 그 정보망을 내가 삼과 동시에 당신 후예들의 생활을 보장하겠습니다.”

청은 난감한 표정을 지으며 말했다.

“참으로 어이없는 조건이군요. 우리보고 살막을 포기하란 말이에요?”

진류영이 단호하게 말했다.

"사람을 죽이는 것은 어떠한 형태로든 옳은 일이 아닙니다. 더군다나 돈을 받고 죽이는 것이라면 더 더욱!"

청은 한숨을 쉬며 말했다.

"솔직히 이미 살수라 할 수도 없겠죠. 육십 년이나 지나면서 여자들과 아이들은 주로 정보를 관리하는 일을 택했고 남자들만이 살수로서 돈을 모아왔으니까요. 하지만 그 남자들이 죄다 죽어버렸으니……."

"어쩌시겠습니까?"

진류영의 독촉에 청은 잠시 생각을 하더니 대답했다.

"이건 나 혼자 결정할 수 있는 문제는 아니에요. 며칠의 여유가 필요해요. 각지에 흩어진 이들에게 연락해서 답을 받아야겠어요. 이건… 어디까지나 살막이란 이름을 지워 버려야 할지도 모르는 일이니까요."

청은 말을 마치고 문을 나서려다 다시 멈춰 섰다.

"하지만 개인적인 생각으로는 이미 흐릿해진 살수라는 이름을 지워 버리고도 싶군요."

진류영이 등을 돌리는 청의 뒷모습에 말을 덧붙였다.

"그대들의 복수는 장담할 수 없습니다. 하지만 살아남은 사람들이 더 중요한 법이 아니겠습니까."

"……."

"기간이 촉박합니다. 며칠 안에 답을 주셔야 합니다."

"오래는 걸리지 않을 거예요."

청이 나가는 모습을 보며 곽산이 물었다.

"나는 이해할 수가 없군. 아우는 어째서 그 정보 조직을 사겠다고 하는 거지?"

진류영은 의자에 걸터앉아 두 손을 깍지 끼고는 탁자에 두었다. 그리고는 이마를 각지 낀 손에 대면서 말했다.

"저들을 이용하면 중원 각지와 빠른 시간 내에 연락이 가능할 겁니다. 어떤 면에서는 관에서 쓰는 파발보다 더 빠를 수도 있구요. 정보만을 관리하는 전문 조직이 있다면 후에라도 황상께 도움이 될 것이구요."

"그러니까 그 정보망을 어디에 이용할 것이냐 하는 게 궁금하다는 말이지."

"음, 아직은 섣불리 말할 수 있는 단계는 아닙니다. 확실한 계획도 아니구요. 일단 저쪽에서 협상에 응해준다면 그때 말씀드리겠습니다."

곽산은 진류영이 이들의 정보망을 이용해 무엇을 할지 궁금하기 짝이 없었으나 진류영이 입을 다물었으니 더 캐묻기도 뭐한 일이었다.

"저들이 언제나 알려주려나. 중양절 다 지난 다음엔 소용이 없잖아."

곽산의 혼잣말은 그저 기우(杞憂)에 불과했다. 청은 나흘 후 여러 통의 전서를 들고 나타났던 것이다.

"중원 각지에서 알려온 식구들의 의견이에요. 찬성 구십, 반대 삼. 기권 칠."

진류영은 얼굴에 미소를 띠었다.

중원 각지에 알리는 데 고작 나흘이라니! 이것은 가히 믿을 수 없는 속도였다.

어쩌면 이것은 유리한 협상을 진행하기 위해 청이 더 재촉했을 수도 있는 일이었다.

모든 것을 차치하고서라도 그들의 정보망이 얼마나 신속하고 믿을 만한지는 이 단 한 번으로 완전히 드러나게 되었다.

청은 의자에 앉으며 맞은편 의자에 앉은 곽산과 진류영을 쳐다보았다.

"자, 이제 협상을 해볼까요?"

진류영은 그날부터 탁자에 종이를 잔뜩 늘어놓고 무언가의 작업에 열중하기 시작했다. 한창 무언가를 그리고, 쓰고, 생각하는 데만 이틀이 걸렸다.

그러고 나서는 여러 통의 서한을 작성하는 데 하루를 보냈다. 진류영은 끼니까지 거르면서 서한을 작성했고, 그것은 즉시 청에게 넘겨져 어디론가로 전해져 갔다.

일단의 급한 일들이라고 생각된 것이 마쳐지고 나자 진류영은 의자에서 잠시 일어서서 창가로 다가갔다. 멀리 석양이 붉게 노을지는 모습이 아련하게 비쳐지고 있었다.

각기 바쁜 걸음으로 걷는 사람들, 피곤한 몸을 이끌고 일을 마친 후 돌아오는 사람들, 그와 반대로 활기 차게 뛰어노는 아이들, 이 모든 것들이 진류영에게는 새삼스러이만 느껴졌다.

"이제 기다리는 일만 남았다."

진류영은 자신의 팔을 내려다보며 천천히 어루만졌다.

"두 팔을 잘라내고 모든 일이 끝나고 나면 내 생명은 채 몇 달이 남지 않게 되겠지."

진류영은 고통스러운 얼굴로 잠시 입을 다물었다. 고민과 갈등의 빛이 얼굴 표정에서 훤히 드러날 정도로 비쳐졌다.

"내가 평범한 사람들처럼 살아나는 방법… 그건……."

그때 문이 쿵! 하고 열리며 곽산이 들어왔다.

"아우! 첫 정보가 들어왔어! 함께 보자구."

진류영은 갑작스레 상념에서 깨어났다.

"아! 그렇습니까? 어서 그것을."

진류영이 이것저것 청에게 부탁하고 서한을 보내고 정보를 묻고 한 지 일주일째. 최초로 정보가 들어온 것이다.

곽산이 탁자에 종이를 펼치곤 글을 읽어 내려갔다.

"천주검문(天柱劍門), 사해용문(四海龍門)을 비롯한 이십여 중소문파에서 오천 명. 하북팽가, 남궁세가를 비롯한 삼십오세가(三十五勢家)에서 칠천 명이 감숙으로 향하는 것이 확인되었음. 다만 사천당가에서는 이번 영웅집회에 참가하지 않을 것으로 보임. 전체적인 인원은 아직 미정."

곽산은 글을 읽은 후 고개를 끄덕였다.

"아무래도 당가에서 나설 수 있는 입장이 아니겠지. 후계자에 대한 문제도 있고 하니……."

진류영이 말했다.

"그 말이 맞습니다. 당가의 직계 자손들이 모두 비명횡사를 하게 되었으니 큰 손실을 입은 셈이니까요."

"정파로서는 큰 손실인걸. 대량의 인원과 싸우는 데는 독과 암기만 한 것이 없는데 말야."

진류영은 굳은 얼굴로 말했다.

"이번 일은 가능한 한 적은 인명 피해로 막아야만 합니다. 더 큰 피해를 막기 위한 것이 우선의 목적이니까요."

"뭐, 일단은 말이 그렇다는 거라구."

다시 며칠이 지났다.

그 사이에 무려 십여 건 이상의 보고가 매일 들어왔다. 정보가 어찌나 자세하고 정확한지 마치 앉아서 천 리를 본다는 말처럼 중원을 한 손 안에 넣고 볼 수 있다 할 정도였다.

곽산이 몇 개의 서한을 찢으며 말했다.

"아! 정말 시시각각 긴장이 느껴지는 말들뿐이로군. 대체 몇만이나 모이는 거야."

진류영은 여전히 새로운 내용을 읽으며 고개도 돌리지 않고 말했다.

"지금까지는 약 이만 오천 명입니다. 그중에서 문파별로 움직이는 사람들이 약 일만 오천 명, 개인으로 움직이는 사람들이 일만 명입니다."

곽산은 탁자에 두 손을 턱하니 걸치며 말했다.

"아마 영웅집회까지 삼만 명은 넘게 모이겠군. 설마 이렇게까지 모일 줄이야 생각도 못했던 일이야. 마교는 그에 비하면 알려진 바는 없지만 많아야 만 명 정도나 될 텐데 뭘 믿고 그러는 걸까?"

"구대문파가 비밀리에 합류한다는 말을 퍼뜨려서 오히려 중립에 있던 문파들과 무인들이 정파로 더 몰린 것 같습니다. 구대문파의 존재가 그만큼 듬직하다는 말일 테지요."

북등연이 생각한 것보다 정파의 인원이 많이 모인 것은 바로 구대문파가 합류한다는 소문이 퍼졌기 때문이었다. 역사 깊은 구대문파는 무엇보다 든든한 배경이 아니겠는가.

곽산이 말했다.

"그것보다 사파 자식들은 뭘 하고 있는 것일까?"

진류영은 잠시 생각해 보더니 입을 열었다.

"이상하게도 움직이는 인원이 없다고 하더군요. 저는 혹시나 흑도련에서 이상한 움직임을 보일까 생각했었습니다만."

곽산은 탁자를 주먹으로 쿵! 치며 말했다.

"그 녀석들은 정파와 마교가 죽어라 싸우고 난 후 약해진 틈을 타 노리겠다는 건가? 정말로 비열한 놈들이로군."

곽산은 투덜거리다가 답답하다는 듯 물었다.

"아직까지 원하는 정보가 안 온 건가? 이제 거의 한 달밖에는 남지 않았다구. 우리가 감숙까지 가는 시간도 생각을 해야지."

진류영은 곽산을 보며 말했다.

"아무래도 시일이 걸릴 듯싶습니다. 조금만 더……."

그때 문이 열리며 정이라는 여인이 헐레벌떡 들어왔다.

"이, 이것!"

그녀가 전해준 서한의 겉에는 초급(超急)이라 쓰여 있었다.

진류영은 급히 서한을 받아 밀봉을 뜯고 내용을 읽었다.

"긴급. 마교에서의 움직임이 심상치 않아 감숙의 오대산에서 은밀히 정탐 중. 정찰조 세 명 사망. 사천 구의 금혼강시……."

글은 거기에서 끊겨 있었다.

정이 어두운 얼굴로 말했다.

"그 서한은 새로 작성한 거랍니다. 처음 왔을 때는 온통 핏물로 번져서 알아볼 수 없는 정도였다는군요. 내용은 모르지만 급한 일인 것 같아요."

서한을 모두 읽고 난 진류영의 얼굴은 굉장히 어두웠다.

"어디 나도 줘봐."

곽산은 진류영에게서 서한을 빼앗다시피 하여 내용을 읽었다. 그 역시 읽고 난 후에는 당황함을 감추지 못했다.

"아, 아니?"

진류영이 침중한 안색으로 말했다.

"마교에서 이런 것을 믿고 있었다니! 그야말로 한 방 먹은 셈이다!"

진류영의 말에 곽산은 황당하다는 얼굴로 물었다.

"강시? 이, 이런 게 정말 존재한단 말이야? 말로만 듣던?"

진류영은 두 눈에 분노의 기색을 드러내며 마치 씹듯이 말을 내뱉었다. 정말 흔히 볼 수 없는 진류영의 화난 표정이었다.

"그것뿐만이 아닙니다. 보통의 강시라면 얼마든지 주술로도 만들어 낼 수 있습니다."

"어차피 죽은 시체들이니 그냥 부숴 버리면 되지 않나?"

"이게 그렇게 간단한 일이 아닙니다. 악독한 놈들! 금혼강시는 십 년 동안 사람을 죽지도 살지도 못하게 만들어놓고 지속적으로 특수 약물에 몸을 담가 만드는 것입니다. 그렇게 되면 뻣뻣하게 몸이 굳은 강시가 되는 것이 아니라 마치 살아 있는 사람처럼 되는 것입니다. 한마디로 사람의 영혼이 육체를 떠나지 못하게 해서, 죽지도 않지만 살아 있는 것도 아닌 생물이 되는 거란 말입니다."

진류영은 주먹을 부르르 떨며 말을 이었다.

"게다가 기본적으로 무인들을 상대하는 강시이니 사람보다 몇 배나 힘이 세고 도검이 먹혀들지 않게 주술을 걸었을 겁니다. 지독한 놈들! 사람의 생명을 함부로 가지고 놀다니……."

진류영은 화가 머리 끝까지 난 목소리로 소리를 질렀다.

"어떻게… 어떻게 살아 있는 사람을 강시로 만들 수 있지!"

곽산은 진류영의 고함에 깜짝 놀란 정은 내버려 두고 진류영의 팔을 잡으며 말했다.

"진정해. 그렇다고 겨우 사천 구뿐인 강시로 해봐야 뭘 하겠어."

진류영은 고개를 마구 흔들며 말했다.

"하나의 강시가 백 명, 천 명을 상대할 수 있습니다. 강시는 지치지도 않을 뿐더러 무기가 먹히질 않습니다. 그렇다는 건 만 명, 십만 명을 상대할 때도 시간은 걸리겠지만 결국은 모두 죽게 된다는 말입니다."

곽산의 얼굴에 그늘이 졌다.

"그… 정도란 말인가!"

진류영은 머리를 감싸 쥐고 의자에 털썩 앉았다.

"아! 정파에서 삼만 명이 모이든 오만 명이 모이든 이제는 소용이 없게 되었구나!"

정은 곽산과 진류영이 침묵하며 고민하는 모습을 보고 슬며시 방을 나갔다. 그녀의 일은 정보를 전해주는 것이지 함께 고민하는 일이 아니었다.

한 식경이 충분히 지난 후 불쑥 곽산이 말을 꺼냈다.

"혹시……."

"예?"

"주술로 만들어지면 주술로 해치울 수 있지 않을까? 강시라는 거."

진류영은 침음성을 흘리며 고개를 가로저었다.

"제가 아무리 주술을 건다 하더라도 사천 구의 강시를 혼자서 상대할 수는 없는……."

진류영은 말을 하다 말고 입을 다물었다. 자신이 주술을 쓴다는 것을 곽산은 모르고 있는 상태다. 더 이상 말을 꺼내봐야 좋을 일이 없었다.

다행히도 곽산은 강시의 일에 정신이 팔려서인지 진류영의 말에 의구심을 갖지 않았다.

그때 진류영의 머리에 번개처럼 한 가지 생각이 떠올랐다.

“아!”

진류영은 무릎을 탁 하고 치며 일어섰다.

“형님! 형님의 말 덕분에 방법이 떠올랐습니다. 어쩌면 강시를 처리할 수 있을지도 모릅니다.”

“아니, 그게 뭐.”

막상 곽산 본인은 자기가 무슨 말을 했는지도 모르는 채 머쓱해하고 있었다.

곽산이 머쓱해하거나 말거나 진류영은 탁자 위의 너저분한 것들을 모두 치워 버리고 한 통의 서한을 작성하기 시작했다.

“시간이 없다. 한 달, 한 달 안에 와야 한다.”

진류영은 몇 번이나 중얼거리며 급히 붓을 놀렸다.

글 쓰기를 마친 진류영은 먹이 채 마르기도 전에 정을 소리쳐 불렀다.

곽산은 멀뚱히 진류영이 하는 행동을 보고만 있을 뿐이었다. 천재가 하는 일에 자신이 어떻게 간섭을 할 수 있겠는가.

정이 급히 방 안으로 들어오자 진류영은 서한을 대충 봉투 안에 넣고는 몇 가지 말을 일렀다. 정은 진류영의 말을 들으며 안색이 어두워졌다.

“그, 그건 무리예요.”

진류영은 확답을 받겠다는 듯이 힘주어 말했다.

“꼭 그들을 찾아야 합니다. 그들을 찾아 이 서한을 전해줘야 합니다. 그들이 한 달 안에 올 수 있도록 말입니다.”

정은 입술을 살짝 깨물며 대답했다.

“알겠어요. 하지만 확답은 할 수 없겠군요. 아시다시피 어려운 일이니까요.”

정은 말을 마치고 서둘러 서한을 들고 나갔다. 진류영은 조마조마한 마음이었다. 이 일들이 성공할 수 있을까?

문이 열리며 무가 들어왔다.

"보냈던 것들 중에 답장이 왔어요."

무가 진류영에게 두 통의 서한을 건넸다. 진류영은 서한을 좌악 펼쳐 들었다.

서한을 읽어가던 진류영의 얼굴이 밝아졌다.

"됐어!"

진류영은 다른 한 통의 서한도 급히 펴본 뒤 더욱 미소를 지었다. 진류영은 곽산에게 읽은 서한을 건네주었다.

서한을 읽어가는 곽산의 얼굴도 곧 환하게 펴졌다.

"좋아! 일이 착착 진행되어 가는군!"

곽산은 다 읽은 서한을 양손에 들고 힘주어 주먹을 쥐었다.

진류영은 곽산의 손을 잡으며 말했다.

"형님, 필요한 건 다 끝났습니다. 이제 형님께서는 철검방으로 가주십시오."

곽산은 서한을 던져 버리고 진류영의 손을 꼭 맞잡았다.

"진 아우, 내 비록 힘은 잃었지만 이 환란을 어떻게든 막을 수 있을 거야. 계획대로만 된다면."

진류영의 두 눈이 번쩍 빛났다. 남은 것은 한 가지뿐!

"이제 준비는 끝났다. 남은 것은 서장에서의 일뿐이다. 오이라트의 왕이라도 이 일을 무시할 수는 없을 것이야."

곽산과 진류영은 서둘러 떠날 채비를 했다.

더 이상 이곳에 머물 필요는 없어졌다.

곧 다가오는 영웅집회!

그때의 피해를 최소화해야 한다. 그것이 바로 진류영이 바라는 바였다.

'천 명이 죽을지 만 명이 목숨을 잃을지 아직은 알 수 없다. 하지만 그 피해를 최소한으로 해 소중한 목숨을 구할 수 있다면 지상에서의 한은 갖지 않고 떠날 수 있으리라.'

진류영의 눈이 한 번 더 빛났다. 모든 것을 각오하고 죽음마저도 초탈한 듯한 눈빛.

중양절의 영웅집회는 다가오고 있었다.

더불어 진류영에게 있어 얼마 남지 않은 생의 마지막도 함께 다가오고 있었다.

곽산과 진류영은 다시 한 번 두 손을 마주 잡았다. 마치 손이 으스러질 것처럼. 그 둘의 눈은 비장한 각오로 가득 차 있었다.

곽산이 먼저 입을 열었다.

"그때 보세, 아우."

"형님, 꼭 아무 탈 없이 시간 내에 돌아오시기를 바랍니다."

"아우도."

진류영과 곽산은 제각기 다른 길로 떠나갔다. 한 달여로 다가온 영웅집회. 그 순간에 만날 수 있기를 바라면서.

피의 폭우를 막을 수 있기를 바라면서.

제6장

영웅집회(英雄集會)

영웅집회(英雄集會)

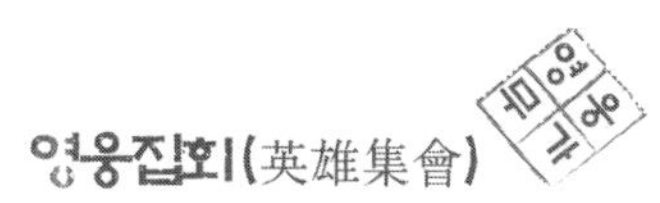

　중양절에는 모든 사람들이 산으로 올라가 국화주를 마시는 풍습이 있다. 이것은 예전부터 전해오는 전설에 의한 것이다.

　옛날 환경이란 사람이 살았다. 그런데 하루는 장방이란 사람이 찾아와 마을에 재앙이 있을 것이니 중양(重陽:음력 구월 구일)이 되면 사람들을 데리고 높은 산으로 올라가라 했다.

　환경이란 사람이 그 말대로 하여 중양이 되는 날 사람들과 함께 높은 산으로 올라가 국화주를 마시고 놀았는데, 느지막한 저녁이 되어 다시 돌아와 보니 마을에 남아 있던 가축들이 모두 죽어 있었다. 마을에 남아 있었으면 그들도 그런 재앙을 당했을 것이었다.

　이때부터 중양절에는 높은 산으로 올라가 국화주를 마시는 풍습이 생겼다고 한다.

　그러나 모두가 놀러 가는 즐거운 이때에 오히려 흉흉한 분위기가 떠

돌고 있었으니, 그것은 바로 중원에 닥칠 커다란 혈풍 때문이었다.

그 혈풍의 근원지이자 문제의 장소, 감숙성 금창(金昌)에 위치한 서문세가는 그 폭풍의 핵이라 할 수 있었다. 하나같이 번쩍거리는 병장기를 휴대한 채 무림인들은 속속들이 서문세가로 모여들고 있었다. 그 수가 한둘이 아니라 몇만 명이나 되었기에 분위기는 흉흉하기 이를 데 없었다.

오죽하면 전후 사정을 모르는 몇몇 평범한 농민들은 '반란이 났다', '나라에 변이 생겼다' 며 난리를 칠 지경이었을까.

아무튼 그 덕분에 그 주변 인근의 주민들은 축제는 꿈도 꾸지 못하고 있었다. 몇몇 가구는 이미 어디론가로 대피를 한 상태고 그 나머지는 대문을 꼭꼭 걸어 잠그고 빨리 위험한 일이 지나가기만을 바라는 중이었다.

그러나 과연 '천하제일가의 명성이란 이런 것이다' 라고 보여주기라도 하듯 서문세가의 장원, 그 큰 대문은 활짝 열려 있었다.

사람 키 높이를 세 배나 훌쩍 뛰어넘은 서문세가의 대문은 물론 장원은 일반 여염집 이, 삼백 채를 합쳐도 비교가 될 듯 말 듯한 정도였다. 그야말로 거대하다는 말이 딱으로 어울리는 것이었다.

보통 사람이라면 대문 양 옆에 놓인 두 거대한 석상부터 시작해서 문을 들어서는 순간 그 장원의 엄청난 넓이에 놀라고 만다.

보통의 가옥들이 그렇듯 정방형으로 지어져야 할 서문세가는 다른 장원들과는 달리 독특한 구조를 가지고 있었다.

일단 출입문은 대문과 그 옆에 난 조그만 문 하나, 그 외에 장원의 반대 편으로 조그마한 쪽문 하나가 전부였다. 그리고 보통은 장원의 안쪽으로 성을 쌓듯 몇 겹이나 담이 둘러쳐져 있어야 하나 담이란 오로지 하나, 밖에서 안을 들여다볼 수 없도록 맨 바깥쪽에만 쌓아놓았을 뿐이었다.

그 사이에는 전각들이 몇 채 서 있었으나 뭐니 뭐니 해도 가장 눈에 띄는 것은 연무장이었다. 거의 그 큰 장원의 반을 차지하는 연무장은 무가(武家)로서 서문세가의 위엄이 어느 정도인가를 확실히 말해 주는 것이었다.

평상시라면 이 넓은—광활하다는 말이 어울릴 정도로—연무장에서 몇 천 명이 수련을 하고 있든 썰렁하다는 말을 면치 못했을 것이다.

그러나 지금 이 연무장에는 천 개가 넘는 색색의 깃발들과 모여든 무림인들로 인해 오히려 모자란 듯한 인상을 주고 있었다.

수만 명이 모였으니 그 시끌벅적함은 이루 말할 수 없을 지경. 그런데도 그들은 정확히 질서를 지키며 자기 자리를 찾아가고 있었다. 서문세가의 치밀함이 돋보이는 점이었다.

연무장의 제일 앞에 놓인 단상, 그 단상으로는 구대문파의 수장들이 앉을 자리와 긴 탁자를 놓아두었고 그 탁자 위에는 간단한 다과와 술이 마련되어 있었다.

아마 이 영웅집회에 모인 자들 중에 그들이 봉문의 율법을 깨고 나왔다는 것을 모르는 자는 한 명도 없을 것이다. 그랬기에 그 단상 위를 보며 욕을 하거나 새삼스럽게 생각하는 자는 하나도 없었다.

그 앞쪽으로도 마찬가지로 의자와 음식이 담긴 탁자가 놓여져 있는데 왼쪽으로부터 각기 구대문파를 상징하는 깃발이 꽂혀 있어서 구대문파의 제자들이 쉽게 자리를 찾아 앉을 수 있도록 만들어져 있었다.

그런데 유독 그 가운데에는 구파일방의 일방에 속하는 개방의 자리가 마련되어 있어서 보는 사람들이 의아하게 생각했다. 이것은 모인

취지가 어디까지나 겉으로는 '정파의 인물들이 모두 힘을 모아 협력하여 불순한 무리를 쳐부수자' 라는 것이었기에 일부러 위화감을 조성하지 않기 위해서라는 속뜻이 숨어 있었던 것이다.

그리고 다음이 중요한데 구파일방의 뒤로는 딱히 자리를 정해놓지 않고 각 성(省)을 기준으로 자리를 배치해 두었다. 이는 서열상의 문제를 해결하기 위한 하나의 방편으로 보였다.

무림인들의 특성상 서열이란 굉장히 중요한 것이다. 서열이 곧 체면이며 지위였기 때문이다.

그런 작은 일에 다툼이 없도록 나름대로 배려했다고 볼 수 있는 것이었지만, 자세히 본다면 뭔가 틈이 있음을 알 수 있다.

연무장 가장 동쪽의 바깥쪽으로는 강서가 있고 남쪽으로는 복건에서 온 강호인들이 자리하고 있었다. 서쪽은 운남으로 자리를 두었으며 북쪽이 바로 단상의 구파일방이 되는 것이다.

각 세가는 물론 무림인들 또한 자신의 출신 지방에 가서 서는 것이라 별로 어려운 점은 없다. 그러나 그 연무장 안쪽을 보자.

하북과 섬서, 안휘 등의 출신들이 가장 안쪽에 자리하고 있다.

비록 지방마다 무공의 고하를 쉽게 따질 수 있는 것은 아니지만 일반적으로 볼 때 강북은 강남보다 무공이 더 발달되었다고 한다. 그렇다면 이 배치는 바로 무공의 강약에 따른 배치가 아니겠는가.

하나 더 주의할 점이 있다.

서문세가의 정문을 들어서면 연무장이 바로 보이는 이 구조는 말하자면 독(匵)이다. 네모난 상자이며 나갈 곳이 없는 함정과 같은 구조인 것이다.

그런데 만일 담 하나를 사이에 두고 적이 포위하여 공격이라도 하면 어떻게 할 셈인가.

가장 약한 쪽이 바깥에 있으니 그들은 비교적 쉽게 적에게 목숨을 잃게 될 것이다. 어쩌면 강궁(强弓)이나 강노(强弩)에 의해 지리멸렬할지도 모른다. 즉, 손도 쓰지 못하고 죽어갈 것이다.

더불어 무공이 강한 자들이 안으로 자리하고 있으니 이것도 문제다. 그러한 일련의 비상사태가 생겼을 때에 그들은 이래저래 갈팡질팡할 뿐 적과 직접 손을 맞댈 수 없다.

이미 이 모든 것을 알고 있는 자라면 분명 '함정이다!' 라고 외칠 것이다.

설마 누가 처음 세가를 지을 때부터 이렇듯 주도면밀하게 지을 것이라 생각할 수 있겠는가! 더군다나 오늘은 영웅집회. 그것도 당대의 천하제일가라 불리는 서문세가의 주도로 이루어지는 것인데 말이다.

어쨌든 많은 사람들의 북적북적 복잡한 사이를 이리저리 뛰어다니며 안내하는 서문세가의 오백여 제자들 덕분이었을까. 아침부터 모여든 뭇 군웅들의 자리 배치는 정오쯤 되어 모두 마칠 수 있게 되었다. 물론 개중에는 벌써부터 호기롭게 술을 들이키고 취한 자가 있는가 하면 이리저리 뛰어다니며 조금이라도 더 안면을 익히려 하는 자들도 많았다.

그래도 대부분의 군웅들이 자리에 앉아 얌전히 집회의 시작을 기다렸기 때문에 꽤 질서 정연하다고 볼 수 있는 편이었다. 이미 봉문을 선언했다 하는 구대문파의 수장들 모두가 자리에 착석한 상태였고 제자들 또한 마찬가지였다.

둥— 둥—

북소리를 들으며 군웅들이 저마다 외쳐 댔다.

“아! 드디어 시작이다!”

둥— 둥— 둥—

마침내 웅장한 북소리와 함께 영웅집회가 시작되었다.

그때까지 비어 있던 상좌. 그 자리는 바로 당대의 천하제일인인 벽력신검 서문환이 앉아야 할 자리였다.

“천하제일검을 곧 볼 수 있다!”

군웅들은 저마다 가슴을 졸이며 드디어 천하제일검을 볼 수 있다는 생각에 들떠 소리를 질러댔다.

곧 경쾌한 피리 소리와 함께 단상의 뒤쪽에서 이십여 명의 제자들과 함께 장대한 체구의 사나이가 모습을 드러냈다.

군웅들은 제각기 외치며 손으로 그 장대한 체구의 사나이를 가리켰다.

“앗! 천하제일검이다!”

“벽력신검의 존상을 직접 볼 수 있게 되다니, 정말 꿈과 같은 일이로구나!”

“오오! 저 근엄한 얼굴. 온몸에서 뻗어 나오는 위엄! 가히 일대를 풍미하는 종사답구나!”

수만 명이 서로 외쳐 대니 보통 사람이라면 귀가 멍멍하고도 남을 지경이었다.

그때 서문세가의 제자들이 동시에 외쳤다.

“본 세가의 가주께서 납시오! 모두 자리에서 일어서 주십시오!”

참으로 거만하고 오만한 말.

그 누가 강호의 자유로운 무림인들을 마음대로 일으켜 세우고 예를 취하게 할 수 있단 말인가.

하지만.

벽력신검 서문환!

그 이름만으로도 수만의 강호인들이 일어서서 예를 취해야 할 이유
는 충분했다. 그들은 불쾌해하거나 얼굴을 찌푸리기는커녕 오히려 엄
청난 환호성으로 당대의 천하제일검을 맞이했다.

"와아아―"

구파일방의 콧대 높은 각 파 수장들도 역시 자리에서 일어나 서문환
을 맞이했다. 마치 곰과 같은 체구에 예리한 눈빛, 가히 제왕의 풍모를
지닌 서문환이 단상 위로 올라왔다.

그는 군웅들을 향해 손을 흔들며 환호성에 화답했다. 그리고는 구파
일방의 수장들과 차례로 가볍게 인사를 나누었다.

그때까지도 군웅들의 환호성은 계속되고 있었다.

서문환은 장내에 모인 수만의 군웅들을 둘러보며 입을 열었다.

"여러분!"

그 목소리는 힘차고 굳세었으며 수만 명 모두가 들을 수 있을 정도
로 커다란 소리였다. 얼마나 엄청난 내공을 지니고 있기에 수만 명이
모두 똑똑히 알아들을 수 있단 말인가! 군웅들은 저마다 혀를 내두르
며 서문환의 다음 말을 기다렸다.

장내는 쥐 죽은 듯 조용해졌다.

서문환은 잠시 뜸을 들였다가 큰 소리로 외쳤다.

"천하의 영웅들이여! 잘 오셨소이다!"

그 순간 폭발적인 환호성이 터져 나왔다.

"와아아―"

함성은 그칠 줄 모르는 듯 한참이나 계속되었다. 잠시 후 환호성이

가라앉을 때쯤이 되자 서문환이 다시 입을 열었다.

"간악한 자들을 벌하기 위해 우리는 이 자리에 모였소이다! 죽음을 두려워하지 않고 여기까지 오신 분들을 영웅호걸이라 칭하지 않으면 누구를 영웅호걸이라 감히 부를 수 있단 말이오!"

서문환은 두 주먹을 불끈 쥐고 당당하게 소리쳤다.

"내 삼만 명이나 되는 뭇 영웅호걸들을 모시고 이 자리에 서게 되었으니 용기가 새삼 솟아오르며, 두려움과 근심이 모두 사라지는 것 같소이다!"

"와아아―"

서문환은 자신의 검을 뽑아 들었다. 검을 뽑아 든 서문환은 검극을 하늘로 향하며 큰 기합을 질렀다.

"하!"

파파팟―

놀랍게도 검에서 한줄기 푸른 섬광이 솟아오르며 하늘의 구름이 뚫릴 정도로 뻗치는 것이 아닌가. 만일 그것이 검기라 한다면 그 누가 검기를 하늘에 닿을 만큼 뽑아낼 수 있으며 고작 눈속임이라 한들 그 누가 그만큼의 위엄을 보일 수가 있겠는가.

삼만 명의 사람들은 저마다 입을 벌리며 서문환의 위용에 감탄하고 또 감탄했다.

"역시 벽력신검의 무위는 하늘을 진동할 만하구나!"

누군가 소리치자 사람들이 모두 그에 맞장구를 치며 소란스럽게 떠들어댔다.

서문환은 이어 큰 소리로 영웅집회의 개막을 선포했다.

"지금부터 천하의 뭇 호걸들을 모시고 영웅집회를 시작하겠소이다!"

그 소리가 끝남과 동시에 북소리가 두둥두둥 울리며 분위기를 고조시켰다. 모든 이들이 끓어오르는 호기를 참지 못하고 마구 환호성을 지르며 환호했다.

"와아아—"

"간악한 자들을 쳐부수자!"

"우리의 힘으로 정의를 지키자!"

수많은 환호성과 갈채 속에 집회가 시작되었다. 서문환이 두 손을 들자 군웅들은 곧 조용히 입을 다물었다.

"중원에는 많은 동맹체가 있고 연합회가 있고 협력체가 있소이다. 태산(泰山)을 필두로 한 오악검맹(五岳劍盟), 강남무림의 천무회(天武會), 사해칠단(四海七團). 하지만 이제껏 정파를 아우르는 가장 큰 모임은 없었소."

군웅들은 침을 꿀꺽 삼키며 서문환의 뒷말을 기다렸다.

"오늘 우리는 영웅집회라는 이름 하에 수만의 영웅호걸들이 모여 단죄의 검을 뽑게 되었소. 이 수만의 검이 서로 분열하지 않고 하나로 뭉치기 위해서는 그에 걸맞는 지도자가 필요하오. 무림의 역사상 최초로 정파 전체를 아우르는 지도자가! 이것은 다름 아닌 우리의 의지이며 거대한 꿈의 덩어리인 것이오."

군웅들의 얼굴이 조금씩 일그러졌다. 이것은 서문환 스스로가 최고의 자리에 앉겠다는 말이 아닌가.

서문환의 말이 이어졌다.

"간악한 자들을 벌하기에 앞서 그에 걸맞는 대표자를 뽑아야 할 것이오. 바로 지금 말이오! 하나 이 서 모는 뭇 영웅호걸들의 앞에서 감히 영웅임을 자처할 수 없소이다. 단지 뭇 영웅호걸들에게 장소만을 제공했을 뿐이오. 따라서 이 서 모는 우선 후보에서는 물러나도록 하겠소이다. 모두들 자신이 생각하는 사람을 추천해 주시기 바라오.”

“아!”

서문환의 말에 좌중이 혼란스러워하는 것이 역력히 보였다. 서문환은 어째서 자신이 대표자가 되지 않는단 말인가. 당대의 천하제일검이 최고의 영웅이 아니라면 누가 될 수 있을 것인가.

사실 이 자리에 삼만이 넘는 사람이 모인 것도 모두 서문환이 영웅집회를 실질적으로 주최했기 때문이 아닌가.

서문환은 이야기를 계속했다.

“우리는 그 누가 대표로 선출되더라도 그의 말을 믿고 따를 것이며 아울러 불평 불만을 하는 사람이 한 명도 없어야 할 것이오.”

군웅들은 의아했지만 모두 입을 모아 소리쳤다.

“그 말이 옳소!”

“결정된 바에는 우리 모두가 따를 것이외다!”

서문환은 고개를 끄덕였다.

“좋소. 그럼 이제부터 추천을 시작해 주시오.”

군웅들은 과연 누가 자신들을 이끌 최고의 영웅이 될지 의견이 분분했다. 정사대전에서도 정파를 통합하여 이끈 사람은 없었다. 무림 역사 최초로 정파무림의 대표가 된다면 그 사람은 아마 두고두고 후세에 회자될 것이다.

“어험.”

의식적인 헛기침과 함께 종남파의 장문인인 무진자 탁율이 자리에서 일어섰다.

“아! 종남파의 장문인께서 하실 말씀이 있으신 게로구려.”

서문환이 탁율에게 시선을 돌리도록 한마디를 꺼내자 군웅들의 시선이 모두 탁율에게로 쏟아졌다.

탁율이 말했다.

"아시다시피 정파를 통합하여 최고의 자리에 앉은 사람은 여태 없었소. 하지만 환란이 생겼을 때나 중원에 위기가 닥친 경우 남아 있는 사람들은 항상 소림사를 의지하며 버텨낼 수 있었소. 그 누구도 부인할 수 없는 사실은 중원에 소림사가 있으며 그 소림사가 사람들의 정신적인 지주가 되었다는 사실이오. 이에 나는 당연하게 현 소림사의 방장이신 법효 대사를 천거하겠소이다."

군웅들은 고개를 끄덕이며 탁율의 말을 인정했다. 소림사라 하면 수많은 외세의 침략에서도 굴하지 않고 싸웠던 기둥이다. 모든 문파가 손을 들고 나 몰라라 할 때 그들을 규합하여 맞선 것이 바로 소림사였다.

그러니 다른 건 몰라도 소림사의 방장인 법효가 최고의 자리에 앉는 게 수긍하지 못할 일은 아닌 것이다. 비록 그가 불귀의 객이 되어버린 법우보다는 무공이나 여러 다른 면에서 부족하다고 생각되기는 하지만 말이다.

이때 곤륜의 장문인인 건천 상인이 몸을 일으켰다.

"빈도도 한 말씀을 드려보겠소이다."

"건천 상인께서는 거리낌없이 말씀해 주시오."

서문환의 허락이 떨어지자 건천 상인은 군웅들을 둘러보며 말했다.

"본 파에서는 이미 마교와 한판 싸움을 크게 벌인 일이 있소."

그 말에 조금은 시끄럽던 사람들이 모두 조용해졌다. 곤륜에서 일어난 일은 그야말로 무시무시한 일이었기 때문이다. 마극천과 그의 수하

두 명이 곤륜파를 쑥밭을 만들고 힘으로 봉문시켰다는 이야기는 전율을 넘어선 공포와 다름없는 이야기였다.

"그때 빈도는 크게 느낀 바가 있소이다. 마교는 우리가 생각한 바보다 더 큰 힘을 숨기고 있소. 보다 큰 희생을 막기 위해 구대문파에서는 거짓 봉문을 선언하기는 했으나 그것만으로도 일단 기세가 꺽인 셈이오."

그 옆에 앉아 있던 법효의 얼굴이 붉어졌다.

"소림사가 강호의 태산북두인 것은 인정하지만 봉문을 선언한 것도 사실이오. 처음으로 말이오. 내 생각에 소림사만은 봉문을 하면 아니 되었소이다. 이미 그때부터 기둥이며 지주인 소림사는 사라지게 된 것이오."

법효는 고개를 숙이고는 불호를 외워댔다. 정파를 아우르는 수장이 되기는커녕 자신의 손에서 후세에까지 부끄러워할 일을 했으니 말이다.

"아미타불, 아미타불……."

탁율이 건천 상인에게 물었다.

"건천 상인께서는 무엇을 말하고자 하심이오?"

건천 상인은 탁율과 군웅들을 번갈아 바라보며 단호하게 말했다.

"이번 일에서 거짓이었든 어쨌든 봉문을 한 문파에서는 절대 수장이 나와서는 아니 된다고 생각하오! 이미 마교와의 싸움에서 한 수 접어가는 꼴이 아니오."

탁율은 인상을 찌푸렸다.

"그렇게 따진다면 누가 수장이 될 수 있겠소? 그것은 어디까지나 후일을 도모하기 위해 잠시 움츠렸던 것뿐이오!"

"마교와 정면으로 싸워 이길 자신이 없어서 꼬리를 만 것은 아니오? 그렇게 자신감이 없는 문파의 수장이 어떻게 정파 전체의 수장이 될 수 있다는 말씀이오!"

탁율은 마침내 소리를 버럭 질렀다.

"건천 상인은 혼자서 마교와 대항해 싸웠다고 의기양양하신 모양인데, 곤륜파는 확실하게 패했지만 우리는 아직 패한 적이 없소."

"싸우지도 않고 고개를……."

"아미타불."

법효가 일어섰다. 의아스럽게도 서문환이 말리지를 않으니 자신이 일어설 수밖에 없었다.

"두 분 장문께서는 잠시 빈승의 말을 들어주시기 바랍니다."

탁율과 건천 상인은 서로 얼굴을 붉히며 입을 다물었다.

법효가 말했다.

"분명 저는 천 년을 이끌어온 소림사의 정기를 어지럽혔습니다. 만일 법우 대사께서 살아 계셨다면 이와 같은 일을 하지는 않으셨겠지요."

법효는 말을 멈추고 한숨을 내쉬었다.

"빈승을 천거해 주신 종남파의 장문인께는 죄송하지만 저는 큰 그릇으로서의 자격이 되지 않는 것 같으니 스스로 물러나겠습니다. 나무아미타불."

법효의 말에 탁율은 꿍— 소리를 내며 자리에 앉아버렸다. 서문환은 그제야 나서며 말했다.

"잠시 의견의 충돌이 있었던 것 같소. 어디까지나 함께 뭉치자고 한 자린데 그렇게 싸우지 말고……."

그때 책상다리를 하고 의자에 앉아 있던 개방의 방주인 걸수노개(乞嗽老丐)가 통 하고 튕기듯 일어나 말했다.

"켈록켈록. 곤륜파의 장문인이 말하길 켈록켈록, 봉문을 하지 않은 문파에서 추천을 해야 한다니. 케엘록!"

현 개방의 방주는 항상 기침을 입에 달고 다녀 걸수노개라는 이름이 붙어 있었다. 사람들은 그가 기침을 하면 더러운 것이 옮을까 무서워 거의 그와 상대를 하지 않는 편이었다. 겉으로 보기에는 왜소한 체구의 비쩍 마른 노인일 뿐이지만—실은 노인인지도 확실히 알 수 없는—그의 타구봉법은 전대 방주인 철절곤 위진개를 넘어선다는 말까지 있을 정도였다. 그만큼 숨은 실력자라는 말이었다.

게다가 입이 더럽고 성격이 괴팍하기로도 유명했다. 아무튼 이런저런 이유로 강호에서 별로 활동은 하고 있지 않지만 그의 영향력을 무시할 수 있는 것은 아니었다.

서문환이 물었다.

"개방의 방주께서 하실 말씀이 있으신가 보오."

걸수노개는 또다시 켈록거리며 말했다.

"구대문파 중에서 다른 문파가 지레 겁을 먹고 있을 때 우리 개방은, 켈록! 전혀 두려워하지 않고 있었소."

그러자 군웅 중 한 명이 빈정대는 소리가 들려왔다.

"마교에서 개방을 두려워할 필요가 없었으니 건드리지도 않은 것 아니오?"

그 말에 뭇 군웅들이 와— 하고 웃음을 터뜨렸다.

걸수노개는 한쪽 눈을 찡그리며 진한 가래침을 탁 뱉었다.

"카—악! 퉤! 시답잖은 소리! 총 문도가 오십만이 넘는 개방을 어째서 마교에서 두려워하지 않는단 말이오. 켈록."

그러자 군웅 중의 다른 한 명이 소리쳐 말했다.

"중원의 거지가 모두 개방의 문도인데 오십만은 너무 적소. 적어도 백만은 족히 될 것이 아닙니까!"

다시 장내는 웃음바다가 되었다. 개방은 독문무공이 거의 장로급이나 장문에게 집중되어 있었으니 전체적으로 무공이 강한 편이라고는 할 수 없었다. 다만 지금의 말처럼 온 중원에 거지가 아닌 사람이 없고 거지 중에 개방의 제자가 아닌 사람이 없으니 인원수만으로도 무시하기는 어려운 실정이었다.

걸수노개는 크게 헛기침을 하며 말했다.

"결론만 말하겠소. 켈록. 나는 개방의 방주를 추천하겠소이다. 켈록 켈록!"

군웅들이 다시 웃음을 터뜨렸다. 세상에 자기가 자신을 추천하는 사람이 어디에 있단 말인가.

하지만 일단 후보가 한 명뿐이니 더 이상의 후보가 없다면 걸수노개가 최고의 자리에 앉을 수도 있었다. 그 생각에 군웅들은 잠시 고민에 빠져야만 했다.

그때 화산파의 장문인인 군자검 태허자가 미소를 지으며 일어섰다.

"개방의 방주께서는 인품으로 보나 방의 크기로 보나 마땅히 대표의 자리에 앉으셔야 합니다."

모두가 어리둥절해하는 가운데 걸수노개만이 '그럼그럼' 하며 고개를 끄덕이고 있었다.

군웅 중의 한 명이 외쳤다.

"그럼 화산파의 장문께서는 개방의 장문인을 천거하는 데 동의하겠단 말씀이시오?"

태허자는 슬며시 웃음을 지으며 대답했다.

"물론 지금이 평화의 시대라면 그렇게 하는 것이 옳을 테지요. 하지만 지금은 앞장서서 마교와 싸울 사람이 필요합니다. 가장 앞에 서서 마교를 누를 수 있는 힘과 강한 지도력을 가진 사람이 대표자가 되어야 한다는 말이지요."

태허자는 서문환을 손으로 가리켰다.

"그런 의미에서 역시 천하제일검이라 불리는 서문세가의 가주께서 대표의 자리에 앉으시는 것이 좋겠습니다."

걸수노개는 '헹' 하며 고개를 돌려 버렸으나 나머지 사람들은 모두 고개를 끄덕이며 어느 정도 동의하고 있었다.

누가 거지의 명령을 듣고 싶겠는가. 원래 강호의 특성상 가장 강한 자가 가장 높은 곳에 서는 것이 당연하지 않겠는가.

서문환은 포권을 하며 극구 사양했다.

"부끄럽소. 본인은 그럴 만한 자격이 없소."

군웅들이 소리쳤다.

"아니오, 아니오! 그럴 만한 자격이 있습니다!"

"천하제일검이 천하를 호령하는 것입니다!"

"개방의 장문보다는 훨씬 낫겠소이다!"

마지막 누군가의 말에 군웅들이 웃으며 손뼉을 쳐댔다. 구대문파의 장문인들도 한 손을 들며 외쳤다.

"이의없소."

"나 또한 동의하오."

걸수노개는 퉤― 하고 가래침을 뱉으며 말했다.

"천하제일검이라면 나도 이의없소."

상황이 이쯤 되니 서문환이 몇 번이나 사양을 해도 완전히 거절할
순 없는 일이 되고 말았다.

서문환은 의미심장한 눈빛을 잠시 흘렸다가 표정을 잽싸게 감추었
다.

"좋습니다. 여러분께서 그렇게 말하시니 나로서는 더 이상 거부하기
가 어렵구려."

"와아아―"

군웅들이 환호성을 지르며 서문환이 선출된 것에 지지를 보냈다. 서
문환은 군웅들을 향해 한 번 포권을 하고는 단상의 가운데 앞쪽으로
나와서 섰다.

"본인은 여러분의 뜻에 따라 만장일치로 영웅집회의 대표가 되었소.
앞으로 본인은 간악한 무리들을 쳐부수는 데 그 힘을 다할 것이오. 여
러 영웅호걸들께서는 그 일에 힘을 다해 협력해 주시기를 부탁드리겠
소."

"와아―"

서문환은 두 손을 불끈 쥐고 큰 소리로 물었다.

"여러 영웅호걸들께서는 본인과 뜻을 함께하시겠소?"

군웅들이 소리쳤다.

"와아― 물론입니다!"

"견마지로의 힘이라도 보태겠습니다!"

"목숨을 아끼지 않고 뒤를 따르겠습니다!"

마치 땅까지 들썩거릴 정도의 환호와 함성이었다.

서문환은 만족스럽다는 듯한 미소를 지으며 장내를 둘러보았다. 잠

시 후 그 열기가 가라앉을 때쯤 군웅 중의 한 명이 큰 소리로 물었다.

"마교에는 언제 쳐들어갈 것입니까?"

서문환은 무슨 소리냐는 듯 눈썹을 꿈틀거렸다.

"마교? 마교가 무슨 말이오?"

"응?"

순간적으로 정적이 감돌았다.

군웅들이 술렁거렸다.

서문환이 갑자기 돌아버리기라도 했단 말인가? 아니면 귀라도 먹었단 말인가? 왜 마교라는 말을 못 알아듣는단 말인가!

한 명이 소리쳐 물었다.

"영웅집회는 마교를 쳐부수기 위함이라고 비첩에 적혀 있질 않았습니까?"

서문환은 '하하' 하고 호탕하게 웃으며 자신의 무릎을 탁 쳤다.

"본인은 간악한 자들을 몰아내자고 했을 뿐이지 마교라고는 하지 않았소이다."

군웅들은 뭔가 일이 잘못되고 있음을 본능적으로 느끼고 있었다. 서문환이 마교 때문에 영웅집회를 연 것이 아니라면 대체 무엇 때문이란 말인가.

한 명이 소리쳤다.

"간악한 자들이 마교도들이 아니라면 간악한 자는 대체 누구란 말이오!"

서문환은 뚱한 표정으로 대답했다.

"마교가 어째서 간악한 자들이오? 본인은 마교가 간악한 자들이라 생각하지 않소. 그들은 충정이 가득한 애국 투사들이오."

"헉!"

마치 얼어붙은 것처럼 장내는 삽시간에 조용해졌다. 찬물을 끼얹어도 이렇게까지 조용해지지는 않을 터였다.

서문환이 딴마음을 먹고 영웅집회를 열었다면 그를 대표자로 뽑은 삼만 명의 사람들은 어떻게 해야 한단 말인가!

서문환을 추천했던 태허자는 뭔가 일이 크게 잘못되어 간다는 것을 알고는 벌떡 일어나 물었다.

"서문 가주께서는 대체 무엇을 말하시는 것입니까. 마교를 칠 것이 아니라면 어째서 영웅집회를 열어 저희를 초대하신 것입니까?"

서문환은 그 말에는 대답하지 않고 먼 곳을 바라보았다. 그리고는 고개를 돌려 좌중을 바라보며 말했다.

"지금으로부터 몇십 년은 족히 되었을 이야기를 내 들려주리다."

군웅들과 구대문파의 수장들은 서문환의 입에서 무슨 이야기가 나올지 긴장하며 귀를 쫑긋 세웠다.

"정성공(鄭成功:명나라 부흥운동의 주도자)을 기억하시는 사람이 있을 것이오. 그의 아버지인 정지룡(鄭芝龍)은 정성공에게 청나라를 뒤집고 명나라를 되찾을 것을 어렸을 때부터 교육시켰던 인물이었소."

군웅 중의 한 명이 소리쳤다.

"정지룡은 명나라를 배신한 배신자요! 그런 이름은 들먹일 것도 없소! 퉤!"

서문환은 그 말엔 귀도 기울이지 않고 이야기를 계속했다.

"당시 정지룡을 따르던 세가 중 궐씨(闕氏) 세가가 있었소. 궐씨 세가는 명나라를 되찾겠다는 충정으로 집안의 주춧돌까지 뽑아 반청 운동에 동참했소. 그런데 막상 정지룡은 청나라에 투항했고 자신을 따르던 세력 중 청에 투항하지 않은 자들을 무참히 살육했소."

좌중들이 모두 긴장했다. 저런 이야기를 마음대로 떠들기에는 아직은 민감한 시대였다. 단지 명나라의 국호만 이야기해도 삼족이 처형을 당하는 일이 비일비재했다.

"물론 충정으로 가득 찬 궐씨 세가는 정지룡을 따라 청나라에 귀속되지 않고 홀로 투쟁을 계속했소. 후후. 그런데 웃긴 것은 말이오, 궐씨 세가의 저항이 만만치 않자 정지룡은 다른 방법으로 그들을 처리한 것이오."

서문환의 눈에 싸늘한 예기가 흘렀다.

"알다시피 강호에서 활동하는 무림인이란 족속들은 자기에게 누가 해를 끼치거나 하지 않으면 움직이지 않는 자들이오. 그런데 그들은 오랑캐에게 빼앗긴 명나라의 국토를 찾을 생각은 안 하고 오로지 정과 사, 마교로 나뉘어 다투기만 할 뿐이었소."

서문환의 말에 여기저기서 신음성이 터져 나왔다. 무림인들에게는 치부와 같은 얘기다.

한때 반청복명의 기치가 거세져 여기저기에서 반란이 일어나자 청 왕조는 무자비하게 그들을 탄압했었다. 씨 하나도 남기지 않고 철저하게 압박하는 그들 앞에 결국 몇몇 뜻있는 무림인들을 제외하고 나머지는 산으로 숨어들거나 현실을 외면해 버렸던 것이다.

서문환은 비웃음을 지으며 말을 이었다.

"정지룡은 궐씨 세가가 마교와 결탁하고 있다 헛소문을 퍼뜨렸소. 물론 궐씨 세가는 마교와 결탁하기는커녕 그런 일에 신경을 쓸 여유조차 없었지."

서문환은 '큭큭' 하고 웃었다.

"청나라의 관군에도 밀리지 않던 궐씨 세가는 어이없게도 자신들이 곧 정의라 믿는 정파의 멍청한 개들에 의해 몰살당했소."

건천 상인이 일어서며 소리쳤다.

"개라니! 말씀이 지나치시오!"

서문환은 건천 상인이 뭐라 하든 아랑곳 않고 이야기를 계속했다.

"그 와중에 살아남은 두 아이가 있었지. 그들은 피눈물을 흘리며 필사적으로 도망을 쳤소. 그 뒤를 관군들과 정파의 개들이 뒤쫓고 있어서."

군웅들이 소란스러워졌다.

"서, 설마……."

"그 아이들이……."

서문환은 시끄럽다는 듯 손을 내저었다.

"두 아이는 몰리고 몰리다 결국 천 길 절벽 위에서 떨어지게 되었소. 그런데 하늘의 도우심인가. 아이들은 구사일생으로 목숨만은 건진 채 강 하류에 있는 동굴에 숨어들 수 있게 되었소."

서문환은 손가락을 하늘로 뻗더니 푸른 불꽃을 만들어냈다.

파직—

"아!"

손가락의 움직임에 따라 허공에 푸른 기가 하나의 글자를 그리고 있었다. 바로 벽(霹) 자였다.

"그 동굴에는 고래로부터 전해오는 두 개의 비급이 잠들고 있었지. 천 년 전 정, 사파를 통틀어 가장 강했던 최고의 고수와 마교의 최고 고수가 남긴 비급이 그 안에 있었던 것이오. 이것이야말로 기연 중의 기연이라 할 수밖에 없는 것이지. 그 두 고수는 서로 자신의 실력을 입중하기 위해 각기 무공을 창안해 냈는데, 그것이 천 년 동안이나 빛을 보지 못했었던 것이오."

군웅 중 여기저기서 침을 꿀꺽 삼키는 소리가 들려왔다.

"하나의 무공은 배우기가 쉬워 누구나 초고수가 될 수 있는 엄청난 비급이었고 하나는 다른 세상의 마신(魔神)을 몸 안으로 부를 수 있는 마공이었소."

"그, 그런 일이……."

서문환은 당황해서 어쩔 줄 모르는 사람들을 쳐다보며 말했다.

"두 아이 중에 형은 마공을 익혀 신교에 들어가기로 했고 동생은 배우기가 쉽고 빠르게 최고가 될 수 있는 무공을 익혀 정파의 기둥이 되기로 했소. 그 둘은 무공을 각기 팔성까지 익힌 후 피의 맹세를 하며 헤어졌지."

군웅 중에서 마구 고함이 터져 나왔다.

"그 맹세가 뭐요!"

"대체 그런 이야기를 하는 까닭이 뭡니까!"

서문환은 씨익 웃으며 양팔을 들었다.

"여러 영웅호걸께서는 걱정할 것 없소. 이미 여러 영웅호걸께서는 본인과 뜻을 함께하기로 하지 않았소이까?"

여러 사람들의 눈에 당혹감이 어렸다.

"그, 그렇지만."

"그것은……."

서문환은 크게 껄껄 웃으며 말했다.

"본인과 뜻을 함께하기로 하였는데 무엇이 걱정이오. 자, 그럼 연회나 즐기도록 하시구려."

　서문환은 당혹해하는 이들을 내버려 둔 채 하나의 술잔을 받아 들고 외쳤다.

　"모두 먹고 마십시다! 오늘은 모든 정파인들이 힘을 모아 명나라를 되찾기로 한 뜻 깊은 날이 아니오! 오랑캐를 쳐부수고 명나라를 되찾을 역사적인 날이오이다! 껄껄껄!"

　"……!!"

　"……!"

　모두가 입을 벌린 채 말을 하지 못하였다.

　이것은 반란이다!

　이것은 반역이다!

　자신들도 모르는 새에 영웅집회랍시고 모인 삼만 명은 졸지에 반역자가 되어버린 것이다!

　그 누가 이런 일을 예상이나 했겠는가!

　"껄껄껄껄!"

　그 많은 수만 명의 인원 중에서 큰 소리로 웃는 사람, 그 하나만을 제외하고는 아무도 정신을 차릴 수가 없었다.

　"껄껄껄―"

　서문환의 목소리가 수만 명의 귀를 울리며 허공으로 퍼져 나가고 있었다.

　반역의 하늘 아래…….

제7장

대혈전(一)

대혈전(一)

"이건 말도 안 되는 사기요!"

탁율이 소리를 지르며 자리에서 일어섰다. 탁율은 어찌나 화가 났던지 얼굴이 시뻘겋게 변한 채 몸까지 부들부들 떨고 있었다.

"에잇!"

탁율은 자신의 앞에 놓인 기다란 탁자를 장으로 후려쳤다.

콰직―

탁자가 부서지며 위에 놓여 있던 술잔들과 음식들이 땅으로 쏟아지고 엎어졌다.

와장창!

덕분에 자리에 앉아 있던 구파일방의 장문인들은 벌떡 일어설 수밖에 없었다. 오죽하면 거지인 걸수노개까지 심상치 않은 분위기를 느끼며 일어섰을 정도니.

서문환은 심드렁한 표정으로 자리에 선 열 명의 수장을 쳐다보며 물었다.

"뭐가 말이 안 된다는 것이오?"

탁율이 소리쳤다.

"이미 명은 쇠락했소! 이제 와서 우리들이 어찌할 수 있는 단계가 아니란 말이오! 그런데 마교를 빌미로… 빌미로……."

탁율은 말을 잇지 못했다.

분명 봉문하라 하고 뒤에서 마교를 치자고 꾸민 것은 서문환이 틀림없었다. 그렇지만 그것은 몇 명 이외에는 모르는 일이다. 게다가 당시 상황은 마교의 마극천이 나와서 설쳤던 때이지 않았는가. 비첩에 간악한 무리라 표현한 것을 보고 마교라고 생각했지 누가 당금의 청나라라고 생각이나 할 수 있었겠는가.

서문환은 '크크' 웃으며 음산한 살기를 뿜어냈다.

"분명 당신들이 나를 뽑아준 것이고 나는 몇 번이나 사양했소. 억지로 뽑아놓고 나서는 나의 뜻에 따르겠다고 복창한 것은 누구요? 내가 잘못 기억하고 있다는 말인가?"

"어쨌든 사기다! 이것은 무효다!"

마침내 군웅들도 자리에서 벌떡 일어서며 소리를 지르기 시작했다. 장내가 엄청나게 소란스러워지며 한순간 세가의 장원은 아수라장이 되고 말았다.

와장창— 쨍그랑!

음식들이 든 접시가 깨져 나가고 탁자와 의자가 부서지기 시작했다.

서문환은 온몸의 기를 끌어올리며 버럭 소리를 질렀다.

"이 버러지 같은 놈들!"

“크악!”

몇몇 내공이 약한 자들은 고막이 찢어지는 통증을 느끼며 나뒹굴었다. 나머지 사람들도 서문환의 목소리가 귓가에 웅웅 울리는 터에 정신을 차릴 수가 없었다.

“한 입으로 두 말을 하는 개새끼들을 내가 어찌 믿고 일을 도모하겠는가! 과연 정파라는 것들은 벌레보다도 못한 자들이 모여 있는 곳이로구나!”

서문환의 입에서 욕지거리가 터져 나오기 시작했다.

“내 마지막으로 너희들의 더러움을 씻고 나라에 충성할 기회를 주었건만 그마저도 거부하는 것인가! 너희 같은 버러지들은 이 세상에 살 가치조차도 없다!”

쿵!

모든 이들의 심장이 덜컥 내려앉았다. 서문환의 저 말은 무슨 뜻인가!

“너희 같은 썩은 것들이 세상에 있어봤자 아무런 도움도 안 될 터! 내 직접 세상에서 너희 더러운 것들을 정화시키겠노라!”

군웅들은 분노했다.

“허황된 꿈을 꾸는 작자 같으니!”

“사기꾼에 비열한 것은 네놈이다!”

“누구에게 감히 개새끼라고 부르는 것이냐, 이 개새끼야!”

이것이 군중 심리였다.

당대의 천하제일인 서문환에게 영웅호걸이라 불리며 자신이 정말로 영웅이고 호걸인 줄로만 착각한 자들. 희희낙락 간까지 빼어 줄 듯 그를 추종한 수많은 광신도들.

자신들의 우상을 뒤따르다가도 그가 노란색 길을 벗어나면 일제히 돌팔매를 가하는, 자신의 의지와는 상관없이 곁의 누군가를 생각없이 따라가기만 하는 자들.

그들은 아직 믿고 있었다, 자신들의 수가 월등히 많음을.

그들은 믿고 싶어했다, 이 모든 일들이 처음부터 치밀하게 조작된 것이 아니라 그저 즉흥적인 일이었음을.

서문세가의 제자들이라 봐야 알려진 것이 겨우 이천 명뿐이다. 제아무리 숨겨 키운 자들이 있다 한들 천 명을 고작 넘을 수 있을 뿐이 아닌가. 여기에 모인 정파의 무인들은 모두 삼만 명. 아무리 날고 긴다 한들 삼천 명과 삼만 명이 상대가 될 리 없다.

일반적으로 한 명이 열 명을 상대하면 된다는 이야기는 몇백 명의 차이에서만 일어날 수 있는 일이다. 실제로 단위가 몇천을 넘어가게 되면 그때는 한 사람이 열 명이 아니라 백 명을 상대해서 이길 수 있어야 말이 된다.

"우—"

야유와 비난과 욕설이 여기저기에서 터져 나왔다. 그러나 개중에는 아직까지 이것이 장난이라거나 시험인 줄로만 아는 자들도 있었다.

서문환은 호탕하게 웃었다.

"으하하하하! 하하하하하!"

구대문파의 수장들은 그 모습을 보면서도 이것이 현실이라는 걸 인정하고 싶지 않았다. 그래서 아직까지 덤벼들고 있지 않은 것이다.

아니, 현실이 아님을 원하고 있었다. 서문환의 실력이란 이미 잘 알고 있는 수준이었으니 말이다. 서문환과 십 대 일로 싸운다 해도 이길 수 있을지 가늠할 수 없으니 말이다.

서문환은 여전히 큰 소리로 웃어댔다. 그 큰 연무장이 온통 난리가 나고 있었는데도 그는 개의치 않았다.

이 얼마나 기다려 온 일인가! 수십 년 동안 기대하고 고대해 왔던 일들. 그 많은 밤을 뜬눈으로 지새우며 세웠던 치밀한 계획들. 그러나 그의 즐거움을 방해하는 물결은 그가 즐거움을 여유롭게 느낄 수 있을 만큼의 시간을 주지 않았다.

"미친 작자!"

군웅 중 한 명이 검을 들고 달려나왔다. 그는 서문환에게 속은 것이 분하다는 듯한 얼굴로 온 힘을 다해 검을 찔러왔다.

얼핏 간만 부은 작자는 아닌 듯 일류고수급에 속하는 인물인 것 같았다.

그러나 서문환은 미동도 않고 콧방귀만을 뀌었다.

"흥!"

"죽엇!"

자신이 천하제일검을 벨 수 있을 것이라 착각하고 있는 남자의 검이 빠른 속도로 서문환의 심장을 노렸다.

순간,

벽력신검(霹靂神劍) 제십강(第十强) 벽력일선(霹靂一扇).

"크억!"

하나의 푸른 빛이 날아오며 검을 반으로 쪼개고 그 주인의 몸마저도 반으로 동강 냈다. 피가 분수처럼 사방으로 터지고 내장이 튀어나오는 참혹한 광경.

서문환은 그저 가만히 있을 뿐이었다.

군웅들은 뜻밖에 멀리에서 뭔가가 날아오자 크게 놀랐다.

“아니?”

“저, 저자들은?”

자신들을 포위한 듯 둘러 있는 담. 그 위로 흑색의 옷을 입은 자들과 은색의 장포를 걸친 자들, 그리고 금색의 장포를 걸친 복면인이 빙 둘러서 담 위에 서 있었다.

그 모습으로 보아 방금의 일격은 금의인에게서 나왔음을 알 수 있었다. 그 거리는 약 이백여 장. 그 멀리에서 이런 무위를 보일 수 있다는 건 그저 놀라운 일일 뿐이었다.

하지만 그 숫자는 약 이천 명뿐. 아직 삼만 명의 무인들에게 위협을 가하기에는 턱없이 부족한 숫자였다.

금의인이 소리쳤다.

“도착했습니다!”

서문환은 그 모습을 보며 크게 웃었다.

“으하하하! 나머지는 어디 있느냐!”

곧 담 쪽에서 푸른 옷을 입은 자들이 촤악 치솟듯 나타났다.

“부르심에 감사드립니다!”

그 수는 약 천 명이 조금 넘어 보이는 숫자였다.

한쪽에서 조용히 있던 단리 진인이 꾸짖듯 소리쳤다.

“대체 무슨 짓을 꾸미시는 게요!”

서문환은 단리 진인을 바라보며 소리쳤다. 하지만 그 소리는 장내의 모든 이들의 귀에 똑똑히 들려왔다.

“나는 아무짝에도 쓸 데가 없는 쓰레기들을 청소하려고 한다.”

걸수노개가 외쳤다.

“켈록! 겨우 삼천 명으로? 켈록켈록! 너무 자신이 과하시구려! 켈록켈록. 이제라도… 켈록."

서문환은 한 손을 번쩍 치켜들었다. 그의 두 눈에는 회심의 빛이 빛나고 있었다.

"과연 내가 만용을 부리는 것일까?"

서문환은 펼친 손을 힘껏 쥐며 큰 소리로 외쳤다.

"더러운 것들을 깨끗이 청소하라!"

서문환의 말이 끝나기가 무섭게 흑의인들과 은의인, 청의인들이 담벼락에서 뛰어내려 오며 달려들었다. 금의인만이 담 위에서 이들에게 명령을 내리며 거만하게 내려보는 중이었다.

"이 무슨 짓이오!"

많은 사람들이 소리쳤으나 이미 살육은 시작되었다.

"으아아—"

앉아서 가만히 당할 수만은 없는 노릇이다. 군웅들은 저마다 무기를 부여잡고 정체 불명의—아마도 서문세가에서 비밀리에 키운 것이라 생각되는—복면인들에 맞서갔다.

쨍— 쨍쨍—

날카로운 쇳소리들이 연주하는 시간이 되었다. 번쩍이는 병장기들이 여기저기서 뛰어오르며 쇳소리에 맞추어 춤을 추기 시작했다.

"크아악!"

"으악!"

"사, 살려!"

쇳소리들의 연주가 시작된 지 얼마 지나지 않아 여기저기에서 비명 소리들이 터져 나오기 시작했다.

붉은 점이 틈틈이 보이기 시작했고 주인을 잃은 신체의 일부분이 허공을 치솟기도 했다.

담 가까이에 있는 외곽은 대부분 무공이 약한 자들로 배치가 되어 있어서 중앙에 자리 잡은 세가와 고수들은 그 전투에 끼어들 수가 없었다. 그들은 단지 앞 사람의 머리에 가려 보이지 않는 것을 탓하며 무기만을 불끈 쥐고 있을 뿐이었다.

게다가 복면인들은 담벼락을 등에 지고 있는 터라 한번에 상대하는 것은 전면과 측면뿐이었다. 위치적으로나 실력으로나 복면인들은 담가에 있던 무인들을 압도하고 있었다.

"으하하하하—"

서문환은 즐거운 듯 큰 소리로 웃었다. 그의 내공이 실린 웃음소리는 장내의 모두가 들을 수 있었기에 검을 들고 복면인들과 싸우는 무인들은 소름이 끼칠 정도였다.

"당장 그만두시오!"

단리 진인이 검을 뽑아 서문환에게 겨누며 소리쳤다.

서문환은 거만한 표정으로 단리 진인을 내려다보며 말했다.

"그만두게 할 자신이 있으면 나에게 직접 덤벼보는 것은 어떤가?"

"크윽!"

단리 진인은 서문환의 기세에 눌려 검을 함부로 움직이지 못했다. 괜히 천하제일검이라 불리는 것이 아니다.

슛—

"켈록! 그대를 죽이면 내가 천하제일인이로구먼!"

걸수노개가 뛰어오르며 그의 무기이자 개방의 신물인 녹죽봉(綠竹棒)을 들고 서문환에게 달려들었다.

타구봉법(打狗棒法), 중문(中文) 봉타쌍견(棒打雙犬).

　대나무로 만들어진 봉의 끝이 절묘하게 휘어지며 양끝으로 갈라졌다. 각각의 끝은 검을 든 서문환의 오른손과 명치를 동시에 노리고 있었다.

　비록 대나무로 만든 봉이지만 그것은 보통의 대나무가 아니었다. 웬만한 검이나 도로는 흠집도 내기 어려울 정도로 단단하며 그 반면으로 탄력이 굉장한 보물이었다.

　거기에 걸수노개의 웅후한 내력이 합쳐지게 되었으니 그 위력은 엄청날 것이 분명했다.

　빠악— 빡—

　걸수노개의 재빠르고 과감한 행동은 분명히 그가 노리던 곳을 명중시켰다.

　그러나… 서문환은 검을 놓치지도 않았을 뿐더러 급소인 명치 부위를 맞고도 아무렇지 않게 서 있었다. 설사 손은 무사했다 치더라도 가슴의 명치가 멀쩡한 것은 무슨 이유인가!

　명치의 끝 튀어나온 부분은 검상돌기(劍狀突起)라 하여 연골이 자리 잡은 곳이다. 이곳을 강타하거나 힘을 주어 누르면 연골이 부러지게 된다. 이 부러진 연골은 내장을 파고들어 가거나 심장을 파열시킬 수도 있기에 특히 위험한 곳이었다.

　걸수노개는 기침을 하면서도 어이없다는 얼굴로 서문환을 바라보았다.

　"켈록! 으하… 말도 안 돼. 켈록."

　타구봉법은 유연하고 허초가 많아 상대를 혼란시키는 데 유리하다. 그러나 저렇듯 맞고도 멀쩡하다면 허초가 무슨 상관이요 유연한 것이 무슨 상관이 있겠는가!

걸수노개의 눈이 살기로 번들거렸다.

"이놈! 이것을 맞고도 살 수 있는가 보자! 켈록켈록!"

타구봉법(打狗棒法), 후문(後文) 봉타구두(棒打狗頭) 멸(滅).

걸수노개의 손에서 대나무가 부러질 듯 휘어졌다. 두 개를 반을 접어 하나로 만든 것처럼 휘어진 대나무 봉은 그야말로 벌이 침을 쏘듯 팅겨지며 서문환의 머리를 노렸다.

피잉—

아차 싶은 동안에 이미 머리를 강타할 수 있을 만큼 빠르고 강한 위력이었다.

콰아앙!

서문환이 서 있던 자리는 완전히 박살이 나며 돌덩이들의 파편이 사방으로 튀었다. 단상의 바닥은 거의 일 장이나 움푹 파여 흉측한 몸을 드러냈다.

"이놈! 켈록켈록."

걸수노개는 서문환이 자리를 피한 것을 알아챘다. 서문환이 아무리 천하제일이라 한들 몸이 무쇠덩이도 아닌데 위력있는 공격을 몸으로 받아낼 리는 만무한 것이다. 방금 전의 걸수노개의 공격도 사실 서문환이 보이지도 않는 속도로 검을 휘둘러 막아낸 것에 불과했다.

단지 그가 놀란 틈을 타서 몸을 피하려 했던 것일 뿐, 서문환이 강하다 해도 정파의 최고수들인 구파일방의 장문인들에게 협공을 당하는 것은 위험한 일이었기 때문이다.

"아차! 속았구나!"

그제야 구파일방의 장문인들은 머리를 치며 후회했다. 하지만 서문환은 이미 멀찌감치 뛰어올라 담을 향해 달리는 중이었다.

"바쁜 몸이라 그대들 따위와 놀아줄 시간이 없군. 하하하!"

"게 서지 못할까!"

걸수노개가 소리를 지르며 따라가려 하자 태허자가 소리쳤다.

"화산의 제자들은 저 악적의 앞을 막아라!"

단상의 밑쪽으로 있던 화산파의 제자들 천여 명은 저마다 검을 꼬나 쥐고 서문환을 향해 덤벼들었다.

"죽어라! 악적!"

"매화검법!"

수백 개의 검광이 허공을 가볍게 뛰고 있는 서문환을 향해 짓쳐들어 갔다.

"건방진 것들! 내 앞에서 얼쩡거리지 마라!"

서문환은 벼락같은 노호성을 지르며 번개처럼 검을 휘둘렀다.

벽력신검(霹靂神劍) 극강(極强) 초월경지(超越境地) 벽력만개(霹靂滿 開).

파파팟―

푸른 불꽃이 번쩍번쩍거리며 화산파의 제자들을 휩쓸었다.

"헉!"

"으아악!"

"컥!"

비명 소리와 함께 서문환의 전방 삼 장 안에 있던 화산파의 제자들은 수백 조각의 고깃덩이가 되어 부러진 검편(劍片)과 함께 나뒹굴었다. 마치 벼락을 맞아 탄 것처럼 잘린 부위에서는 검은 연기가 매캐하게 뿜어 나오고 있었다.

그 모습을 본 태허자의 얼굴에 침통함이 스며들었다. 한 칼에 십여 명의 제자들이 몰살당하다니…….

서문환이 땅을 박차고 한 번 공중으로 떠오를 때마다 그의 앞에 있던 화산파 제자들은 새까맣게 그슬린 토막난 고깃덩이가 되고 있었다. 하지만 화산파 제자들은 눈에서 불을 켜고 끝까지 덤벼들었다.

"화산의 제자들은 죽어도 물러서지 않는다!"

"와아아아!"

서문환은 즐겁다는 듯 웃음을 띤 채 앞으로 검을 날렸다.

"그래그래. 버러지도 밟으면 꿈틀 하는 게야."

벽력신검(霹靂神劍) 극강(極强) 초월경지(超越境地) 벽력진노(霹靂震怒).

빠지지직―

서문환의 손에서 시퍼런 번개가 튀어나와 서문환이 앞으로 던진 검에 부딪쳤다. 검은 마치 피뢰침이라도 되는 것처럼 번개를 모두 흡수하더니 폭포수가 쏟아지는 것처럼 전방을 향해 수백 가닥의 뇌전을 뿌렸다.

번쩍!

"으아아악!"

"캬악!"

또다시 비명 소리가 울려 퍼졌다. 치치직― 고약한 냄새를 풍기며 검은 연기가 사방에서 솟아올랐다.

상황이 이쯤 되니 서문환의 앞을 가로막는 자가 있을 리 없었다. 이미 화산파의 제자들이 밀집한 곳을 벗어난 서문환의 앞길은 창창대로였다.

물결이 갈라지듯 인파는 양 옆으로 갈렸고 서문환은 가볍게 삼만 명의 군웅 사이를 달렸다.

"하하하하!"

서문환은 담으로 가볍게 뛰어올라 금의인의 곁에 섰다. 그사이에도 복면인과 정파인들의 혈투는 계속되고 있었다.

"오랫동안 꿈꿔왔던 일이 드디어 이루어지는구나. 후후후."

서문환은 중얼거리며 장내를 돌아보았다. 삼만 대 삼천이라는 것이 우습게만 보이는지 그의 입가에서는 웃음이 떠나지 않고 있었다.

한편 그 모습을 보는 구파일방의 수장들은 서문환과는 정반대의 표정이었다.

더구나 청성파의 장문인인 간융은 이미 복면인들을 보고 기겁을 한 상태였다. 얼마 전 중앙염상의 소금 강탈 사건으로 맞붙었던 바로 그 자들이 아닌가.

간융이 날카로운 어조로 이를 부득 갈며 말했다.

"빌어먹을 놈들! 그때부터 이미 계획되어 있던 일이었군!"

법효가 물었다.

"아미타불… 청성파의 장문께서는 그게 무슨 말씀이십니까?"

단리 진인이 잽싸게 나섰다.

"지금 그것이 중요한 게 아니오. 이대로 있을 수만은 없소. 뭔가 대책을 강구해야겠소."

태허자가 말했다.

"상황을 보니 흑의인들은 그다지 강한 편이 아닌 것 같소. 청의인들과 은의인들의 공세만 막는다면 피해를 크게 줄일 수 있을 것이오."

이미 삼만 명의 정파인들 중 오백여 명이 죽임을 당했고 팔백여 명이 부상을 입은 상태였다. 그에 비해 복면인들의 피해는 미미한 정도였다. 흑의인들 약 삼백여 명이 죽거나 다친 상태였고 은의인은 두 명, 청의인은 단 한 명도 피해를 입지 않은 상태였다.

걸수노개가 말했다.

"빌어먹을… 켈록켈록. 그러고 보니 이름난 세가는 죄다 안쪽에 붙들어맸구먼. 켈록. 적어도 만 명 이상이 죽어 나가기 전까지는 세가들이 힘을 쓸 수 없겠어. 켈록켈록."

그 말을 들은 모두는 식은땀이 등줄기를 흘렀다.

만 명이라니! 어쨌든 수가 많으니 저들이 사람인 이상에야 지칠 것은 자명한 터. 그때 가서 잡을 수 있다 해도 만 명이라는 피해는 너무나 과도한 것이었다.

서문환의 검에 제자들을 거의 백여 명이나 잃은 태허자의 몸이 부르르 떨렸다.

"이토록 치밀하게 계산했을 줄이야……."

지금으로서는 대책이 없었다. 너무나 상황이 혼란스러워 어떠한 방도를 생각해 내기가 어려웠다. 하다못해 구파일방의 제자들도 단상의 앞쪽에 자리 잡고 있어서 담 쪽의 복면인들을 상대하려면 수많은 인간의 벽을 헤쳐 나가야 했다.

그때 조금씩 조여오던 원형의 살육전에 변화가 찾아오기 시작했다. 동쪽에서의 전투가 느슨해진 것이다.

탁율이 그쪽을 손으로 가리키며 소리쳤다.

"저쪽을 보시오!"

"오! 저 사람은?"

동쪽은 강서 지방의 정파인들이 배정받은 곳이었다. 강서 지방에는 가장 가까이에 남궁세가가 있었는데 그들이 반격을 시작한 것이다.

흰머리가 희끗희끗한 남궁세가의 가주 남궁호상은 강서 지방의 정파인들을 선두 지휘하며 조직적으로 복면인들에 맞서 나갔다.

"부상을 입은 사람들을 뒤쪽으로 옮기고, 사 인 일 조를 유지하며 적을 상대하시오!"

남궁호상은 그의 두 아들과 함께 직접 적과 검을 겨루기도 하며 적당한 평형을 유지하고 있었다.

그는 남궁세가라는 커다란 무가를 이끌고 있었기에 지휘력에 있어서 굉장히 탁월했다.

"적이 버겁다고 느끼시는 분은 본 세가의 제자들과 자리를 바꾸시기 바라오!"

남궁호상은 이미 외곽 쪽에 자리 잡은 정파인들의 실력이 복면인들과 맞서기에 부족하다는 것을 알고 있었다. 그는 남궁세가의 제자들을 조금씩 앞으로 이끌어내며 전세를 유리하게 변화시켜 나갔다.

동쪽의 한 부분이 거의 남궁세가의 인원으로 채워지자 남궁호상은 자신의 애검인 청명소검을 들고 큰 소리로 외쳤다.

"제왕검진(帝王劍陣)을 발동하라!"

"와아아—"

인원으로서는 남궁세가의 제자들이 복면인들에 비해 월등하다. 남궁세가의 인원은 총 육백여 명뿐이지만 그에 맞서는 흑의인들은 삼백이 채 안 되었다. 적은 인원으로 많은 인원을 포위해 공격하다 보니 그러한 형상이 된 것이다.

남궁세가의 제왕검진은 그야말로 철통의 벽으로 잘 알려져 있었다. 열한 명이 한 조가 되어 자신들의 두 배까지 적을 감당해 낼 수 있는 수비형의 검진이었다.

아무리 수비형이라 한들 검끝이 무뎌지는 것은 아닌 법. 가장 무공이 약한 흑의인들은 아차 하는 순간에 온몸이 고슴도치가 되어 쓰러져 갔다.

청의인이나 은의인들은 흑의인과는 달리 쉽게 당하지는 않았으되 고전은 면치 못하고 있었다.

소수로 다수를 상대할 때는 시간을 끌어선 안 된다. 다수인 쪽은 쉬어가며 싸울 수 있지만 소수는 그렇게 할 수 없기에 점점 지쳐 가기 때문이다.

따라서 이미 청의인과 은의인들은 이미 진 것이나 다름없는 셈이 되고 말았다.

일단 동쪽이 견고해지자 나머지 복면인들의 진행 속도가 점차로 느려지기 시작했다. 너무 빨리 앞으로 나아갔다가는 포위를 당할 수 있었다. 지금까지는 전면을 중시해서 공격하되 측면은 주의만 하면 되었지만 한쪽이 무너졌으니 측면 또한 안심할 수가 없는 상황이 된 것이다.

복면인들과는 반대로 정파인들의 사기는 점차 올라가기 시작했다.

서쪽의 운남, 남쪽의 복건 출신 정파인들도 복면인들의 공격이 지지부진해지자 기운을 차리게 되었다.

운남과 가까이 있던 달씨(達氏) 세가가 운남의 무인들을 독려하며 선두로 나서기 시작했다. 남쪽에서는 영호(令狐)세가와 황보(皇甫)세가가 복면인들과 맞서며 전투는 새로운 국면을 맞이했다.

법효 대사는 전황이 슬슬 정파인 쪽으로 기우는 것을 보며 말했다.

"우리도 보고 있을 수만은 없으니 단상의 뒤쪽 전각들이 자리 잡은 곳을 통해 퇴로를 확보해야겠습니다. 아미타불."

간융이 말했다.

"지금 비록 삼면에서 포위를 당하고 있다고는 하나 수에서 많은 차이가 있어 얼마 지나지 않아 쉽게 물리칠 수 있을 것이오. 오히려 전각들이 들어선 쪽에는 함정이나 기관이 장치되어 있을 확률이 높소. 저들이 단상 쪽에서는 공격을 하지 않는 것이 그 이유요."

탁율은 눈을 찌푸리며 말했다.

"아까 서문환이 한 말을 못 들으신 게요? 한 아이는 정파로, 한 아이는 마교로 갔다는 소리를 말이오. 분명 저 정도의 인원으로 끝장을 보려고 하지는 않을 터. 십중팔구는 마교가 개입할 가능성이 높단 말이오."

단리 진인이 말했다.

"일단 전각 등의 건물이 있는 쪽으로는 가지 않는 게 좋을 것 같소. 청성파의 장문께서 하신 말씀대로 기관진식이나 매복이 있을 수도 있고 하니 말이오."

태허자가 고개를 끄덕이며 말했다.

"그럼 우선 저희 제자들과 무가의 제자들을 서둘러 담 쪽으로 보내고 실력이 부족한 무인들은 안쪽으로 오게 하여 자리를 바꾸는 게 좋겠소. 그래서 전면을 뚫고 나가 그쪽으로 탈출로를 만드는 게 낫겠소이다."

걸수노개가 침을 뱉으며 한마디를 던졌다.

"켈록켈록. 퉤! 탈출은 무슨 탈출. 모조리 싹 쓸어버립시다, 마교든 뭐든."

이들이 서로 지지부진한 탁상공론만 하고 있을 그때, 사방에서 번쩍이는 섬광이 마구 튀어나왔다.

“음?”

“뭐, 뭐지?”

동시에 잠깐이나마 줄어들었던 비명 소리가 다시 모습을 드러냈다.

“으아악!”

“크악!”

“이럴 수가!”

자리에 모인 삼만여 정파인들과 구파일방의 수장들은 자신의 눈을 믿지 못하고 있었다.

번쩍이는 불꽃들…

저건 다름 아닌 벽력검법이 아닌가!

그 벽력검법을 서문환 하나도 아니고 청색 무복을 입은 자들 모두가 사용하고 있었다!

모두는 경악에 물든 얼굴로 입을 다물지 못하고 있었다. 지금의 약간 앞선 대치는 청의인들의 활약으로 조금씩 기울어가고 있었다.

“저, 저 정도의 실력이라니!”

삼만 명의 정파인들, 그들의 얼굴에는 절망감이 감돌고 있었다. 수가 많다는 것도 아무런 작용을 하지 못하고 있었다. 넓은 곳이라면 모르지만 좁은 곳에서는 조직력이나 수보다는 아무래도 개개인의 실력에 좌우되기 마련.

삼면의 외곽에서 복면인들을 상대하던 세가의 가주들도 어이가 없는 표정이었다. 청의인들 중에도 실력 차이는 있으나 몇몇은 구대문파의 장문인들과 약간은 비견될 만하고 나머지는 자신들의 실력과 별 차이가 없지 않은가!

세가의 제자들이 이루고 있던 진형은 압도적인 무력을 자랑하는 청의인들에 의해 점차 흐트러져 가고 있었다. 전황이 불리해지자 본모습을 드러낸 것이다.

아니, 이것은 어쩌면 계획된 일이었을지도 모른다. 한순간의 희망을 절망으로 바꾸는, 말하자면 사기를 떨어뜨리는 계획이었을지도 모른다.

지금의 전체적인 형상은 복면인―세가―삼류급 무인들―세가와 일류급 고수들―구파일방의 순서로 바깥쪽부터 자리를 잡은 상황이다.

이 상황에서 세가들이 밀리고 나면 그 안에 있는 대부분의 정파인들은 둑이 무너지듯 한꺼번에 스러져 버릴 것이다.

한편 그 와중에 남궁세가의 가주인 남궁호상은 노익장을 과시하듯 한 번에 두 명의 청의인을 상대하고 있었다. 오래된 경험과 재빠른 임기응변으로 전투에 큰 도움을 주고 있었던 것이다.

"벽력신검, 벽력추!"

청의인의 검이 퍼런 벼락을 부르며 남궁호상을 덮쳐 오자 남궁호상은 몸을 오히려 앞으로 던지며 검을 찔렀다.

섬전십삼검뢰(閃電十三劍雷), 십성(十成) 섬전쾌(閃電快).

타다다닷―

열세 가닥의 빛줄기가 청의인의 온몸을 압박해 갔다. 청의인의 눈에 잠깐 낭패감이 어리면서 빛줄기가 그의 몸을 강타했다.

"크윽―"

퍼퍽!

온몸의 요혈에 구멍이 뚫리며 청의인은 뒤로 팅겨 나갔다. 비록 몸에 잔뜩 피를 뒤집어쓰고 단정했던 머리는 헝클어진 상태였지만 남궁호상의 눈에는 자신감이 있었다.

“받아랏!”

남궁호상이 잠깐 빈틈을 보이는 사이 또 다른 청의인의 검이 지직 소리를 내며 남궁호상의 팔을 긁고 지나갔다.

“음!”

남궁호상은 발을 구르며 뒤쪽으로 몸을 피했다. 그를 따라 달려오던 청의인은 양 옆에서 달려든 남궁호상의 두 아들에게 다리와 허리를 동시에 잘려 공중에서 세 토막이 나고 말았다.

“괜찮으십니까, 아버님!”

“나는 괜찮다! 어서 다른 사람들을 돕거라!”

“예!”

남궁호상은 쉽지는 않지만 이들을 상대할 순 있다는 것을 깨달았다. 비밀리에 키운 자들이라 그런지 실전 경험이 상당히 부족하다는 것을 느낄 수 있었다.

남궁호상은 다른 한 명의 청의인을 상대하며 큰 소리를 질렀다.

“이들은 무위에 비해 경험이 부족하다! 모두 수적인 우위를 바탕으로 상대하도록 하라!”

이처럼 동쪽은 오랜 전통의 무가인 남궁세가가 분발을 하며 피해를 최소화하고 있었지만 다른 쪽은 달랐다. 서쪽의 달씨 세가와 남쪽의 영호, 황보세가는 무가로서 남궁세가만큼은 이름이 나지 않은 곳이었다.

그들은 분전하기는 했지만 청의인들의 검 앞에 피를 흘리며 쓰러져 가는 자가 속출하고 있었다.

“이럴 수가!”

구파일방의 수장들은 이 사태를 관망만 할 수 없었다. 자파의 모든 제자들이 외곽 쪽으로 갈 수는 없을지라도 몇몇은 갈 수 있을 것이다. 곧 그들은 결정을 내렸다.

"일대 제자들은 속히 격전지로 가서 그들을 돕고 나머지도 가능한 빨리 담 쪽으로 갈 수 있도록 하라!"

"예!"

서로 안쪽으로 가려고 하는 사람들과 바깥쪽에 가서 싸우려는 사람들이 엎치락뒤치락 혼란한 양상을 만들어내는 가운데, 가장 빠르게 남쪽으로 달려간 것은 다름 아닌 화산파의 제자인 임명이었다.

임명은 좌수검을 뽑아 들고 왼쪽에서 누군가와 검을 겨루는 흑의인의 목을 단숨에 잘라 버리며 멈추지 않고 적을 찾아다녔다. 그의 눈앞에서 한 은의인이 정파인 한 명의 가슴에 검을 찔러 넣는 것이 보이자 임명은 지체없이 몸을 날렸다.

"죽어라!"

임명이 마치 오른손을 뻗으며 검이 있는 것처럼 눈을 속이자 은의인은 자신의 검을 그쪽으로 옮겨 임명의 공격을 막으려 했다.

그러나 임명의 검은 왼쪽에서 날아들었다. 은의인은 허무하게 자신의 목덜미를 지나가는 검을 바라보아야만 했다.

"크억!"

임명의 눈은 마치 광기에 물든 광인과도 같았다. 자신의 잘린 오른손목이 욱신거리는 것을 느끼며 임명은 다시 다음 상대를 찾아 나섰다.

곤륜파의 운일은 서쪽에서 싸움을 벌이는 중이었다. 그는 자신의 장기인 현학비천장을 날리며 한 명 한 명 처리해 나가고 있었다.

현학비천장(玄鶴飛天掌), 제오대종(第五大宗) 암운급우(暗雲急雨).

펑펑펑펑!

청의인은 운일의 장을 힘겹게 막아내며 뒤로 밀려났다. 그사이 한 무림인이 그 청의인의 옆구리에 깊숙하게 단도를 박아 넣었다.

"크악!"

청의인은 고통을 호소하며 검을 휘둘러 단도를 찔러온 자의 목을 쳤다.

"억!"

그사이 그의 앞까지 다가온 운일은 그의 단전에 정확하게 일장을 찔러 넣었다.

쾅!

청의인의 몸 안에서 무언가가 폭발하는 소리가 들리며 그의 눈이 새하얗게 뒤집어졌다.

운일의 얼굴로 청의인이 흘린 피가 튀었다.

그의 옆에서 운이와 운삼이 소리쳤다.

"대사형, 괜찮습니까?"

운일은 이를 깨물며 소매로 피를 닦아냈다.

"나는 괜찮아."

비무나 대결이 아닌 전투란 이런 것이다.

전쟁이란 이런 것이다.

누가 자신을 죽이는지 알지도 못하고 죽어가는…….

종남파의 삭이풍 역시 자신의 몫을 착실하게 해내고 있었다.

그는 쾌검이 장기였다. 이미 그의 검에는 몇 명인지 알 수도 없을 만큼의 피가 묻어 있었다.

"쳇. 전쟁이든 싸움이든 이기면 그만이야."

삭이풍은 이리저리 뛰어다니며 남들과 싸우느라 정신이 없는 복면인들의 뒤를 급습했다. 워낙에 빠른 쾌검을 지닌 삭이풍이 빈틈만을 노려 일격을 가하니 당사자로서는 알고서도 막을 수가 없었다. 사실 알지도 못했겠지만.

또 한 명의 복면인이 그의 앞에서 등을 보였다가 죽어갔다. 삭이풍은 미소 지으며 여유를 부리다가 순간 무언가가 빠르게 자신의 심장을 찔러오는 것을 느꼈다.

"으헉!"

삭이풍은 뒤로 튕기듯 물러나며 검을 앞으로 겨누었다. 그의 앞에 분노로 눈에 불을 켜고 있는 한 명의 청의인이 나타났다.

청의인은 이를 씹으며 내뱉듯 말했다.

"더럽고 치사한 놈, 상대의 등 뒤만 노리다니!"

삭이풍은 미소 지으며 고개로 그의 뒤를 가리켰다.

"네 뒤나 조심하시지."

청의인은 잠깐 움찔했다가 소리쳤다.

"그 딴 계략에 속을 줄 아느냐!"

서걱—

청의인의 가슴을 뚫고 두 개의 검이 삐죽 나왔다.

"흐… 흐으……."

청의인은 눈을 부릅뜨고 삭이풍을 쳐다보며 쓰러졌다. 그의 뒤에서는 삭이풍의 사제 둘이 서 있었다.

"잘했어. 벌써 열 놈이나 처리했군. 벽력이니 뭐니 별거 아닌데?"

사제들은 고개를 끄덕이며 말했다.

"사형에 비하면 벽력이 아니라 발가락의 때나 다름없죠."

삭이풍은 키득거리고 웃으며 몸을 돌렸다.

"앞으로 삼십 명만 더 죽여볼까?"

그가 먹이를 찾아 헤매는 동안에도 사방에서는 비명과 아우성이 울리고 있었다. 삭이풍은 애써 그 소리들을 외면하며 중얼거렸다.

"나만 살아남으면 그만이라구……."

이미 정파인들은 죽거나 전투가 불가능한 자들이 삼천 명을 넘어서고 있었다. 복면인들 또한 거의 이천 명 정도가 죽어갔다. 이 시체를 한 줄로만 쌓아놓아도 엄청난 길이의 줄이 만들어질 것이다. 그처럼 장내는 온통 피와 살점으로 흥건했다.

"우리의 피해가 너무 막심합니다. 이건 전혀 예상을……."

금의인의 말에 서문환은 고개를 저었다.

"소수로 다수를 상대함에 있어서는 가진 바 그 능력이 십분 활용되지 못하는 것이야. 이건 일 대 일 싸움이 아니라 전쟁이라 할 수 있기 때문이지."

금의인이 물었다.

"원래 계획은 벽력검법을 십성 익힌 자들이 열 명 이상을 처리할 수 있을 거라 생각했지 않습니까?"

서문환은 얼굴을 찌푸렸다.

"음. 저들이 뜻밖에 침착하게 대응하는 바람에 시간에 조금 차질이 생겼을 뿐이다. 어차피 곧 형님께서 오실 테니 말이다."

그때 이미 포위망에 구멍이 생겼는지 온몸에 흠뻑 피를 뒤집어쓴 정파인 한 명이 담 위로 뛰어올랐다.

"죽어라, 악적!"

서문환이 눈살을 찌푸림과 동시에 금의인의 손이 번쩍 하고 움직였다.

"어?"

담 위로 뛰어올랐던 그의 몸이 어느샌가 사라졌다. 머리와 다리만 허공에 남아 있었던 것이다.

"으… 으아아!"

퍽!

금의인은 그 비명이 듣기도 싫다는 듯 머리까지 날려 버렸다. 서문환은 그 모습을 보며 살짝 음산한 미소를 지었다.

"흐흐흐. 아무리 무슨 일이 생겨 형님이 늦으신다고 한들 우리 둘이면 적어도 하루는 버텨낼 수 있을 것이다."

금의인은 서문환의 말에 대답하지 않고 아수라장이 된 장내를 복잡한 눈으로 바라보았다.

이제 상황은 거의 역전이나 다름이 없게 되어가고 있었다. 구파일방의 수장들은 회심의 미소를 지으며 상황을 지켜보고 있었다.

태허자가 말했다.

"이제 거의 정리가 된 셈이군. 약 한 식경 안에 저들은 모두 섬멸될 것이오."

걸수노개가 킬킬거리며 말했다.

"켈록. 킬킬. 서문환 저놈과 옆의 놈이 아직 움직이지 않는 것이 이상하군. 지원군이라도 기다리는 겐가? 켈록켈록."

법효가 얼굴을 살짝 찡그리며 말했다.

"그렇게 되면 큰일입니다. 그 원군이라는 것은 마교가 틀림없을 터. 그전에 저 수괴를 잡아야 할 것입니다. 나무아미타불."

탁율이 말했다.

"그건 나도 같은 생각이오. 한 식경이나 기다릴 것 없이 한꺼번에 밀어서 저들을 죽여 버립시다."

걸수노개가 다시 킬킬거리며 말했다.

"누가 먼저 덤벼들 거지? 켈록켈록. 다 함께 덤빌 건가? 킬킬킬."

그 말에 모두가 꼼짝도 하지 않고 침묵을 지킬 뿐이었다.

간융이 침묵을 깨고 말했다.

"아무래도 한 식경은 기다리는 것이 낫겠군. 저들이 힘이 빠졌을 때 우리가 다 함께 공격하도록 합시다."

구파일방의 수장들이 침음성을 흘리며 암묵적인 합의를 하고 있을 때 담의 뒤쪽으로 수천 수만에 달하는 그림자가 서서히 나타나고 있었다.

제8장

대혈전(二)

대혈전(二) 

설련은 달리고 있었다.

몸에 땀이 배어나자마자 마를 정도로 휙휙 엄청나게 빠른 속도로 달리고 있었다. 바람 소리가 붕붕 귓가를 울리고 길가의 나무들이 보였다 싶은 순간 뒤로 사라져 버릴 정도였다.

설련은 피가 나도록 입술을 깨물었다.

총관 북등연.

그자는 위험하다!

자칫하면 아빠에게 해를 끼칠 수도 있는 정체 모를 인물.

설련은 교에서 보낸 귀환 표식을 보고 돌아갔던 날의 일을 떠올리고 있었다.

설련은 대낮을 이용하여 교로 돌아가자마자 일단은 교주의 방으로 곧바로 찾아갔다. 어차피 교 내에는 눈이 많으니 총관인 북등연이 무슨 짓을 생각하든지 실행은 어려울 것이다. 이미 여러 차례 정체 불명의 괴인들에게 습격을 받아 많이 시일이 지체된 상태였다.

교 내도 역시 안전하지 않다는 위험을 생각한다면 일단은 아빠에게 제일 먼저 달려가는 것이 가장 안전한 일이었다.

물론 안전한 일이라고 생각한 것은 설련 혼자만의 생각이었다. 교 내에는 거의 사람이 보이지 않았다. 설련이 실제로 달려가며 둘러본 바로 그가 마주친 사람은 한 명도 없었다.

마치 을씨년스러운 폐가라도 되듯 마교의 안은 조용했다.

설련이 불안한 생각을 뭉클뭉클 떠올리며 갖은 보화로 장식된 문을 박차고 들어갔을 때 그녀의 아빠, 마교의 교주는 자신의 집무실에 없었다.

방의 한가운데에 놓인 탁자에서는 대략 오십 대 정도의 나이에 왜소한 체구를 가진 한 사람이 조용히 차를 마시고 있었다. 그의 얼굴은 창백하여 마치 병자와도 같았으니……

바로 북등연이었다.

설련은 놀라서 자리에 우뚝 섰다.

"초, 총관!"

북등연은 부드러운 미소를 지으며 찻잔을 탁자에 내려놓았다.

"돌아오셨군요, 공자님."

설련의 눈에 잠시 갈등이 스쳐 지나갔다. 흑호는 분명히 북등연이 시켜 자신을 죽이려 했다는 말을 했다. 그러나 그 말이 분명 사실일까?

갈등하는 설련이 재미있다는 듯 총관은 일어서며 자리를 권했다.

"앉으시지요, 공자님. 아! 이제 보니 더욱 아름다워지셨군요. 이제는 공자님이 아니라……."

설련은 그의 말투에 왠지 화가 났다.

'어째서 마교의 총단에 아무도 없지? 그리고 그 가운데 혼자 남아서 천연덕스럽게 차를 홀짝홀짝 마서대는 저 인간은 또 뭐지? 대체 저런 여유로움이 어디서 생겨났단 말이냐구!'

설련의 화는 곧바로 날카로운 가시가 되어 뻗어 나왔다.

"닥쳐! 그보다 왜 교 내에 아무도 없는지나 말해. 아빠는 어디에 간 거야?"

설련이 기대했던―북등연이 조금은 감정의 기복을 보이리라 생각했던― 일은 일어나지 않았다. 북등연은 단지 제자리에 앉아버렸을 뿐이었다.

게다가 앉은 채로 다시 차를 홀짝거리며 마서댔다, 마치 아무 일도 없었던 것처럼.

북등연은 자신의 앞에 놓인 찻잔을 반대 편에 놓고 주전자로 차를 따랐다.

쪼르륵―

고요함 속에서 조그마한 물소리가 파문을 일으켰다. 설련은 두근대는 가슴을 애써 진정시키며 북등연을 똑바로 쳐다보았다.

북등연은 여전히 미소를 지으며 차를 권했다.

"멀리에서 와 갈증이 나실 텐데 차라도 한잔 드시지요."

설련은 화를 내며 버럭 소리를 질렀다.

"그 딴 차 따위 마시고 싶지 않아! 그 안에 분명 독이라도 탔겠지. 안 그래?"

북등연은 후후 하고 웃었다.

"이제껏 제가 마신 차입니다. 독이 있다면 제가 먼저 죽었을 겁니다."

설련은 침을 꿀꺽 삼키고는 말을 잘근잘근 씹듯이 내뱉었다.

"그렇다면 어째서 나를 죽이라고 청부를 했지?"

북등연은 '하하' 웃었다.

"제가 어떻게 아가씨를 죽이라는 말을 하겠습니까."

설련은 뚜벅뚜벅 걸어갔다. 북등연의 얼굴이 가까워올수록 '내가 잘 못하고 있는 것은 아닌가?' 하는 생각도 들었다. 하지만 설련은 곧 마음을 고쳐먹고 생각을 다잡았다.

설련은 앉아 있는 북등연을 위에서 내려다보았다. 북등연은 입가에 미소를 지으며 말했다.

"가까이에서 뵈니 정말 더욱 예뻐지신 것이 눈에 보이는군요."

설련은 눈을 찡그리며 북등연의 얼굴 가까이에 자신의 얼굴을 가져다 대고 말했다.

"넌… 대체 누구냐?"

순간 북등연의 눈빛이 악독하게 변했다.

파팟—

"아!"

설련은 뒤통수가 따끔하더니 몸 여기저기로 그것이 퍼져 나가 전부가 따끔따끔거리는 것을 느꼈다. 설련은 자신의 실력에 대한 과신으로 허점을 드러내 버린 것이다.

'실력을 숨기고 있었구나! 역시 이자는 주화입마를 당했다던 총관이 아니다!'

몸이 급속히 굳어갔다. 손가락 하나 마음대로 움직일 수가 없었다. 설련은 당혹해서 무언가 말을 하려 했으나 말도 나오지 않았다. 겨우 눈동자만을 또르륵 굴릴 수 있을 뿐이었다.

힘을 잃고 땅바닥에 축 늘어진 설련을 보는 북등연의 눈빛은 뜨거웠다. 설련은 그에 놀랐다. 마치 활활 타오르는 듯한 눈빛!

그건 다행히도 욕정이 담긴 눈빛은 아니었다. 북등연은 설련의 어깨 즈음까지 오는 머리채를 확 뒤로 젖히며 앙칼진 목소리로 소리를 질렀다.

"넌… 세상에 태어나면 안 되었어! 넌 더러운 씨앗을 받아 세상에 태어난 거야! 세상에서 가장 더러운 년!"

북등연은 눈에서 서늘한 살기를 풀풀 풍기며 한 손으로 설련의 따귀를 세차게 때렸다. 그리고는 침을 뱉으며 마구 욕을 해댔다.

"갈보 계집! 얼굴 껍질을 벗겨내고 두 다리를 잘라 버려 시궁창에서나 평생 기면서 살도록 만들어줄 테다!"

이를 부득부득 가는 북등연의 모습은 가히 괴이를 넘어서 공포스러웠다. 설련의 눈에는 금세 눈물이 맺혔다.

'내가 뭘 잘못한 거야! 내가 어째서 더러운 계집이 되는 거냐구!'

설련의 외침은 입 안에서 빙글빙글 돌며 밖으로 튀어나오지 못했다. 북등연은 설련을 세차게 걷어찼다. 설련은 배에 깊숙이 꽂혀드는 북등연의 발길질에 눈앞이 하얘질 정도로 충격을 받았다.

"으… 어……."

설련의 눈에서 눈물이 흘러내렸다.

'이렇게 죽어야 하는 건가.'

북등연은 한참 발길질을 해댔다. 혈을 짚어놓아 내공을 융통시키지 못해 설련은 호신강기도 일으킬 수 없었다. 그나마 다행히도 북등연이 발길질에 내공을 싣지 않아 뼈가 부러진다거나 하는 일은 없었다.

북등연은 설련의 입에서 피가 줄줄 흘러나올 때까지 발길질을 멈추

지 않았다. 그는 설련의 눈이 거의 뒤집어질 때쯤 씩씩대며 발길질을
겨우 멈추었다.

북등연은 설련을 내버려 두고 한쪽 구석으로 가더니 밧줄에 꽁꽁 묶
인 한 남자를 끌고 왔다. 그 남자는 겁먹은 눈으로 북등연을 보며 공포
에 떨고 있었다.

이미 그 남자도 혈도를 봉쇄당했는지 말을 하지 못하고 있었다. 그
런데도 밧줄로 묶어놓았다는 건 이미 오래전에 잡아두었다는 이야기이
다. 혹시나 혈이 풀릴지 모르니 말이다.

약간 수척해진 남자를 똑바로 세운 북등연은 품에서 한 자루의 비수
를 꺼내 들었다.

북등연은 눈을 살기로 번들번들 빛내면서 설련을 바라보았다. 곧 음
산한 음성이 그의 입에서 흘러나왔다.

"이게 무엇인지 아느냐? 무슨 비수인지를 알겠느냐?"

북등연은 비수를 꺼내 설련의 눈앞에 두고 물었다.

당연히 설련은 북등연이 꺼내 든 것이 보통의 비수라는 것은 알았지
만 말을 할 수 없었다. 게다가 그가 뭘 말하려는지도 알 수 없었다.

북등연은 조심스레 세워둔 남자에게 다가가더니 그의 배를 비수로
살짝—비수의 날이 반 정도 박힐 정도로—찔렀다.

"이건 말이야, 만 가지 독을 입힌 것이란다. 이것에 찔리면 절대로
살아남을 수가 없지."

남자의 눈은 고통과 절망으로 둥그렇게 떠졌다. 그는 움찔움찔거리
며 온몸으로 고통을 호소하고 있었다.

북등연은 비수를 조심스레 빼내더니 사내의 옷에 비수를 몇 번 문질
러 피를 닦아냈다.

쿵!

세워놓았던 사내는 바닥으로 넘어지며 몸을 부르르 떨었다. 입에서는 하얀 거품이 흘러나오고 눈은 하얗게 된 지 오래였다.

설련은 참혹한 광경을 보지 않으려 애썼지만 고개를 돌리지 못하니 아예 눈을 감아버렸다.

북등연은 날카롭게 소리를 지르며 설련의 머리카락을 쥐어뜯듯 잡아당겼다.

"눈을 떠! 보란 말이야, 이 갈보 년아! 네 아비도 곧 저 꼴이 날 테니까!"

그 말에 설련은 가슴이 덜컥 내려앉는 것 같았다.

설련이 다시 눈을 떴을 때 그 자리엔 사람의 모습이 없었다. 치이익— 소리를 내며 고약한 냄새를 풍기는 한 줌의 썩은 독물이 남았을 뿐이었다.

북등연은 문득 설련이 허리춤에 차고 있는 검을 보더니 그 검을 낚아챘다. 북등연은 검을 검집에서 꺼내 보더니 황홀한 목소리로 감탄했다.

"좋은 검이야, 더러운 계집이 가지기에는 너무도 아까울 정도로."

북등연은 막야현검이라는 보물에는 관심도 없는지 그것을 석벽에 그대로 손잡이까지 박아 넣었다. 그리고는 설련을 한 번 힘껏 발로 찼다. 설련은 볼품없이 데구르르 굴러 방구석에 처박히고 말았다.

설련은 온몸을 쑤셔오는 고통을 이를 악물고 참아냈다. 북등연은 가소롭다는 듯 그녀를 쳐다보며 말했다.

"아까 교에 왜 아무도 없냐고 물었나? 그건 이미 중원에 피를 부르기 위해 일찌감치 떠났던 까닭이지. 네년에게 보낸 표식은 진짜였다.

네가 하루만 빨리 왔어도 네 아비라는 작자를 만날 수 있었겠지. 물론 오는 길이 순탄하지는 않았지? 네가 돌아오는 시간이 지체된 건 정말로 아쉬운 일이로구나. 크크크.”

북등연은 다시 설련에게 다가왔다. 설련은 이를 질끈 물고 그가 행할 폭력에 대비했다. 그러나 북등연은 이번엔 발길질을 하지 않았다.

“네 아비를 보고 싶다면 일주일 안에는 감숙성의 서문세가로 와야 할 것이다. 안 그러면 다시는 보지 못하게 될 테니. 크크크크.”

북등연은 힘껏 설련의 뒷덜미를 가격했다. 설련은 눈앞이 깜깜해지는 것을 느끼며 의식을 잃어갔다.

이것이 일주일 전의 일이었다.

어떻게 된 것인지 북등연은 설련을 죽이지 않았다. 그토록 설련을 미워하는 이유는 무엇이며 굳이 서문세가로 오라 알려준 이유는 무엇일까?

‘이런 것을 생각할 틈이 없어. 한시라도 바삐 가서 아빠를 만나야 해!’

만나서 어떻게 해야 할지 설련은 아직 결정을 내리지 못했다. 아빠라는 존재가 마극천이 아니라는 것은 알고 있었다. 하지만 설련은 아빠를 사랑했다.

그 모습이 거짓이었든 아니든 그녀가 이제껏 기억하는 아빠의 모습—마극천의 얼굴을 하고 있던—은 다정했고 자신을 아껴주던 모습이었다.

많은 사람을 죽이는 일은 싫었지만 아빠를 잃는 것, 아빠와 대적하는 것도 싫었다.

일단은 그저 달려야 했다. 북등연은 그녀의 아빠를 노리고 있었다. 그의 눈에서 원한과 살기를 읽을 수 있었다. 북등연이 노리는 것은 분명 강호의 통일 따위가 아니었다. 그것만은 설련도 확신할 수 있었다.

"허억, 허억."

설련의 호흡이 점차 가빠져 왔다. 조금이라도 쉬고 싶었지만 그럴 틈이 없었다. 벌써 일주일째의 정오가 지나가고 있었다.

중양절의 정오가.

독 안에 갇힌 삼만 명의 정파인들.

그들은 지금 다가온 죽음을 느끼며 공포에 떨고 있었다. 담 위에 새까맣게 서 있는 자들. 그것으로도 모자라 담 밑으로 내려선 자들.

아무리 적게 잡아도 오천 명은 족히 넘는 인원이 정파인들을 포위하고 있었다. 좀 전에는 사실 포위라고 할 수는 없었으나 이제는 분명히 포위라 부를 수 있는 상태에 놓였다.

원 밖에서 원 안을 공격하게 되면 기본적으로 숫자상의 우위에 설 수 있게 된다. 정말로 어이없는 일이지만 사실 좀 전의 시간은 독 안에서 밖으로 나갈 수 있는 유일한 기회였던 것이다.

그 포위망의 중심에 있는 것은 정체 불명의 금의인, 천하제일검 서문환 그리고…

그와 함께 서 있는 것은 다름 아닌 마교의 교주 마극천이었다.

이 경악스러운―사실은 어느 정도 서문환의 말에서 유추할 수 있었던―일이 현실로 나타나자 장내의 정파인들은 모두 겁에 질린 상태가 되었다.

오천 명의 인원. 그것은 솔직히 많다고는 할 수 없는 것이다. 하지만 그자들이 보통의 무림인들이 아니라는 것이 문제였다.

바로 마교. 사람들의 의식 속에 자리 잡은 마교도라는 단어는 오천 명을 족히 만 명 이상으로 볼 수 있게 하는 마력을 가지고 있었다.

육십 년 전의 정사대전도 마찬가지였다. 숫자상으로 한참이나 불리했던 마교는 힘에 있어서는 정파와 사파에 견줄 정도로 강했었다. 그것이 바로 마공의 힘이라는 것이다.

소란스러움이라는 것은 어디론가 사라진 지 오래고 고요한 정적만이 어찌할 바를 모르는 이들의 온몸을 휩쓸고 있었다.

마극천이 앞으로 나서며 소리쳤다.

"내가 누군지 아는가!"

웅웅―

날카로운 쇳소리와 같은 것이 군웅들의 가슴을 파고들었다.

"크윽… 이것이 마공."

여기저기에서 고통을 호소하는 자들이 나타났다. 그중 한 용감한 자가 소리쳤다.

"당신은 마교의 교주인 마극천이 아닌가!"

마극천은 실소를 흘리며 소리쳤다.

"그렇다면 너희들이 이제 무엇을 해야 할지 알겠는가!"

자리에 모인 삼만여 명의 군웅들은 모두 단상 위를 쳐다보았다.

구대문파, 구파일방의 수장들이 모인 단상.

그들이라면 뭔가 이 상황에서 해결책을 제시해 줄 것이라 믿었던 것이다. 어차피 영웅집회에 모이게 된 것도 구대문파의 힘을 믿었기 때문이 아닌가.

하지만 구파일방의 수장들은 침묵만을 지키고 있을 뿐이었다. 보다 못한 군웅 중의 한 명이 소리쳤다.

"우리가 당신이 원하는 바를 들어준다면 우리를 살려주겠다는 소리요?"

마극천은 간단히 대답했다.

"그렇다."

그 말에 희망을 가진 이들이 여기저기서 소리쳤다.

"어떻게 하면 되오!"

"하겠소!"

"시켜만 주시오!"

마극천과 서문환은 큰 소리로 웃었다.

"으하하하!"

"크하하하!"

마극천과 서문환은 오랜 숙원을 풀었다는 듯 호쾌한 웃음을 한참이나 멈추지 않았다.

마극천이 과연 무슨 말을 할까 두려워하고 기대하는 자들에게는 불안한 웃음이었지만.

이윽고 마극천은 양손을 크게 하늘로 뻗으며 소리쳤다.

"앞으로 마교라는 말은 사용할 수 없게 한다! 더불어 옛 이름인 신교를 되찾을 것이다! 모두 무릎을 꿇고 신교의 되찾은 영화를 위해 경건한 마음으로 경배하라! 외쳐라!"

마극천의 쩌렁쩌렁한 목소리에 마교의 무인들과 복면인들 모두가 자리에 무릎을 꿇으며 소리쳤다.

"광명지대 신교천하(光明之大 新敎天下)! 평등지대 태평천하(平等之大 太平天下)!"

몇천 명이 동시에 소리를 지르니 전각의 기와들이 들썩거리고 땅이 울리는 듯하였다.

"외쳐라!"

고요가 흘렀다.

살 수 있다…….

단지 무릎을 꿇고 저 말을 외치기만 하면 살 수 있는 것이다!

아직까지는 아무도 무릎을 꿇고 있지 않았지만 곧 그런 자가 나올 것이다.

마극천은 그 시간을 단축하기 위해 좀 더 독촉을 하며 소리쳤다.

"신교의 교인이 되어 광명한 나라를 만들어가지 않겠는가! 선택하라! 거역하는 자들에게는 죽음이! 아니면 평등한 나라의 신민이!"

다시 한 번 마극천의 고함이 군웅들을 고통스럽게 했다. 육체적으로도 정신적으로도 고통을 심어준 것이다.

"우, 우린 삼만 명이나 된다구."

"그, 그래, 저 말을 들었다가 반역자가 되어 구족이 참형을 당하는 것보다는 낫겠지."

수군거리는 소리가 도처에서 들려왔다.

마극천은 군말없이 한 손을 앞으로 내밀었다. 그의 입에서 나지막하지만 모두에게 똑똑히 들릴 정도의 소리가 흘러나왔다.

"쏴라!"

동시에 담 위에 있던 마교의 무인들은 하나씩의 활을 꺼내 들었다.

"헛!"

핑— 핑핑핑—

천여 개에 해당하는 화살이 비 오듯 쏟아졌다. 단지 천 개의 화살일 뿐인데도 그 모양은 비가 오는 것처럼 군웅들의 시야를 온통 화살로 채워냈다.

"으아악!"

"크악!"

"사, 살려줘!"

비명이 터지며 많은 군웅들이 죽어갔다. 아무리 위에서 쏟아진다 하지만 앞에 선 자들이 방패 역할을 하고 있으니 뒤쪽은 다행이 별 피해가 없었다. 하지만 그래도 삼, 사백의 사상자가 나오는 것은 어쩔 수 없는 일이었다.

살아남은 자 중에 한 사람이 소리쳤다.

"가, 강노다!"

"뭐… 뭣!"

마교에서 준비한 것은 보통의 활이 아니었다. 노(弩)라 하여 쇠로 된 화살을 쏠 수 있는 활이었던 것이다. 이것은 제아무리 일류의 무인이라도 무기로 쳐내기가 어려울 뿐더러 속도와 파괴력에서 보통의 활과 화살을 훨씬 뛰어넘는 것이었다.

"이, 이건 전쟁이야!"

누군가가 공포에 휩싸여 소리쳤다. 전쟁이라 한들 한낱 일개 교에서 천여 명이 넘는 사수들이 강노를 준비하기는 쉬운 일이 아니었다. 이정도면 웬만한 지방의 관군과 싸워도 밀리지 않는 수준일 것이다.

마교에서 오랫동안 반역을 준비해 왔다는 것이 여실히 드러나는 순간이었다. 이들은 이곳에 모인 정파인들을 규합해서 더욱 세력을 키운후 반역을 꾀할 생각인 것이다.

두려움에 떨던 자들 몇몇이 담으로 달려가 무릎을 꿇고 소리쳤다.

"사, 살려주시오!"

“시, 신교 만세!”

“태평천하 만세!”

그때 한 노인이 앞으로 뛰어나오며 양손에 든 검으로 그들의 목을 단숨에 쳐버렸다. 노인은 피가 뚝뚝 떨어지는 검을 마극천 쪽으로 겨누며 고함을 질렀다.

“이노옴! 네놈이 정녕 반역을 저지르려 한단 말이냐!”

흰 수염을 휘날리며 대단한 배짱을 가지고 튀어나온 건장한 체구의 노인. 그는 다름 아닌 하북에서 제일가는 무가인 팽씨 세가의 가주, 쌍검무적(雙劍無敵) 팽서작(彭敍爵)이었다.

팽가에서 잘 알려진 박도술을 검술로 바꿔 한때 강호에서 이름을 떨치던 용맹한 무인.

한때 괴이한 병으로 가주인 팽서작은 물론 가문마저 멸문의 위기까지 갔었으나 우연찮게 진류영에게 구함을 받았었고, 이후 단목유령의 도움으로 화를 면한 상태였다.

팽가에서 전투의 처음에 나서지 못한 것은 다름 아닌 그들이 군웅들의 안쪽에 있었기 때문이다.

“흠…….”

마극천은 팽서작을 보고 살짝 눈살을 찌푸렸다. 팽서작은 온몸에서 기백을 뿜어내며 마극천에게 소리쳤다.

“네놈은 살아생전에 중원을 넘보지 않겠다 했는데 이제 와서 이 무슨 짓이란 말이냐! 네놈 같은 녀석에게 내 딸을 주지 않은 것이 천만다행이로구나!”

마극천은 살짝 미소를 지으며 말했다.

“오호라, 이제 보니 팽가의 가주셨군. 크크크. 그런데 어쩌나. 나는 이미 그대의 딸을 죽여 버렸는데.”

팽서작의 눈이 등잔만해졌다.

“뭐, 뭣이라! 이, 이제껏 소식이 없다 했더니… 네, 네놈이!”

마극천은 조소를 지으며 손을 아래로 향했다. 팽서작의 두 아들인 팽서민과 팽서명은 급히 뛰어나와 가주인 팽서작을 양쪽에서 호위했다.

“살아… 생전이라…….”

마극천의 몸이 점점 커지는가 싶더니 곧 그의 옷이 뿌득거리며 찢겨 나갔다.

“그건 마극천이 한 약속이었지.”

우득우득 뼈가 어긋나는 소리가 들리며 마극천의 몸이 조금씩 변해 갔다. 검은 머리는 하얗게, 잘생긴 얼굴은 우직하고 단단한 얼굴로 변해갔다.

서문환보다 작던 키는 거의 서문환과 같은 키로 자라났고 덩치도 훨씬 우람해졌다.

팽서작은 자신의 눈을 믿지 못했다. 자세히 보니 서문환과 마극천은 서로 닮은꼴이 아닌가!

마극천은 몸의 변이를 마치고 거의 누더기처럼 변해 버린 상체의 옷을 찢어냈다.

“크크크. 나는 마극천이 아니야. 마극천은 이미 죽었지.”

팽서작은 떨리는 목소리를 감추지 못하고 물었다.

“그럼 너, 너는?”

마극천은 크게 고함을 질렀다.

“내가 바로 마교의 절대마존이다!”

군웅들은 하나같이 경악에 찬 목소리로 소리를 질러댔다.

"마, 마상회다!"

"마상회야! 마상회!"

한순간에 장내는 아수라장이 되어버렸다.

당대의 천하제일을 놓고 다툰다는 두 사람, 벽력신검 서문환과 마교의 절대마존 마상회. 그 두 사람이 손잡을 것이라고는 예전엔 꿈에도 생각지 못했던 일이었다.

그 둘이 손잡았을 때 일어날 수 있는 파장이란 생각만 해도 끔찍한 것이었다. 단상 위에 남아 있던 구파일방의 수장들은 몸서리를 치며 이를 갈고 있을 뿐이었다.

"우리 모두가 덤벼 서문환 하나를 상대할 수 있을까 말까 한데 설상가상으로 마상회마저 나타나다니……."

탁율이 식은땀을 흘리며 혼잣말을 하자 옆에 있던 걸수노개가 말했다.

"어차피, 켈록켈록. 아까 서문환의 말을 들을 때부터 모두 유추했던 일이 아닌가. 켈록켈록."

마상회의 말은 아직 끝나지 않았다. 마상회는 숨을 한 번 들이쉬더니 더 큰 소리로 소리를 질렀다.

"무엇들 하느냐! 어서 무릎을 꿇을 테냐! 아니면 하나같이 손을 잡고 저승 구경을 하겠느냐!"

그때 하나의 날카로운 목소리가 들려왔다.

"기다려요!"

하나의 인영은 가볍게 몸을 날리며 마상회의 오 장여 앞에 섰다. 오랫동안 달려왔는지 인영은 잠시 숨을 고르고 있었다.

어깨까지 오는 머리, 투명한 피부. 쉽사리 볼 수 없는 절색의 미녀. 아름답다기보다는 귀여운 쪽이 더 강한 소년풍의 소녀.

그녀는 다름 아닌 설련이었다.

마상회도 갑작스런 설련의 등장에 놀란 듯 표정이 살짝 변했다.

"오… 내 딸아, 그동안 건강했느냐."

설련의 눈은 온통 당혹함으로 붉게 물들어 있었다. 이미 들었던 말이지만 눈으로 실제 보고 듣게 되니 그 충격은 그녀의 여린 마음을 깨고도 남을 따름이었다.

설련은 울먹이는 목소리로 물었다.

"아, 아빠? 내, 내 아빠?"

마상회는 좀 전의 기세등등한 살기 어린 얼굴을 버리고 부드러운 웃음을 지었다.

"내가 바로 네 아빠다. 그동안 사정이 있어 본얼굴을 숨겼구나. 정말로 미안하다."

설련은 천천히 고개를 저으며 눈물이 가득한 눈으로 마상회를 쳐다보았다.

마상회가 자신의 할아버지라 생각했던 설련. 그런데 마상회는 이제 와서 자신이 설련의 아빠라고 하지 않는가.

백발이 가득한 머리. 속일 수 없는 나이를 나타내는 주름살 따위는 아무래도 좋았다. 자신이 아빠라고 부를 수 있는 존재가 나타난 것만으로도 설련은 행복했다.

그러나 설련의 행복을 위해서는 풀어야 할 몇 가지 숙제가 있었다.

마상회는 설련이 눈에서 눈물을 뚝뚝 떨구자 안쓰러운 표정이었다. 마상회는 한 걸음 앞으로 나아가며 양팔을 벌렸다.

"이리 오너라. 여기는 위험하니 이 아빠가 보호해 주마. 당분간은 그대로 할아버지라 생각해도 좋다. 어서 오너라."

마상회의 얼굴 표정은 다름 아닌 설련이 기억하는 마극천의 온화한 얼굴과 똑같았다. 다른 것은 몰라도 설련 그녀를 아버지로서 사랑하는 것만은 틀림없는 진실이었던 것이다.

하지만 설련은 아직 숙제를 풀지 못했다.

설련은 눈물을 닦을 생각도 하지 못하고 고개를 천천히 저었다.

마상회는 설련의 행동에 의아해하며 물었다.

"왜 그러느냐? 아직 이 아빠가 아빠 같지 않은 게냐?"

"그건… 아니야……."

"그럼 대체 왜 그러느냐."

설련은 입술을 살짝 깨물었다가 토해내듯 크게 소리쳤다.

"이렇게 사람을 많이 죽이는 일 따위 그만둬! 아빠라면 그만두게 할 수 있잖아!"

마상회의 얼굴이 급격히 일그러졌다.

"닥쳐라!"

마상회의 고함이 쩌렁쩌렁 울렸다.

설련은 겁이 나긴 했으나 이미 각오한 일이었다.

마상회는 설련의 말에 충격을 받은 듯 얼굴이 벌게지며 말을 내뱉었다.

"네, 네가 뭘 안다고 그… 러는 것이냐. 가슴속에 맺힌 한과 그간 피를 토하며 기다려 왔던 시간들……."

설련은 울음을 참으려 노력하며 말했다.

"아, 아무래도 좋아. 이제 그만두고 돌아가자… 응? 아빠… 나 이제 돌아가고 싶어요……."

마상회는 고개를 가로저었다.

"안 된다. 그것만은 네 말이라 해도 들어줄 수가 없다."

마상회는 쉬지 않고 눈물을 흘리는 설련을 보며 다시 한 번 조용히 말했다.

"이런 얘기는 나중에 하자꾸나. 이리 오거라. 기왕 오랜만에 아비와 만났으니 손이나 한번 잡아보자꾸나."

설련은 금방이라도 달려가 안기고 싶은 심정이었다. 그녀가 생각해 왔던 포근한 아빠의 품으로.

하지만 아직 하나의 숙제가 남아 있었다.

몇 발자국 정도 앞으로 다가가던 설련은 마상회의 눈을 쳐다보며 물었다.

"아빠, 하나만 사실대로 말해 줘요……."

"뭘 말이냐. 뭐든지 물어보거라."

설련은 침을 꿀꺽 삼키며 긴장된 얼굴로 물었다.

"아빠… 아빠가 엄마를 죽인 게… 사실… 이야?"

마상회의 얼굴에 그림자가 드리워졌다. 마상회는 양팔을 벌린 채 침울하게 말했다.

"그건… 어쩔 수 없는 일이었다. 내가 죽은 마극천 행세를 하던 것이 들키지 않으려면……."

마상회는 한 발 한 발 조심스럽게 설련에게 다가갔다.

"다가오지 말아!"

설련은 울먹이며 소리쳤다. 설련은 허리춤에서 막야현검을 빼 자신의 목에 가져다 댔다.

세상에서 가장 예리하다고 알려진 막야현검의 새하얀 검신 위에는 벌써 설련의 목에서 흘러나온 피가 살짝 배이고 있었다.

"뭐, 뭐 하는 짓이냐!"

설련은 울음을 터뜨렸다.

"흑… 그냥 죽어버릴 테야. 이젠 아빠고 엄마고 다 싫어."

마상회는 다급해졌다.

"애, 애야, 그러지 말거라."

설련은 비명을 지르듯 소리쳤다.

"그 이상 가까이 오지 말아!"

피가 검신을 타고 또르륵 흘러내렸다. 설련의 눈물도 함께 흘러내렸다.

"이제 그만 해… 여기에서 그만둬요. 그러지 않으면 난 이대로 죽어버릴 거야. 엉엉… 엄마… 는 잊을게. 내게 소중한 건 아빠니까… 나… 다 잊고 아빠만 좋아하고 살게… 그러니까 돌아가자. 응? 아빠, 돌아가자… 엉엉……."

마상회는 입술을 질끈 물었다. 남들이 뭐라 하든 그는 자신의 딸을 사랑했다.

마상회의 얼굴에 갈등의 빛이 어렸다.

서문환이 어두운 얼굴로 말을 걸었다.

"형님."

마상회는 손을 내저었다.

"잠시만… 잠시만 이대로 둬라."

마상회는 손으로 이마의 머리카락을 쓸어 넘겼다. 그의 이마에 주름살이 가득히 자리 잡았다. 그만큼 그는 고뇌하고 있었다.

너무나 신경을 쓴 나머지 그는 그의 뒤에서 누군가가 다가오는 것도 모르고 있었다. 자신을 향해 뿜어내는 살기조차 감지하지 못할 정도로 마상회는 생각에 빠져 있었다.

"어?"

마구 울먹이던 설련은 마상회의 뒤에서 번쩍이는 눈을 볼 수 있었다. 설련의 뇌리에 한 명의 존재가 번개처럼 스치고 지나갔다.

설련은 목에서 검을 치우고 필사적으로 앞으로 달리며 소리쳤다.

"아, 아—빠! 북등연! 그자를 조—심!"

콰직!

설련의 맑은 눈동자에 두 눈을 부릅뜬 마상회의 일그러진 표정이 비쳤다.

설련은 자리에 멍하니 멈추고 말았다.

"크헉!"

마상회는 양팔을 벌린 상태 그대로 앞으로 몇 발자국을 비틀비틀 걷다가 쿵! 하고 앞으로 쓰러졌다. 설련은 마상회가 담 위에서 떨어지지 않도록 달려가 잡았다.

"아악!"

설련은 마상회의 등 뒤에 꽂힌 한 자루의 비수를 볼 수 있었다.

설련이 얼마 전 눈앞에서 보았던 독을 바른 비수! 그것에 살짝 찔린 남자는 겨우 설련이 눈을 감았다 뜨는 순간에 독물로 화해 버리지 않았던가.

"깔깔깔깔!"

설련의 정신을 퍼뜩 들게 한 것은 쓰러진 마상회의 등 뒤에서 웃고 있는 북등연의 모습이었다.

"잘해주었구나, 계집. 내가 이때를 얼마나 기다렸는지 아느냐?"

설련은 아득해졌다. 북등연은 자신을 이용한 것이다. 일부러 자신을 죽이지 않고 이 자리에 나타나게 함으로써 마상회의 정신을 빼앗고 그 틈에 그의 등 뒤에 비수를 꽂은 것이다.

"아아악!"

설련은 마구 눈물을 흘리며 마상회를 끌어안았다.

"큭큭큭큭!"

북등연은 음산한 웃음을 지으며 화륵 타오르는 눈길로 꿈틀거리는 마상회와 울부짖는 설련을 바라보았다.

그는 고통스러워하는 마상회를 보며 만족스러운 웃음을 지었다. 두 눈을 감고 고개를 하늘로 들었다.

이 순간을 만끽이라도 하듯.

"이, 이게 대체 어찌 된 일이야……."

"도, 도대체 무슨 일이 일어난 거지?"

이 사태를 어떻게 해석해야 할지 모두 알 수 없었다. 삼만여 명의 군웅들은 물론 서문환이나 마교의 무인들까지 모두 멍하니 이 사태를 바라만 볼 뿐이었다.

짧은 시간이 영겁의 시간처럼 흘러갔다. 그 누구도 입을 여는 자가 없었다.

뜨거운 태양이 비추는 하늘 아래 피비린내와 아우성은 한줄기 바람에 쓸려갔다. 사람들의 말도 빼앗아갔다. 정신도, 혼도, 심지어는 자신의 존재마저 잊을 수밖에 없도록 만들었다.

한참 뒤 바람이 사그라들 무렵.

"이, 이 원수!"

설련이 비통한 감정이 담긴 소리로 부르짖으며 막야현검을 들고 북등연을 노려보았다.

그는 설련은 아랑곳 않고 자신의 얼굴로 손을 가져다 댔다.

"마상회… 누구 마음대로 사람을 죽이고 살리는 건가. 나는 이처럼 멀쩡하게 살아 있거늘……."

북등연은 자신의 얼굴을 잡고 부욱! 뜯었다.

"아앗!"

"저, 저런!"

모두가 경악했다.

인피면구!

북등연이 머리카락까지 포함된 인피면구를 한순간 벗어버리자 그 자리에는 완전히 다른 사람이 나타났다.

풍성한 긴 머리가 나타났고 아름다운 얼굴 선이 나타났다. 가는 입술과 오뚝한 코. 보는 사람의 정신을 빼놓을 정도의 깊고 그윽한 눈.

분명 북등연의 얼굴이 지나간 자리에 남은 것은 남자가 아니었다. 여자, 그것도 가히 최고의 미인이라 할 수 있는.

실제 삼사십 정도의 나이임에도 불구하고 십대의 소녀와 같은 외모. 투명한 피부.

설련은 북등연을 찌르려 들었던 막야현검을 서서히 밑으로 내려뜨렸다. 설련은 믿을 수 없다는 듯이 터벅터벅 앞으로 걸어갔다. 조금이라도 더 가까이에서 확인을 해야겠다는 듯.

내려뜨린 막야현검의 새하얀 빛도 그 여인의 미모 앞에서는 태양 아래 반딧불에 불과했다.

설련 자신과 꼭 닮은 외모, 아니, 엄밀히 말하자면 그 여인을 닮은 자신.

북등연이 사라지고 남은 자리에는 그녀가 있었다!

천.하.제.일.미!

과거 천하를 아우르는 미녀 다섯 명 중에 최고라 꼽히며 수많은 사건의 중심에 있던 여인.

팽가려!

한편으론 죽었다고도 알려졌던 그녀, 그녀가 멀쩡한 모습으로 나타났다.

그것도 마교의 총관인 북등연으로 행세하며 이제껏 타인을 감쪽같이 속여왔던 것이다.

쨍그랑!

막야현검이 설련의 손을 떠났다.

막야현검은 담 위에서 몇 번을 구르며 번쩍이는 빛을 내다가…

땅속으로 깊숙이 박혀들었다.

제9장
대혈전(三)

대혈전(三)

“오… 오오! 이럴 수가! 네가 정녕 내 딸인 가려란 말이냐!”

팽가려는 담 아래에서 자신을 바라보며 눈시울을 붉히는 팽서작을 바라보았다.

“가려! 네가 돌아왔구나!”

“누이, 잘 돌아왔다!”

팽서민과 팽서명도 반가워하며 팽가려에게 말을 건넸다. 팽가려 역시 그들을 돌아보았다. 거의 십몇 년 만의 상봉인 것이다.

그러나 그들을 돌아보는 팽가려의 눈에선 정이라곤 조금도 찾아볼 수 없었다.

팽가려는 싸늘한 눈으로 팽서작을 바라보았다.

“흥! 누가 누구의 딸이고 누가 누구의 누이란 말이죠?”

팽씨 세 부자의 얼굴이 순식간에 얼어붙었다.

팽서민이 먼저 입을 열었다.

"누이! 그게 무슨 말이야! 그 말은 지금……."

팽가려는 냉정한 목소리로 답했다.

"정말로 어이가 없을 뿐이에요. 마교의 작자와 놀아났다고 가문에서 축출한 것은 기억나지 않는가요? 댁들은 그 일이 아무렇지도 않게 넘길 수 있는 것이었나요?"

팽가려는 피가 배어나도록 입술을 깨물었다.

"난… 그날을 잊을 수가 없어요. 마치 어제처럼 생생해요. 가장 도움이 필요하고 격려가 필요한 그때에… 당신들은 한 여인을 무참히 쫓아내 버렸죠."

팽서작은 침음성을 흘리며 말했다.

"으음. 그때의 일은… 나의 잘못된 판단이었다!"

팽서명이 소리쳤다. 그는 자신의 아버지가 하려는 말을 알고 있었다.

"아버님!"

많은 사람들이 보고 있는 이때에 과거의 일을 후회하는 것은 한 세가를 이끄는 책임자로서 해야 할 말이 아니다. 자칫하면 개인의 실수로 끝나는 것이 아니라 세가 전체에까지 그 영향을 미칠 수 있는 것이기 때문이었다.

팽서작은 팽서명의 말을 손을 저어 막았다.

"내가 잘못했다. 난 그때의 일을 정말 진심으로 후회하고 있단다. 당시에만 해도 난 가문의 명예가 목숨보다 중요하다고 생각했다. 그러나……."

팽서작은 기어코 참고 있던 눈물 한 방울을 흘렸다. 나이가 들어서인가… 그의 목소리는 떨리고 있었다.

"난 그 이후 명예보다 소중한 것이 있다는 것을 깨달았단다. 그건 다름 아닌 내 자식들이다. 명예고 가문이고 모든 것이 너희들이 있은 후에야 존재한다는 것을 깨달았단다."

팽가려가 소리쳤다.

"거짓말! 당신께선 앞으로도 같은 일이 생기면 또 똑같이 생각할 거예요. 또 똑같이 행동할 거예요. 몇 번이고… 몇 번이고 같은 일을 되풀이하고 또 후회하겠죠. 그러면서 죽어가겠죠. 죽을 때까지 그로 인해 상처받은 사람 따위는 생각조차 하지 않겠죠!"

"그게 아니다!"

팽서작이 소리쳤다. 팽가려는 입을 다물었다.

팽서작은 젖은 노안으로 팽가려를 바라보며 물었다.

"애야, 만일… 만일 내가 다시 돌아오라고 한다면 너는 돌아올 수 있겠느냐?"

팽서명이 소리쳤다.

"아버님! 세가의 결정을 함부로 되돌린다는 것은!"

팽서작은 쌍검을 들어 힘껏 땅에 꽂은 후 뒷짐을 졌다.

"나는 늙었다. 어차피 오늘 이곳에서 살아 나간다 하더라도 얼마 살지는 못할 것이다. 오늘에서라도 내가 딸아이와 만난 것은 하늘이 나의 소원을 들어준 것이라고밖에는 할 수 없는 것이다."

팽서작은 손을 들어 팽가려에게 내밀었다.

"애야……."

팽가려는 고민하며 말했다.

"난… 집에서 쫓겨난 이후 그를 만났죠. 마극천, 그를 말이에요. 그런데… 그는 진짜가 아니었어요. 마극천의 껍질을 쓴 가짜였어요. 이미 그것을 알았을 때는 너무 늦었죠. 아니, 어쩌면 알고 있었는지도 모르죠. 사랑했던 남자와 같은 얼굴을 한 사내의 품에 안겨 있다는 것만으로도 행복했었는지 모르죠. 여하튼 그때 난 임신 중이었어요.”

팽서작이 고통스러운 얼굴로 팽가려를 바라보았다. 십수 년 만에 만난 딸. 딸아이에게 무슨 일이 있었든지 간에 힘껏 안아주고 싶었다. 하지만 딸아이는 아직 강 저편에 서 있다. 이쪽으로 올지 안 올지는 알 수 없는 일이었다.

“난 그제야 깨달았어요. 내가 사랑했던 그 남자, 그 남자를 죽인 것은 다름 아닌 저 가짜라는 것을……. 그것을 깨달았을 때가 정말로 늦었던 거예요. 난 더럽혀졌어요. 짓밟혔죠. 내가 그토록 사랑하던 그 사람의 탈을 쓴… 어쨌든 난 아이를 낳았어요. 그의 더러운 피를 이어받은 아이를. 난 그에게 복수하기 위해서 아이에게 금단의 술법을 행했어요. 나중에 그가 내가 받은 고통을 받게 하기 위해서 아이에게 잘못된 내공심법을 가르쳤죠. 이후로도 계속 내공심법을 행할 경우 언젠가는 주화입마를 당해 죽어버리도록 말이에요. 그런데 그는… 그 모든 것을 귀신같이 알고 있었어요.”

설련은 그제야 모든 일의 정황을 알 수 있게 되었다. 팽가려가 자신을 죽이려 한 것이 사실이었다는 것을.

팽가려는 말을 마치고는 갑자기 웃옷을 벗었다.

“아, 아니!”

팽가려는 안의 속옷까지 단숨에 찢어버렸다. 그녀의 매끄럽고 탐스러운 가슴이 드러났다.

팽서작을 비롯한 그의 두 아들은 아연실색하고 말았다. 어떻게 이 많은 사람들 앞에서 저런 행동을 할 수 있단 말인가!

팽서명이 소리쳤다.

"이 무슨 부끄럽고 해괴망칙한 짓이냐! 어서 옷을 입어!"

팽가려는 두 손으로 가슴을 가릴 생각은 않고 오히려 가슴을 내밀어 더 드러내 보였다. 팽가려의 가슴이 출렁이며 오히려 보는 이들을 자극했다.

"아!"

장내의 삼만 명이 넘는 사람들은 모두 꿀꺽 침을 삼킬 수밖에 없었다. 비록 격전 중이고 언제 목숨이 달아날지도 모르는 순간이었지만 천하절색인 미녀의 몸을 볼 수 있다는 것은 묘한 흥분이었다.

팽가려는 비웃음을 던지며 말했다.

"부끄러운가요? 흥! 어차피 난 팽씨 가문도 아니에요. 당신들은 아무 상관이 없어요. 난 창녀예요. 마교의 인물에게 몸을 판 창녀! 어차피 아무 도움도 못 준 당신들이 상관할 일이 아니란 말예요!"

팽가려는 이윽고 자신의 가슴을 양손으로 잡아 벌렸다.

"앗!"

팽가려의 가슴에만 눈독을 들이던 사람들은 크게 놀라고 말았다. 팽가려의 가슴 한가운데에는 놀랄 만한 크기의 상처가 있었다. 마치 손끝으로 가슴을 찌른 듯한 보기 흉한 상처가 나 있었던 것이다.

저 정도의 상처를 입고도 어떻게 죽지 않았는지 의심스러울 따름이었다.

팽서작이 걱정스러운 눈빛으로 물었다.

"어, 어떻게 된 것이냐, 그 상처는……."

팽가려는 조소를 지었다.

"내가 그의 정체를 알아챘으니 그가 입막음을 하기 위해 날 죽이려 했던 상처죠. 하지만 난 기적적으로 살아났고 그는 완벽하게 속았어요."

팽가려는 보여줄 것은 다 보여주었다는 듯이 겉옷을 걸쳐 입었다.

"나는 그에게 복수하기 위해 마교로 잠입했어요. 마침 상처를 입고 비실대는 멍청이 하나가 있었죠. 그게 바로 마교의 총관인 북등연이었어요. 나는 그자를 사로잡아 그의 모든 것을 몸에 익힌 후 그로 행세했어요."

팽가려의 입에서 피가 흘렀다. 그녀는 자신도 모르게 감정에 휩싸여 입술을 물어뜯은 것이다. 그만큼 그녀가 가지고 있는 한이 얼마만큼 깊은지 보여주는 것이기도 했다.

"그 길고 긴 시간이 십여 년! 오늘에야 나는 모든 한을 풀 수 있게 되었어요! 호호호호!"

그녀의 웃음소리는 섬뜩했다. 장내에서 듣고 있던 모든 이들의 등줄기에는 소름이 돋았다.

여자의 한이란 이렇듯 무서운 것인가!

한여름에도 서리를 내린다는 것이 여자의 한이라지만 한순간을 위해 십수 년간이나 칼을 갈았다가 기어코는 해낸 여인의 한.

모두의 머리에는 같은 생각이 떠올랐다.

마교의 제일지존인 마상회조차 당하지 못한 무서운 한 여인이 자신들의 앞에 있다는 사실.

팽가려는 기쁜 목소리로 말했다.

"이제 내가 살아야 했던 모든 이유들이 사라졌으니 난 더 이상 살아갈 필요가 없게 되었군요. 어차피 돌아갈 곳도 없고."

팽서작은 본능적으로 자신의 딸이 무슨 짓을 하려는지를 알 수 있었다.

"안 된다! 그건 안 돼! 너에게는 돌아갈 곳이 있질 않느냐! 돌아오거라!"

팽가려는 비웃음을 날렸다.

"훗. 평생 동안 사람들의 조소를 받으면서요? 한평생 창녀라는 소리를 들으면서요? 아뇨, 이런 세상 더 살아봤자 가슴에 남는 건 한뿐이겠죠."

팽가려는 다리춤에서 숨겨놓았던 단도를 꺼내 들었다. 그리고는 그것을 자신의 가슴에 가져다 댔다.

"안 된다! 안 돼! 내가 널 평생 지켜주겠다! 그러니… 그러니 제발!"

팽가려는 처음으로 눈물을 흘렸다.

"늦었어요. 그 말을 십오 년 전에만… 십 년 전에만 들었더라도 오늘의 일은 처음부터 시작되지 않았을 거예요."

팽서작은 눈을 둥그렇게 뜨고 힘껏 앞으로 날려 했다. 그러나 그보다도 팽가려가 예리한 비수로 자신의 심장을 찌르는 것이 더욱 빨랐다.

그 순간 잠깐이나마 팽가려의 손을 막는 외침이 들려왔다.

"엄마!"

팽가려는 자신의 심장을 찌르려던 단도를 멈추고 고개를 돌렸다. 얼굴이 온통 눈물로 범벅이 된 어여쁜 아이가 그녀를 향해 소리치고 있었다.

설련이었다.

"엉엉. 엄마… 엄마……."

설련은 하염없이 눈물을 흘리며 팽가려에게 다가오고 있었다. 하지만 설련은 딱히 무슨 말을 해야 할지 몰랐다. 이미 지나간 시간은 되돌릴 수 없는 법이지만 그녀가 그토록 찾아 헤매던 엄마가 앞에 있는데… 바로 손만 뻗으면 닿을 거리에 있는데 여기에서 모든 것을 잃어버릴 수는 없었다.

비록 아빠가 엄마를 죽이려 했고 엄마는 아빠와 자신을 동시에 죽이려 했더라도 어쨌든 엄마였다. 어렸을 적 기억하고 있는 엄마의 따스함. 그것이 설사 거짓이었더라도 다시 한 번 느끼고 싶었다.

설련은 팽가려를 제대로 바라볼 수 없었다. 그것은 눈물이 앞을 가려서가 아니라 눈이 마주치게 되면 무슨 말을 해야 될지 몰라서였다.

그 마음을 알기라도 했는지 팽가려는 조금은 따스한 목소리로 말했다.

"애야, 너는 아니?"

설련은 그제야 고개를 들어 팽가려를 바라볼 수 있었다.

"내가 죽으려는 건……."

팽가려의 손이 조금씩 움직이고 있었다.

"네 앞에서 내가 죽어야 모든 복수가 끝이 나기 때문이야."

싸늘한 바람이 불어왔다.

팽가려는 다시 차가운 눈빛으로 말했다.

"그자의 더러운 피가 흐르는 네가 평생 동안… 아니, 영원토록 고통스러워해야 나의 한이 조금이라도 더 풀릴 테니까 말이야."

"아니야!"

설련이 소리쳤다.

"내 몸에는……."

설련은 팽가려에게 한 걸음씩 다가갔다. 팽가려는 놀라 소리쳤다.

"오지 마! 더러운 피가 섞인 계집!"

"내 몸에는……."

설련은 마침내 팽가려와 한 걸음을 사이에 두고 섰다. 설련은 여전히 눈물이 흐르는 얼굴로 팽가려를 쳐다보았다.

"내 몸에는 엄마의 피도 섞여 있어……."

"뭐, 뭐야!"

팽가려의 눈이 급격하게 흔들렸다. 설련은 조심스럽게, 천천히 손을 내밀어 팽가려가 쥐고 있는 단도를 잡아갔다.

"난… 난 알아."

팽가려는 입을 다문 채 아무 말도 하지 않았다.

"난 알아, 엄마가 나를 미워한 것이 아니라는 걸. 단지 엄마는 내가 엄마를 미워할까 봐 겁이 났던 거야. 나… 엄마를 미워하지 않을게. 그러니까 괜찮아, 엄마. 이제 모두 괜찮아질 거야. 조금 있으면 모두 꿈처럼 사라져 버릴 거야."

팽가려의 얼굴은 금방이라도 눈물을 흘릴 것처럼 변했다. 싸늘하게 식어 있던 눈가에 붉은색이 조금씩 퍼져 나갔다.

설련은 팽가려가 든 단도를 두 손으로 꼭 잡았다. 서로의 체온이 서로의 마음처럼 전해졌다.

"엄마……."

"서……."

순간 뭔가가 휘릭 하며 팽가려의 희고 여린 목을 거세게 움켜쥐었다.

"아악!"

"아빠!"

설련은 자신의 눈을 의심했다. 한 줌 핏물로 화해 있어야 할 마상회가 멀쩡히 일어나 팽가려의 목을 움켜쥐고 서 있었던 것이다.

그러나 막상 더 놀라야 할 것은 그의 몸이었다. 마상회의 몸은 군데군데 녹색이 퍼져 있었다. 설련의 머리를 강타한 과거의 기억!

그것은 마인.

마상회는 괴이한 웃음을 흘렸다. 그의 눈은 초점이 흐려진 채 분노로 타오르고 있었다. 점차 마인이 되어가는 것인가!

서문환이 걱정스러운 표정으로 다가왔다.

"형님!"

마상회는 괴기하게 듣기 껄끄러운 목소리로 소리쳤다.

"나는 괜찮다! 이미 마신지체에 거의 접어들어 누구도 나를 죽일 수 없을 것이다!"

"아악!"

마상회는 팽가려를 공중으로 들어 올렸다. 팽가려는 괴로워하며 공중에서 발버둥을 쳤다.

"아빠! 그러지 마! 엄마를 놔줘!"

설련이 달려드는 모습을 본 마상회는 더욱 화를 냈다.

"감히……!"

"이놈! 내 딸을 내려놓거라!"

팽서작은 자신의 쌍검을 주워 들고 일 장이 넘는 담을 한 번에 뛰어올랐다. 어쩌면 사위라 부를 수 있는… 이상한 관계.

그러나 지금 그의 눈에 그런 것이 들어올 리도 없었고 앞으로라도 인정해야 할 일이 아니었다.

팽서작은 자신의 온 힘을 다해 검을 뻗었다. 평생을 바쳐 갈고닦아온 그의 절기가 펼쳐졌다.

"혼원벽력(混元霹靂)! 쌍(雙)!"

그의 쌍검이 우르릉― 소리를 내며 마상회의 몸에 쏟아졌다. 거대한 바위도 단숨에 갈라 버리는 위력의 절기였다.

마상회는 피식 웃으며 팽가려를 그 앞으로 내밀었다.

"헛!"

팽서작은 급히 내력을 거두고 몸을 핑그르르 돌려 자신의 칼이 팽가려를 상하게 하지 않도록 했다.

그 순간에 마상회의 자유로운 한 손이 살짝 움직였다.

픽!

두 눈을 부릅뜬 팽서작의 가슴에 정확히 주먹만한 구멍이 뚫렸다. 무슨 수를 썼는지 군웅들 중 대부분이 알아채지도 못한 공격이었다. 팽서작은 실이 끊어진 연처럼 담 위로 쿵 떨어지고 말았다.

팽가려는 목이 부여잡혀 있는 가운데에서도 있는 힘을 다해 소리를 질렀다.

"아버지―"

팽서작은 팽가려의 목소리를 듣고 죽어가는 눈으로 허공에 매달린 그의 딸을 바라보았다.

"따… 딸아… 내 딸아… 이… 이 아비를 용서……."

"아버지! 아버지!"

팽서작은 부들부들 떨리는 손을 앞으로 내밀었다. 팽가려도 자신의 손을 힘껏 뻗었다. 그러나 그 사이는 너무나도 멀었다. 둘의 손은 결국 닿을 수 없었다.

"으아아아! 이놈! 아버지의 원수!"

팽서명과 팽서민이 한 자루씩의 박도를 들고 담 위로 몸을 솟구쳤다.

"흥! 감히!"

"안 돼!"

팽가려의 부르짖음에도 불구하고 마상회는 한 손을 뻗어 손가락을 튕겼다.

픽! 픽픽픽!

"억!"

팽서명과 팽서민은 온몸에 구멍이 뚫린 채 피를 내뿜으며 지상으로 추락했다.

설련은 마구 울며 마상회의 팔에 매달렸다.

"아빠! 아빠! 안 돼!"

마상회는 불길이 타오르는 듯한 눈으로 설련을 쏘아보았다. 껄껄한 음성이 그의 입에서 터져 나왔다.

"너도 한통속이냐!"

마상회는 한 손으로 설련을 쳐서 날려 보냈다.

"커억!"

설련은 입에서 피를 뿜으며 담 밑으로 나동그라졌다. 마상회는 이미 이성을 잃고 있었다. 그는 분노에 젖은 마의 화신이었다.

마상회는 하늘을 보며 소리쳤다.

"누가 감히 나를 막을 수 있겠느냐! 모두 쓸어버려라! 오늘의 피를 제물로 삼겠느니라!"

군웅들은 더 이상 살아날 방법이 없다는 것을 깨달았다.

서문환의 입에서 선고가 내려졌다.

“쏴라!”

천여 명의 사수가 쇠 화살을 날려댔다.

핑— 핑— 핑—

하늘이 온통 화살로 뒤덮였다. 화살로 새까맣게 가려진 하늘은 정파인들이 어디로 숨거나 도망갈 수도 없이 죽음을 맞아야 한다는 걸 분명히 예고하고 있었다.

“으아아—”

“커억!”

“악!”

수백의 정파인들이 고슴도치가 되어 쓰러졌다. 그러나 화살비는 아직도 멈추지 않고 있었다.

“살려줘—”

“사람 살려!”

삼면의 포위망. 그곳에서 살아날 길은 단상 뒤편으로 있는 전각들을 지나 뒤쪽으로 가는 방법뿐이었다.

그러나…

그곳에서 불길이 화악— 한꺼번에 치솟기 시작했다. 전각들이 마구 불타오르며 군웅들의 퇴로를 막았다.

군웅들이 소리를 지르자 사태는 걷잡을 수 없이 혼란스러워졌다.

“으아아! 우린 모두 죽을 거야! 살 수 없을 거라구!”

아비규환!

시체와 핏물이 땅바닥을 흘러 질퍽한 공포를 만들어냈고 뒤쪽에서는 악마와 같은 불길마저 그들의 퇴로를 차단했다. 조직적인 대응은커녕 이런 혼란 속에서야 멀쩡한 사람이 오히려 이상한 것이다.

“으?”

“화살?”

“화살이 쏟아지지 않는다?”

몇몇 몸을 피하던 정파인들이 뭔가 상황이 이상하게 흘러감을 느끼며 담 쪽을 올려다보았다.

“컥!”

“억!”

짧은 비명 소리가 장내의 아우성과 신음 소리를 뚫고 흘러나왔다. 그것은 분명 군웅들에게서 나온 것이 아니었다.

“여러분— 모두 힘을 내시오!”

서쪽의 담 위에 있던 마교 무인들이 하나둘씩 쓰러져 가고 있었다. 특히 활을 든 사수들이 피를 토하며 담 밑으로 떨어지고 있었다.

군웅들은 누군가 자신들을 도와주고 있다는 것을 깨달았다. 그들은 희망을 가지고 담 위를 올려다보았다.

누군가 소리쳤다.

“앗! 철검방의 엄휴 방주다!”

“아아!”

그것은 분명 사파의 무인들이었다. 마교도들과 어울려 자세한 수는 확인할 수 없었지만 대략 삼천 명 이상은 되어 보였다.

그 가운데에서 머리가 허연 노인이 나타나 소리쳤다.

“나는 철검방의 엄휴요! 비록 우리는 사파이지만 중원의 위기에 손을 놓고만 있을 수 없어 친구들을 돕기 위해 달려왔소! 모두 힘을 합해 마교를 무찌릅시다!”

그의 당당한 목소리에 정파인들은 잠시 부끄러움을 느껴야 했다. 사

파라 무시하고 멸시하던 자신들, 삼만이나 되는 자신들은 무조건 피하
고 도망치겠다는 생각을 한 반면에 사파의 삼천 명은 목숨을 걸고 마
교에 대항하는 것이다.

정파의 군웅 중 한 사내가 소리쳤다.

"저들은 우리의 친구다!"

그 말에 맞추어 군웅들이 소리쳤다.

"싸우자!"

"저들에게 맡겨둘 수만은 없다!"

"목숨을 걸고 싸우자!"

하나하나의 목소리는 하나의 의지가 되었다. 중원을 마교로부터 구
하겠다는 의지가 거센 광풍이 되어 휘몰아쳤다. 의지는 두려움을 사라
지게 하고 용기를 불어넣었다.

"와아아―"

그때까지 뒤로 물러서던 정파인들은 저마다 무기를 부여잡고 담을
향해 달려갔다.

하나의 거대한 물결!

자신이 감당할 수 있는 양보다 더 많은 물을 수용한 둑이 터져 버리
듯 물결이 몰려갔다.

"어차피 죽는다면 마교 놈 하나쯤 저승길의 동무로 삼으리라!"

방금 전까지 살겠다고 몸을 피하던 사람들이 모두 결사적으로 덤벼
드니 비록 위치적으로 유리한 곳에 있다 한들 쉽게 막아낼 수는 없는
법이다.

장내는 혼전으로 접어들었다.

"으아악!"

여기저기에서 터져 나오는 비명.

쨍쨍—

귓가를 쉴 새 없이 울리는 병장기 소리들.

파악—

바닥에 흐르는 질퍽한 피와 허공으로 튀어 다니는 피들.

누가 누군지도 모르는 채, 누구를 죽이는지도 알지 못한 채 마교 무인들과 정, 사파의 무인들은 싸웠다.

그 사이를 뛰어다니며 누군가를 애타게 찾는 한 사람. 보통 사람보다 머리 하나는 더 큰 건장한 덩치였으나 애석하게도 그는 싸움에 참가하고 있지는 않았다.

여기저기에서 튄 핏자국으로 벌써 온몸이 붉게 변한 남자는 재수 좋게도 자신이 찾던 사람을 담 아래에서 발견해 냈다.

"누이!"

곽산이었다.

곽산은 진류영과 헤어지는 대로 철검방으로 가 엄휴와 함께 시간에 맞추어 달려왔다. 다행히도 엄휴가 흑도련에 통합되지 않은 나머지를 규합한 수가 제법 되었기에 때맞춰 이들을 도울 수 있었던 것이다.

곽산은 정신을 잃고 쓰러져 있는 설련을 보고 일단 다친 곳이 없나 확인했다. 그리고는 설련의 몸을 흔들어 깨웠다.

"누이! 정신 차려!"

"으… 응……."

설련은 희미하게 눈을 떴다. 눈에 들어온 것은 가장 의지하고 싶던 사람.

설련은 온몸이 부서지는 고통을 느끼며 곽산의 품에 안겼다. 아직 흘릴 눈물이 남았던지 설련은 끝없이 눈물을 흘렸다.

"흐흐흑."

곽산은 이를 질끈 물고 설련을 꼭 끌어안았다.

"누이……."

그때 곽산의 머리로 긴 창이 떨어졌다.

"죽어라!"

"아차!"

지금은 혼전 중에서도 엄청난 혼전이었다. 잠시라도 한눈을 팔면 곧 죽음이 되는 것이다.

"크!"

곽산은 설련을 안고 재빠르게 땅을 굴렀다. 그 뒤로 창이 바닥을 퍽퍽 찍으며 곽산을 따라왔다.

쿵!

정신없이 구르던 곽산의 등이 담벼락에 부딪쳤다. 곽산의 눈에 태양을 등지고 창을 높게 들어 올리는 검은 그림자가 들어왔다.

"빌어먹을!"

픽—

곽산이 말을 내뱉음과 동시에 검은 그림자의 머리 부분이 감쪽같이 사라졌다. 아니, 그 머리는 이미 땅을 구르고 있었다.

검은 그림자의 시체가 쿵 하며 쓰러지자 그 뒤에는 금색의 장포를 걸친 금의인이 서 있었다.

곽산은 퉁겨나듯 일어서며 분노했다.

"역시 너였구나!"

금의인과 곽산은 서로의 눈을 쳐다보며 잠시 마주했다.

“으아아!”

금의인의 뒤쪽에서 또 누군가가 달려들었다. 금의인은 뒤도 돌아보지 않고 자신의 검을 휘둘렀다.

파직—

덤벼든 누군가는 그대로 두 토막이 나며 세상을 하직했다.

곽산은 이를 잘근잘근 씹으며 금의인을 노려보았다. 그 곁에서 오들오들 떨리는 손으로 설련이 곽산의 팔을 붙들고 있었다.

금의인은 힐끔 설련을 보더니 지체없이 몸을 돌렸다.

곽산은 금의인의 등을 향해 큰 소리를 질렀다.

“도망칠 셈이냐! 서.문.제.상!”

금의인은 멈칫하더니 자리에 섰다. 그는 불타오르는 눈으로 곽산을 바라보았다.

곽산은 이를 으득 갈며 소리쳤다.

“날 죽여라! 난 네가 원하는 것만큼의 일도 하지 못했고 지금은 그럴 힘도 없다!”

금의인은 미련없이 고개를 돌리며 말했다.

“내가 당신과 약속한 시간, 그 시간은 아직 남아 있다. 목숨을 재촉하지 말라.”

곽산은 소리쳤다.

“위지령아는 어쩔 셈이냐!”

“그녀는… 내가 안전한 곳에 두었다.”

금의인은 땅에 박혀 있던 막야현검을 뽑아 곽산에게 던져 주고는 고개를 돌렸다.

“실망이군. 너는 제대로 일을 해내지 못했어.”

금의인은 말을 마치고 사라졌다. 설련이 마른침을 꿀꺽 삼키며 물었다.

"저, 저 사람이 서문제상?"

곽산은 잔뜩 일그러진 표정으로 고개를 끄덕였다.

"놈… 나를 완전히 무시하는군. 이런 제길!"

설련이 곽산의 팔을 흔들며 물었다.

"이젠… 이젠 어떻게 하지?"

곽산은 어디선가 날아온 검을 피하며 소리쳤다.

"기다려! 진 아우가 분명… 분명 해결해 줄 거야!"

팽가려는 좀 전의 설련처럼 정신을 잃고 담 위에 쓰러져 있었다. 마상회는 팽가려 따위 관심도 없다는 듯 피와 검광이 난무하는 장내를 바라보고 있었다.

서문환이 말했다.

"형님, 이제 그들을 보낼까요?"

마상회는 고개를 저었다.

"아직. 아직이다!"

마상회는 아직 완전히 녹색의 기운에 잠식되지는 않은 상태였다. 완벽한 마신의 강림. 그 힘을 얻기 위해서는 아직 무언가가 부족했다. 그것을 위해서는 조금 더 많은 피가 모여야 했다.

서문환은 마상회의 뜻을 알았다는 듯 손을 치켜들었다.

"마황대의 고수들은 앞으로 나서라!"

그 순간 어디에 숨어 있었는지도 모르게 장내의 이곳저곳에서 검은 그림자가 튀어나왔다.

마황대!

마교 내에서도 절대의 고수들만 모아놓았다는 집단.

그 수는 많지 않았지만 그 힘은 각각이 한 문파에 필적한다는 정체 불명의 집단.

그 마황대의 고수들이 출몰한 것이다.

"크하하하! 이제야 피 맛을 좀 보겠구나!"

"끄득. 기다리느라 지루했느니!"

십여 명이 조금 넘는 마황대의 고수들은 거칠 것 없이 마구 무인들을 학살했다. 그들에게는 마교의 무인이니 정파인이니 하는 것은 상관이 없었다. 그저 근처에 있는 자는 모두 죽여 버릴 뿐.

단상 위에 있던 구파일방의 수장들이 모두 무기를 쥐고 소리쳤다.

"이제 우리가 나가야 할 차례요!"

"그 말을 기다리고 있었소이다!"

소림사의 법효, 화산파의 태허자, 무당파의 단리 진인, 곤륜파의 건천 상인, 청성파의 간융, 종남파의 탁율, 개방의 걸수노개 등은 지체할 것 없다는 듯 마황대의 고수들에게 달려나갔다.

한 명이 한 명을 상대하는 것은 어려웠다. 마황대의 고수들은 한 시대를 풍미했던 마두들이 대부분이다. 따라서 구파일방의 수장들은 상황이 되는 대로 각기 두 명이 한 조가 되어 한 명의 마두를 상대해 나갔다.

"끄득! 내 상대는 어디에 있느냐!"

이미 한 번 모습을 드러냈던 고목선자. 고목선자는 다른 마황대의 고수들이 일 대 일, 이 대 일의 싸움을 하는 것을 보며 크게 소리를 질렀다.

그 옆에서 사파인 두 명이 검을 내지르며 외쳤다.

"괴물! 네 상대는 우리 둘이다!"

고목선자는 '크아악—' 기합을 지르며 제자리에 가만히 서 있었다.

"죽어랏!"

쩡!

한 명의 검은 고목선자의 몸에 맞고 반으로 부러져 나갔으며 한 명의 검은 아예 튕겨져 나가 버렸다.

"건방진 놈들이로구나! 끄득!"

고목선자는 양손을 거세게 휘둘렀다. 엄청난 장력이 두 사파인들을 휩쓸었다.

"으아악!"

단말마의 비명과 함께 두 사파인의 상체는 피떡이 되어 허공을 비산했다. 이미 그들 말고도 다른 사람들의 육편(肉片)이 고목선자의 발 밑에 가득했다.

"으으으……."

그 끔찍한 모습에 고목선자의 주위에는 사람들이 몰려들지 않았다. 마교인이든 정파인이든 보이기만 하면 날려 버리니 당연히 그의 주위에 먹잇감이 몰려들 리 없었다.

또 어디 사냥할 거리가 없나 하고 사방을 둘러보는 고목선자의 눈에 자신의 앞으로 똑바로 걸어오는 한 사람이 보였다.

청아한 무복에 온몸에서 뿜어내는 기세. 그는 고목선자도 일전에 한 번 본 적이 있는 사람이었다.

"후후후, 일전에는 본 문에서 잘도 날뛰었소. 지금 그 빚을 받으러 왔소만."

건천 상인이었다.

건천 상인은 온몸에 가득 내력을 끌어올린 채 앞으로 다가왔다.

고목선자는 즐거운 듯 웃었다.

"끄드득. 끄득끄득. 빛 좋지!"

건천 상인은 양 발을 벌리고 쌍장을 떨쳐 냈다.

"그럼 이자까지 마음껏 받아가리다! 현학비천장 별식!"

콰콰쾅!

지금까지의 격전에서 볼 수 없었던 굉음이 사방으로 울려 퍼졌다.

"정(井)!"

후두두둑—

수십 조각으로 분리된 고깃덩어리들이 땅으로 떨어져 내렸다. 사사
마라제는 그의 붉은 검을 더욱 피로 물들이며 닥치는 대로 살육하고
있었다. 그가 지나간 길에는 그의 솜씨라는 것을 증명이라도 하는 것
처럼 절단된 몸뚱어리들이 길게 늘어져 있었다.

"음?"

그의 눈앞으로 사람 하나가 날아들었다. 이건 날아와 공격을 한다기
보다는 누군가에게 던져진 것 같은 모양새였다.

"사사마검! 정형지옥!"

허공에 붉은 정(井) 자가 새겨지며 그 사람은 몇 토막으로 허공에서
흩어졌다.

"이제야 찾았구만."

그의 앞쪽에서 흰옷을 입고 흰머리를 바람에 날리며 한 노인이 다가
오고 있었다.

“네놈이 감히 내 마누라를 건드려? 건방진 놈.”

투귀였다.

투귀는 엄휴를 성공적으로 설득하여 오늘의 결과를 만들어냈다. 그는 싸우는 것을 천성적으로 좋아하는 무인.

사사마라제에게 복수할 수 있다는 생각과 싸움을 실컷 할 수 있다는 생각이 그를 이 피가 흐르는 격전지로 오게 한 것이다.

사사마라제는 투귀가 자신의 팔을 탈골시켜 망신 주었던 일을 기억하고 있었다. 그의 얇은 입술에서 살기가 물씬 풍겨 나왔다.

“그건 나 또한 마찬가지.”

투귀는 웃음 지었다.

“잘됐구먼.”

사사마라제는 긴 검을 양쪽으로 늘어뜨린 채 달려들었다.

“간다―앗!”

투귀는 양손을 들어 올리며 사사마라제에 맞서갔다.

“감히! 한번 덤벼봐라!”

“타아앗!”

개방의 철절곤 위진개는 다른 한 명의 마황대 고수와 겨루고 있었다.

“껄껄껄. 다 늙어서 벽에 똥이나 칠하고 있을 나이에 그 모습을 하고 싸우려니 힘이 벅찬 겐가? 굼벵이보다도 느리구먼.”

위진개는 쇠로 만들어진 곤을 가볍게 휘두르며 걸걸한 입을 계속 나불거렸다.

그와 상대하는 자는 염왕마도(閻王魔刀)라는 자로 올해 팔십 세 정도였다. 다른 사람들에 비해 독특한 점은 키가 아이처럼 작고 몸집도 작은 것이었다.

그런데 얼굴은 마치 악마처럼 양끝의 입이 찢어져 있고 이마는 불룩 튀어나왔으며 팔은 땅에 닿을 정도로 길어서 괴이한 모습이었다.

염왕마도의 무기는 한 자루 거대한 도인데 도 자체의 길이가 자신의 키보다 더 큰 데다 끝에는 주렁주렁 붉은 수실을 달아놓아 그가 도를 휘두를 때마다 마치 붉은 피가 하늘에서 춤을 추는 것 같은 양상이었다.

염왕마도는 워낙에 팔이 긴 데다 무기 자체도 길어 공격 범위가 넓을 뿐 아니라 자신의 몸은 조그마하니 방어하기가 용이한 이점을 가지고 있었다.

다만 그 상대가 긴 곤을 사용하는 위진개이니 아무래도 그 이점은 십분 드러나지 못하였다.

염왕마도는 어린아이 같은 목소리로 소리를 질렀다.

"건방진 거지야! 곱게 와서 목을 내밀어라!"

염왕마도의 거대한 도가 부웅 소리를 내며 위진개의 허리를 쓸어갔다.

따당!

위진개는 철곤을 세 번이나 찔러 도의 진로를 방해하며 오히려 염왕마도의 머리를 노리고 곤을 내려쳤다.

"이 거지 놈이!"

염왕마도는 도를 회수해 위쪽을 방어하며 뒤로 살짝 물러섰다.

"아이야, 아이야! 이제 그만 집에 가서 엄마 젖이나 더 먹고 오려무나!"

위진개는 염왕마도의 화를 부추기며 빈틈을 유발하고 있었다. 염왕마도는 마침내 화가 폭발했다.

"크아아아—"

그의 머리 위에서 마구 회전하던 도가 앞으로 쏘아졌다. 도는 염왕 마도의 막대한 내력을 담고 그 크기가 세 배나 더 커져 있었다.

"음!"

위진개의 이마에 한줄기 땀이 흘렀다.

제10장
대혈전(四)

대혈전(四) 

한동안 멈추지 않을 것 같던 피의 강물은 마황대의 고수들이 투입되면서 오히려 그 양이 줄어들었다.

쾅!

장내의 여기저기에서 엄청난 폭음이 터져 나왔다. 가끔씩 하늘로 치솟는 흙더미들과 피, 사람의 팔다리는 누구에게도 두려움을 주기에 충분했다. 당연하게도 피나 팔다리는 살아 있는 사람의 것이 아니었다.

펑! 펑!

군웅들은 마황대와 정파의 고수들이 서로 싸우는 근처에는 아예 가지도 않았으니 말이다.

그도 그럴 것이 그들의 싸움 지역 내에 들어서면 자신도 모르게 휘말려 죽을지도 모르는데 누가 가까이 가려 하겠는가 말이다.

그것은 마교 또한 마찬가지.

마황대를 제외하고는 혈랑대와 이류급의 무인이 전부인 마교의 인
원이다. 그들 정도가 고수들의 사정권에 들어서면 아마 자신도 모르는
사이에 몸이 날아가 버릴 것이다.

결국 고수들 간의 대결로 전투는 좁혀지고 말았다. 정, 사파의 군웅
들과 마교의 무인들은 자신도 모르는 사이에 멀찌감치 떨어져서 구경
을 하는 입장이 되고 있었다.

담 위에서 이 광경을 지켜보던 마상회의 얼굴이 찌푸려질 대로 찌푸
려졌다. 마황대를 투입시킨 것이 오히려 실수가 된 것이다.

그는 입에서 '그르르르' 하는 이상한 소리를 내며 중얼거렸다.

"아직… 부족해. 아직 오천 명… 아니, 만 명. 만 명의 피가 더 필요
해… 모자라……."

서문환은 근심스러운 얼굴로 물었다.

"형님, 그러면……."

마상회는 우득거리며 이를 갈았다.

"그들을 이용해."

서문환은 입을 꾹 다물고 고개를 끄덕였다. 그리고는 한 손을 번쩍
치켜들었다.

"금혼강시를 출전시켜라!"

"예!"

이제는 거의 구경꾼의 신세가 된 군웅들은 연신 펑펑 터지는 폭음
속에서 뭔가 이상한 소리가 들려오는 것을 깨달았다.

딸랑— 딸랑—

"응?"

"뭐지? 난데없는 방울 소리가?"

군웅들은 심상치 않은 기운을 느끼며 혹시라도 이어질 이상한 공격에 대응할 준비를 갖췄다.

"어?"

팟!

한 명의 사파인은 누군가 자신의 발목을 잡는 것을 느꼈다. 그는 눈을 동그랗게 뜨며 아래를 쳐다보았다. 바닥에서 하나의 썩어 문드러진 손이 나와 자신의 발목을 잡고 있었다.

"으… 으아아악!"

그는 소리를 지르며 자신의 칼로 뼈가 앙상한 손목을 마구 내려쳤다.

까앙— 깡—

그러나 마치 단단한 암석이라도 내려치는 것처럼 그의 칼은 마구 튕겨져 나갔다. 바닥에서 튀어나온 손은 그의 발목에 손톱을 박아 넣었다.

"크아악!"

한 명의 사파인은 온몸을 쑤셔대는 고통을 느끼며 자신의 발목을 칼로 내려쳤다. 서걱— 소리와 함께 그의 발목이 발과 분리되었다.

하지만 이미 그의 몸속에는 독이 퍼지고 있었다. 곧 그는 온몸을 부르르 떨며 칠공에서 피를 뿜고 죽어갔다.

그 일은 한 명에게만 일어난 것이 아니었다. 장내의 곳곳에서 같은 일이 발생하고 있었다. 군웅들의 사이로 약 사천 군데에서 동시에 일어난 일이었다.

푸아악—

마침내 땅에서 흙더미를 젖히며 강시들이 모습을 드러냈다.

"으아악!"

“저, 저게 뭐냐!”

군웅들은 삽시간에 다시 혼란의 상태로 빠지고 말았다. 몇몇 용감한 이들이 자신의 무기로 강시들을 가격했으나 아무런 소용이 없었다.

“카, 칼이 듣지 않는다!”

“가, 강시다!”

까앙— 까앙—

군웅들은 눈을 감은 채 꼿꼿이 서 있는 강시를 둘러싸고 마구 공격했으나 강시는 그저 두 팔을 든 채 가만히 서 있을 뿐이었다.

곧 그들에게 생명을 불어넣는—다른 이들에게는 죽음을 알리는—종소리가 들려왔다.

딸랑딸랑—

강시들은 종소리가 울림과 동시에 눈을 번쩍 떴다. 그리고는 양팔을 마구 휘둘러 대며 군웅들의 사이로 뛰어들었다.

서걱— 픽!

“으악!”

강시들의 손에 머리가 맞으면 머리가 터지고 몸을 맞으면 몸이 찢겨져 나갔다. 강시들이 손만으로 공격하는 것은 아니었다. 발로 차면 몸이 뭉개지며 피떡이 되고 내장이 터져 나왔다.

“크아악!”

“캬악!”

마황대의 고수들과 겨루던 정파의 고수들은 자신들의 뒤쪽에서 들려오는 비명 소리에 정신이 혼란해졌다. 그 비명이 군웅들 사이사이에서 들려오니 더 신경이 쓰이기 마련이었다.

“크윽!”

　태허자는 잠시 신경을 분산했다가 자신과 상대하던 마황대의 고수에게 어깻죽지에 일장을 맞고 뒤로 밀려 나갔다. 그는 임현, 임소앵과 함께 마황대의 고수를 상대하고 있는 중이었다.

　때문에 임현과 임소앵은 마황대의 고수가 재차 공격을 하지 못하도록 사부의 앞을 가로막았다.

　태허자는 이 기회를 이용하여 자신의 제자들에게 소리쳤다.

　"임현! 타 파의 제자들과 함께 비명이 들리는 곳으로 가보거라!"

　"하지만 사부님!"

　"나는 괜찮다! 빨리 가보거라! 저들이 모두 죽으면 정파의 뿌리는 크게 흔들리게 될 것이야!"

　임현과 임소앵은 걱정스러운 마음을 뒤로하고 사부의 명에 따라 타 파의 제자들에게 일을 전하며 군웅들의 사이로 뛰어들었다.

　"아, 아니!"

　그것은 일방적인 학살이었다. 저항하지 못하는 개미새끼를 밟아 죽이듯 썩은 시체들은 도망치는 군웅들을 마구 살육하고 있었다. 손톱의 끝에는 독이라도 발랐는지 스치기만 해도 사람들이 거품을 물며 죽어가고 있었다.

　임현은 크게 노해 검을 쥐고 달려들었다.

　"한낱 망자가 살아 있는 사람을 어찌 해하는 것이냐!"

　임현의 검에서 희뿌연 유백색의 검기가 뿜어져 나왔다.

　"현천검! 일격!"

　검은 강시의 몸을 반으로 쪼갤 듯 위에서 아래로 힘차게 그어갔다. 그러나 강시는 막을 생각도 없이 그저 도망가는 자들을 향해 팔을 뻗고 있을 뿐이었다.

까앙!

"큭!"

여지없이 임현의 검도 강시의 머리를 맞고 튕겨졌다. 어찌나 내려친 힘이 강했는지 손목이 얼얼하고 손아귀가 찢어져 피가 나고 있었다.

임소앵은 보통의 검기로는 어렵다는 생각을 했는지 쌍검에 검강을 맺었다. 검기보다도 더 뚜렷하고 맑은 색이 소앵의 검에서 아름답게 빛을 발했다.

"신이십사수 매화검법! 선리저매!"

파파팟—

임소앵의 쌍검이 파르르 떨며 두 개의 매화를 그려냈다. 그와 함께 진한 매화의 향이 주위를 진동했다.

자신을 공격하거나 말거나 무작정으로 사람들을 죽이던 강시의 양팔에 매화꽃이 피어났다.

퍽— 퍽—

강시의 양팔이 검은 피를 뿌리며 터져 나갔다.

"아!"

군웅들이 희망이 담긴 눈으로 그 모습을 지켜보았다. 무적인 줄로만 알았던 강시가 검강의 공격으로 피해를 입은 것이다.

그러나 강시는 아예 죽은 것이 아니었다. 양팔은 잃었지만 두 발이 남아 있었다. 강시는 임소앵을 바라보더니 발길질을 하며 달려들었다.

쾅!

임소앵이 서 있던 자리의 땅이 움푹 패이며 사람들의 얼굴에 경악을 심어주고 있었다.

"망자는 흙으로 돌아가랏!"

임소앵은 다시 한 번 검강을 맺으며 강시의 머리를 향해 검을 뻗었다.

퍽!

강시의 머리가 터져 나가며 고약한 냄새가 나는 검은 액체가 흘러내렸다. 하지만 그런데도 강시는 죽지 않았다. 임소앵은 치를 떨며 다시 한 번 강시의 온몸을 토막 냈다.

서걱—

검에 잘려 땅에 떨어진 조각조차 꿈틀거리며 절대의 공포를 안겨다 주었다.

"헉… 헉……."

임소앵은 어느새 숨을 헐떡이고 있었다. 검강은 순수히 내공으로 만들어지는 것이고 소모도 극심해서 자주 쓰기는 힘든 것이다. 그런데 이 하나의 강시를 처리하는 데만도 몇 번의 검강을 써야 했다.

과연 얼마나 더 강시를 없앨 수 있을까.

딸랑딸랑—

"크악!"

"아악!"

임현과 임소앵의 주위에 있던 무림인들이 피보라를 뿌리며 죽어갔다.

"아니?"

임현은 긴장하며 임소앵과 등을 마주 대고 섰다.

그들의 주위에 있던 이십여 명의 무림인들은 더 이상 살아 있는 사람이 아니었다. 그 자리를 대신해 나타난 것은 다섯 구의 금혼강시였다.

"가, 강시들이!"

설련은 입술을 피가 나도록 깨물었다. 설련과 곽산은 어느새 군웅들에 휩쓸려 중앙까지 오게 된 상태였다.

딸랑—

설련의 얼굴에 피가 확 튀었다.

"크악!"

설련의 앞에서 두 구의 강시가 정파인들을 살육하며 다가오고 있었다.

"오, 오지 마!"

이미 눈이 완전히 뒤집어져 검은 동공이 보이지 않는 강시는 설련의 외침을 듣기라도 한 것처럼 흰자위를 희번덕거리며 설련에게 달려들었다. 다른 하나의 강시는 위로 뛰어올라 설련의 머리 위에서 공격을 가했다.

"받아!"

곽산이 설련에게 막야현검을 건네주었다.

설련은 막야현검을 받아 들자마자 아래로 내렸다가 위로 크게 치켜올렸다.

"월하난검!"

막야현검은 미려하도록 아름다운 큰 반원을 그리며 두 구의 강시를 동시에 반으로 갈랐다. 세상에서 자를 수 없는 게 없다는 막야현검의 위력이었다.

그러나 그 위력에도 불구하고 강시들은 땅에 떨어진 채 펄떡거리며 설련과 곽산에게 달려들었다.

몸이 세로로 갈라져 잘린 부위에서 검은 액체를 줄줄 흘리며 다가오는 모습은 다시는 보기 싫은 끔찍한 장면이었다. 설련은 비명을 지르며 검기를 마구 뿜어냈다.

"으아―"

퍽퍽퍽퍽―

강시들의 몸이 들썩거리며 마구 구멍이 뚫렸다. 설련은 미친 듯 베고 찌르고 쳐냈다. 강시들은 몸이 거의 주먹만한 조각이 되어서야 움직임을 멈추었다.

막야현검의 힘을 빈 관계로 설련은 그다지 힘든 상태가 아니었지만 정신적인 충격은 대단했다. 이런 지독한 강시들이 만일 떼거지로 덤벼든다면 설련조차 어쩔 수 없는 상태가 될 것이다.

딸랑― 딸랑―

듣기만 해도 소름이 끼치는 방울 소리가 다시 울렸다.

어떻게든 길을 열어 아빠에게 돌아가고픈 설련. 그 설련의 마음을 찢어발기기라도 할 것처럼 그녀와 곽산의 앞에는 일곱 구의 강시가 서 있었다.

"크크크크."

마상회의 음산한 웃음이 서문환에게도 꺼림칙한 기분이 들게 했다.

마상회는 이미 온몸이 거의 녹색으로 물들어가고 있었다. 머리는 점차 벗겨져 가고 온몸의 털은 서서히 사라지고 있었다.

서문환은 눈살을 찌푸리며 물었다.

"형님, 이쯤에서 의식을 시작할까요?"

마상회는 고개를 획 돌려 서문환을 바라보며 소리쳤다.

"마신을 강림시켜 완전한 마신지체를 이루려면 아직 부족해! 제물이 부족한 상태에서 마신을 부르면 내가 잡아먹힐 것이다!"

서문환은 지옥 같은 광경을 연출하는 장내를 보며 눈살을 찌푸렸다. 이미 적과 아군을 합쳐 만 명 이상은 족히 죽어 나간 듯 보였다. 남아 있는 자들의 몸은 온통 피로 물들어 있었으며 깨끗한 옷을 유지하고 있는 자는 하나도 없었다.

"…시켜."

서문환은 정신이 퍼뜩 들었다. 그는 마상회를 보며 물었다.

"네?"

마상회는 버럭 소리를 질렀다.

"남아 있는 자들을 모두 전투에 참가시키란 말이다, 이 버러지 같은 인간 놈아!"

"……!!"

서문환은 순간 마상회의 얼굴에서 악마의 형상을 보았다.

"혀, 형님?"

마상회는 잠시 어안이 벙벙해진 서문환에게 손을 흔들어 보였다.

"아… 미안하다. 잠시 딴생각 중이었다."

서문환은 일말의 불안감을 느끼며 말했다.

"지금 남아 있는 자들을 모두 참가시키면 오히려 우리도 강시에 의한 피해를 받을지 모릅니다."

마상회는 침음성을 흘리며 고개를 저었다.

"어차피 그 시간은 얼마 되지 않아. 조금만, 조금만 더 마정단이 피를 머금으면 되니까."

"…알겠습니다."

서문환은 그늘진 얼굴로 명령을 내렸다.

"모두 한번에 끝내 버려라! 모두 공격! 한 명도 남김없이 죽여 버려라!"

“와—아—아—”

담에 붙어 있던 모든 마교 무인들이 정, 사파의 무인들에게 달려들었다. 담 위에는 서문환과 마상회, 그리고 좀 떨어진 곳에서 마교 무인들을 지휘하는 금의인만이 남게 되었다.

“으아아!”

“죽여 버려라!”

“쥐새끼 하나 남겨두지 마라!”

“총공격이다!”

정, 사파인들의 눈에서도 불꽃이 번쩍 튀었다.

“어차피 강시에게 죽느니 싸우다가 죽는 게 낫겠다!”

“어차피 죽을 목숨이면 하나라도 죽이고 죽겠다!”

궁지에 몰린 쥐는 고양이를 무는 법이다. 정파인들은 강시에게 죽나 사람과 싸우다 죽나 죽는 건 마찬가지임을 알고 있었다. 그들에게는 더 이상 물러설 길이 없었다. 차라리 사람과 싸우는 것이 그나마 살 확률이 있다는 것도 잘 알고 있었다. 이미 강시에게 당한 피해가 너무 컸고 그 강시들 때문에 수적 우위도 사라진 후였다.

두 세력은 마치 달리는 소 떼처럼 거세게 충돌했다.

서문환은 총공격이 너무 성급하다 생각했지만 그 모습을 지켜보는 마상회의 입꼬리는 슬머시 치켜 올라가고 있었다.

“크크크크크.”

상황은 매우 안 좋았다.

“뭐, 뭐야, 이것들!”

고수 간의 격돌. 마황대의 고수와 정파의 고수들 또한 이런 일련의 사태에 당황해하고 있었다.

직접 맞부딪치는 자들만 이만 명! 그 이만 명이 목숨을 걸고 동시에 칼부림을 시작했으니 마황대의 고수들도 그 흐름에 쓸려 버리게 된 것이다.

"와아아—"

"죽여라!"

쨍쨍—

"으악!"

"컥!"

여기저기서 쇳소리와 비명이 마구 튀어나왔다. 이쯤 되면 절정의 고수라도 정신을 차릴 수가 없는 상태가 된다. 사람의 기척을 느끼고 등 뒤의 공격을 피한다거나 하는 일은 애초에 불가능하다.

정면에 달린 눈으로도 피아를 구분하기가 어렵고 누가 어디에서 공격해 오는지도 알 수 없었으니 그 혼란이야 오죽할까.

"빌어먹을!"

사사마라제는 인파에 휩쓸려 투귀를 놓치고 말았다. 투귀 또한 거센 파도에 쓸려 정신을 못 차리고 있었다.

이렇게 되니 더욱 신이 난 것은 강시들이었다. 아직 정, 사파의 군웅들 속에 끼어 있던 강시들은 마구 팔다리를 휘두르며 미친 듯 살육의 경쟁을 하고 있었다.

철절곤 위진개는 그와 맞서던 염왕마도를 버리고 군웅들의 사이로 끼어들었다.

위진개는 온 힘을 다해 소리쳤다.

"강시가 먼저다! 강시를 먼저 죽여야 해!"

강시 때문에 정, 사파의 피해는 극심했다. 거의 사천 구나 되는 강시들은 대략 만 명 이상을 죽음으로 몰았으며 오천 명 이상을 불구나 반죽음으로 만들었다.

위진개가 소리치는 것은 누구나 모르는 바가 아니었다. 강시를 죽일 수 없는 것이 문제였다. 강시를 처리할 수 있었다면 중앙에서 버티면 되었지, 목숨을 걸고 외곽에서 공격해 오는 적과 싸우러 갈 필요는 없었을 테니 말이다.

초고수에 해당하는 이들이 간혹 하나둘씩 강시를 처리해 가고는 있었지만 그 몇 명이 사천 구의 강시들을 모두 처리하기란 쉽지 않은 일이었다.

현재 상황은 마치 원형의 고리와도 같았다.

바깥쪽에서는 마교인들이 안쪽으로 진격하고 있었고, 그 안에서는 정, 사파의 무인들이 바깥쪽으로 나가려 애를 쓰고 있었다. 그리고 거의 시체밖엔 볼 수 없는 중앙에서는 강시들이 밖으로 이동하며 정, 사파의 군웅들을 마교인들과 협공하는 상태였다.

만일 반 시진만 지나면 정, 사파의 삼만이었던—지금은 이만 정도가 된—군웅들은 모두 전멸하고 말 것이다.

모두의 눈에 절망감이 감돌았다.

'죽었구나!'

모두의 머리 속에 똑같이 떠오른 생각이었다.

하다못해 강시들만이라도 처리할 수 있다면 마교도들과의 싸움에서는 쉽사리 밀리지 않을 것이었다.

하나하나 군웅들은 쓰러져 갔다. 그에 비해 적다고는 할 수 없는 수의 마교인들도 쓰러져 갔다. 이것은 배수진을 친 정, 사파의 폭발력 때문이었다.

바닥에 흥건히 쏟아진 피가 냇물을 이루어 흐를 정도로 참혹한 전투가 계속되었다.

"크하하하! 이제 거의 다 됐구나! 거의 다 됐어!"

마상회의 웃음소리가 피로 물든 대지를 질주하며 메아리쳤다.

이대로 마상회의 계획대로 모든 것이 끝나가는가!

약 백여 구에 가까운 강시를 처리하고 서 있을 힘조차 없는 설련의 흐릿한 눈앞에 또다시 다가오는 강시들이 보였다.

"이… 제 더 이상 힘이……."

곽산은 이미 여기저기에 상처를 입고 땅바닥을 뒹굴고 있었다. 피로 목욕을 한 것처럼 피와 살 더미에 파묻힌 곽산의 눈도 거의 생기를 잃어가고 있었다. 강시에게 입은 상처가 아니라는 게 위안이라 할 수 있었지만, 이미 많은 피를 흘린 곽산은 그것조차 지각할 수 없었다.

"아……."

정신을 잃어가는 곽산의 귓가에 어떤 염불 소리와 같은 것이 들려왔다.

"으으으……."

설련은 자신의 목을 향해 뻗어오는 강시들의 손을 보며 눈을 질끈 감았다. 그녀의 귓가에도 염불 소리와 같은 것이 들려왔다.

'나는 이미 죽었는가…….'

그것은 다른 이들도 마찬가지였다. 마치 수천 명이 동시에 염불을 외우는 듯한 소리에 모두가 손을 멈추었다.

피를 뒤집어쓴 철검방의 엄휴와 그의 아들 엄권 또한 마찬가지였다.

"아버님, 이것은?"

담 위에 서 있던 마상회는 비명을 지르며 담에서 뛰쳐 내려왔다.

그는 머리를 부여잡고 마구 땅을 구르기 시작했다.

"크아아아! 으아아악!"

서문환은 급히 담에서 뛰어내려 마상회를 붙들었다.

"괜찮으십니까, 형님!"

마상회의 온몸에는 핏줄이 불끈 돋기 시작했다. 그리고 그 핏줄이 밖으로 불거져 나오고 있었다.

"이, 이런?!"

그것은 비단 마상회에게만 일어난 일이 아니었다.

"아!"

사람들의 입에서 탄성이 터져 나왔다.

딸랑딸랑—

강시 또한 마찬가지였다. 강시를 조종하는 자들이 어디엔가 숨어서 마구 방울을 울려댔지만 강시들은 꼼짝도 할 줄 몰랐다.

강시들은 마치 따뜻한 봄날 햇빛에 눈이 녹듯 스르륵 허물어지기 시작했다. 실수로 떨어뜨린 솜사탕이 빗물에 녹아내리듯 강시들은 일각도 안 되어 한 줌의 검은 물로 화해 버렸다.

"이, 이런 일이!"

서문환은 괴로워하는 마상회를 붙들고 그 모든 광경을 똑똑히 볼 수 있었다. 십 년이란 세월을 투자해 만들어낸 금혼강시가 이렇듯 쉽사리 사라진 것에 대해 그는 허탈함을 느끼고 있었다.

염불 소리는 아직도 계속되고 있었다.

옴 타라 미린 키루나 삼바따 사바하

唵 多邏 名利尼 羯瞧那 喚婆畎 莎訶
―다라존(多羅尊)이시여, 생명을 자비로 구도(救度)하소서.

옴 나무 바가바티 사르바 부테뻐아 하 크시티 사비히
唵 南無 婆伽婆帝 薩婆 補丹那泮 係多 莎訶
―세존께 기원하나니 일체의 혼령을 청정케 하소서.

낭랑한 염불 소리는 피로 물든 사람들의 마음까지 개운하게 씻어 내리고 있었다.

누군가가 외쳤다.

"저기!"

말한 이가 손으로 정문을 가리키자 모두의 눈이 그곳으로 쏠렸다.

정문이 활짝 열리고 그곳에서 붉은 옷의 라마승들이 저마다 진언을 외우며 들어오고 있었다.

그 가장 앞에 있는 것은 바로 태양궁의 중평일과 비화궁의 홍화, 초하였다. 중평일은 누군가와 함께 한 사람을 부축하고 있었는데 그는 바로 쿰바였다.

"쿰바!"

설련은 그를 쉽게 알아볼 수 있었다. 그를 부축하는 사람은 쿰바의 형인 칭바였다. 칭바는 손발의 힘줄이 잘려 몸을 가누지 못하는 쿰바와 함께 천 명의 라마승을 데리고 나타난 것이다.

마교의 가장 주축이 되는 전력은 사천의 금혼강시. 그것이 아니라면 수에서는 정, 사파의 연합군을 쉽게 이길 수 없었다. 믿고 있던 사천 강시가 허물어진 지금 마교인들은 이미 전의를 잃은 상태였다. 게다가 그들의 수 또한 겨우 오천여 명을 넘을 정도로 줄어 있었다.

정, 사파의 무인들은 겨우 일만 오천 명이 될까 말까 한 정도가 남아 있었는데 그중에서도 반 정도는 대부분이 상처를 입고 있었다.

더 이상 싸운다면 누가 이길 것도 없이 공멸하게 될 상황이었다.

중평일이 앞으로 나서며 큰 소리로 외쳤다.

"모두 내 말을 들으십시오! 이제는 모든 게 끝났습니다! 더 이상의 싸움은 무의미하다는 것을 다 잘 알고 계실 겁니다!"

언제 치열한 전투가 있었냐는 듯 마교인들과 정파인들은 조용히 중평일의 말을 들었다.

중평일은 계속해서 외쳤다.

"더 이상 계속해서 남는 게 무엇입니까? 모두가 죽은 후에 남는 것이 무엇입니까! 다 죽고 몇 명만이 남아서 무엇을 이루고 무엇을 할 수 있단 말입니까!"

중평일의 말이 딱히 시적이라거나 감각적이라거나 하는 느낌은 없었다. 다만 그의 말은 모두가 지쳐 그만두고 싶은 마음은 있지만 멈추지 못할 때에 하나의 계기가 된 것이었다.

"집으로 돌아가십시오. 기다리는 사람을 생각하십시오. 부든 명예든 살아 있어야 바라볼 수 있는 것입니다. 아직 늦지 않았습니다. 아직은 멈출 수 있습니다."

땡그랑—

누군가가 손에서 무기를 떨궜다. 그것을 시작으로 그것은 가속화되었다. 마교의 무인들도 정, 사파의 무인들도 마찬가지였다.

땡그랑— 땡그랑—

중평일은 뒤의 홍화, 초하와 쿰바, 칭바를 바라보며 힘껏 주먹을 쥐어 보였다. '됐어! 더 이상의 살육을 막을 수 있어 다행이야' 하는 의미는 말로 하지 않아도 알아볼 수 있었다.

라마승들도 고개를 끄덕였다.

이제 길고 긴 전투는 끝난 것이다. 파괴와 살육은 멈춘 것이다. 비록 기나긴 시간 동안 오늘의 일이 원한이 될지라도 모두가 마지막까지 가지 않은 것에 대해 다행으로 생각할 것이다.

하마터면 무림이란 자체가 사라져 버렸을지도 모르는…….

"불안해……."

설련이 중얼거렸다. 그것은 곽산 역시 마찬가지였다.

다른 사람들은 조금이나마 얼굴에 평온을 가지고 있는 반면에 설련과 곽산은 아직 마음에 뭔가 걸리고 있음을 느끼고 있었다.

"여기에서… 끝났으면……."

설련이 불안한 얼굴로 곽산을 쳐다보았지만 곽산은 그에 마땅히 대답을 해줄 수 없었다. 불안한 마음은 자신 또한 마찬가지였으니 말이다.

그 불안감의 심지를 터뜨린 것처럼 다시 비명 소리가 시작되었다.

"으아악!"

"캬악!"

최초의 비명은 정문으로 들어와 있던 라마승의 제일 뒷열부터 시작되었다.

"와아아—"

거센 함성과 함께 정문에서 새로운 이들이 나타났다.

마교인들과 정, 사파의 무인들은 모두 크게 당황했다.

"뭐, 뭐냐!"

"저들은!"

그 넓은 정문을 가득 메우며 번쩍이는 병장기를 들고 나타난 이들은 앞을 가로막는 자들을 무조건 베고 있었다. 정문 쪽 대부분은 라마승들이었으므로 그들은 변변한 대항도 하지 못하고 칼에 맞아 쓰러져 갔다.

"웬 놈들이냐!"

"크악!"

라마승들은 할 수 없이 안쪽으로 몸을 피해야 했다. 결국 정, 사파의 군웅들이 있는 쪽으로 도망을 한 것이다.

새로이 나타난 이들.

그들은 마치 포위하듯 양쪽으로 촤악 갈라지며 담 밑을 빙 둘러쌌다. 담 밑에서 얼쩡이던 마교인들은 그들의 손에 가차없이 목이 달아났다.

결국 마교인들도 정, 사파의 군웅들과 라마승들이 있는 안쪽으로 몸을 피할 수밖에 없었다.

완벽한 상황의 반전이었다.

"와아아―"

그들은 몇 겹으로 겹겹이 완벽하게 포위망을 구축했다. 적어도 이만 명이 넘는 숫자였다.

이미 전의를 상실한 정, 사파의 무인들과 마교인, 라마승들은 어이가 없는 얼굴로 그들을 바라볼 뿐이었다. 더 이상 싸울 힘도 남아 있지 않았다.

이쪽은 거의 지치고 다친 이들뿐이라면 저들은 생생한 자들이다. 게다가 숫자상으로도 비슷한 수준이었다.

군웅들 중 한 명이 소리를 질렀다.

"당신들은 누구요!"

그들은 포위망을 구축하며 칼과 창끝을 이들에게 겨누고 있을 뿐 아무 대답도 하지 않고 있었다.

잠시 후 완벽히 포위망이 완성되자 정문에서 여러 명이 천천히 걸어 들어오는 모습이 보였다.

"앗! 저자는!"

"이럴 수가!"

"어떻게 이런 일이……!"

누구라 할 것 없이 정문을 보며 경악을 금치 못했다.

가장 앞쪽에서 나타난 자는 다름 아닌 마극천!

그의 곁에는 유화낭랑과 여의수제 융고가 따르고 있었으며 그 뒤로 사도십객이라는 사파의 고수들이 따르고 있었다.

군웅들은 삽시간에 어수선해지고 말았다.

"마, 마극천! 얼굴에 상처는 많지만 분명 마극천이다!"

"저, 저자는 여의수제!"

"뒤, 뒤에 있는 자는 사파 최고의 고수인 유각노괴가 아닌가!"

"그뿐이 아냐! 환살고 육마랑과 귀응훼조 우궁까지!"

누군가가 비명을 지르듯 소리쳤다.

"신귀철표 방석우다!"

쿵!

저들의 정체는 분명해졌다.

"저들은 흑도련!"

"……!!"

흑.도.련.

마극천은 양손을 활짝 벌리며 음산한 웃음을 흘렸다.

"흐흐흐. 축제는 잘 즐기셨는가……."

아무도 말을 잇지 못했다. 자신들이 이렇듯 죽어라 싸우고 있을 때 저들이 나타날 줄이야 누가 알았겠는가.

유화낭랑은 떨고 있는 군웅들을 보며 흡족한 웃음을 지었다.

무공이라고는 하나도 모를 것 같은 그녀는 도저히 믿어지지 않을 정도의 내공이 실린 목소리로 소리쳤다.

"무당의 단리 진인! 화산파의 태허자! 곤륜파의 건천 상인! 그 외 구파일방의 장문인들은 빨리 앞으로 나오시지요!"

"으음……."

군웅들은 이 사태에 대해 가만히 침음성만을 흘리고 있을 뿐이었다. 아무도 흑도련에서 무엇을 꾸미고 있었는지 알 수가 없었기 때문이다.

유화낭랑의 말에 아무도 대답하지 않고 아무도 앞으로 나오지 않자 그의 뒤에서 유각노괴가 앞으로 나오며 발을 굴렀다.

콰앙!

그가 발을 굴리자 마치 땅이 흔들리는 듯 울렁거리며 시체들과 피가 마구 튀었다.

"감히 흑도련의 련주께서 말씀하시는데 한 놈도 듣지를 않는단 말이냐!"

련.주!

유화낭랑이 바로 흑도련의 련주였던 것인가!

"그, 그간 비밀에 싸여 있다던 흑도련의 련주가!"

"흐, 흑도련이 설마 이 정도로 컸을 줄이야……!"

군웅들이 술렁대자 유화낭랑은 교소를 지으며 말했다.

"할 수 없군요. 아무래도 본때를 보여주어야겠어요."

놀랍게도 사파의 최고 고수라는 유각노괴가 고개를 숙이며 답하는 것이 아닌가!

"예! 알겠습니다, 련주님."

유각노괴는 두 팔이 없으니 다시 한 번 발을 구르며 소리쳤다.

"귀머거리들에게 뜨거운 맛을 보여주어라!"

그와 동시에 흑도련의 무인들이 우렁찬 목소리로 대답했다.

"예!"

이만 명이 동시에 소리를 질러대니 그 울림이 얼마만큼인지는 상상도 할 수 없을 정도였다. 천지가 와르르 무너지는 듯한 느낌마저 들 정도였다.

촤악―

포위망을 지키던 제일 앞 열의 흑도련 무인들이 활을 꺼내 들었다.

"혁!"

"흡!"

군웅들의 눈에 공포가 다시금 찾아왔다. 라마승들을 제외한 나머지들은 모두가 포위 상태에서의 활 공격이 얼마나 무서운지를 알고 있었다.

마교인들은 자신들이 직접 쏘아보았으니 잘 알 것이고 정, 사파의 무인들은 그것을 한 번은 당했으니 말이다.

유화낭랑이 낭랑한 목소리로 소리쳤다.

"앞으로 셋을 셀 동안에 나오지 않으면 발사하겠어요."

유화낭랑은 수를 세었다.

"하나!"

"……."

"둘!"

"……."

"세……!"

"잠깐! 기다리시오!"

사람들을 제치며 온몸이 피투성이가 된 단리 진인이 비틀비틀 걸어 나오고 있었다. 그 뒤를 이어 태허자와 법효가 따라 나왔다.

유화낭랑은 코웃음을 치며 그들을 조롱했다.

"흥! 겁쟁이들."

이어 차례차례 개방의 걸수노개까지 차례대로 유화낭랑과 마극천의 앞에 나란히 서게 되었다.

유화낭랑은 어깨에 깊은 검상을 입어 얼굴을 찡그리고 있는 걸수노개를 보며 의아하다는 듯 물었다.

"난 거지 따위를 부른 적이 없는데?"

걸수노개는 녹죽을 지팡이 삼아 겨우 선 자세로 있다가 유화낭랑의 말을 듣고는 노해 부르짖었다.

"켈록켈록! 이 가랑이부터 찢어 죽일 미친년아! 네가 방금 구파일방의 장문들을 나오라 하지 않았더냐! 켈록켈록."

유화낭랑은 눈살을 찌푸렸다.

"더러운 입을 가진 거지군요. 치워 버려요."

걸수노개의 눈이 번쩍 뜨였다.

"어딜! 켈록. 쉽게 당할 줄!"

휙—

걸수노개가 힘겹게 녹죽을 앞으로 뻗는 순간 그의 미간과 심장, 목
에는 날카로운 비수가 박혀들었다.

걸수노개는 찍소리도 해보지 못하고 쿵— 쓰러졌다.

유화낭랑은 뒤도 돌아보지 않고 박수를 쳤다.

"훌륭한 솜씨예요. 신귀철표라는 이름이 아깝지 않군요."

신귀철표 방석우는 고개를 숙이며 답례했다.

"감사합니다."

"주, 죽일……."

남은 구대문파 장문인들은 이를 부득 갈며 분을 삭이고 있었다. 지
금 나서봐야 개죽음만이 된다는 것을 알고 있기 때문이었다.

유화낭랑은 장문인들을 손으로 가리키며 마극천을 향해 말했다.

"나의 선물이에요. 당신, 마음에 드나요?"

마극천은 흡족한 웃음을 지으며 대답했다.

"아주! 아주 맘에 드는구려, 낭랑. 나는 이 은혜를 어찌 갚아야 할지
모르겠소."

태허자가 피를 토하며 소리쳤다.

"마극천! 그대는 진짜 마극천인가!"

마극천은 태허자를 보며 웃음 지었다.

"그렇소. 내가 그대들의 친구이자 벗이었던 마극천이 맞소."

단리 진인은 절룩거리며 앞으로 나섰다.

"설마… 예전의 그 원한으로 이런 일을 벌인 겐가?"

마극천은 싱긋 웃기만 할 뿐 대답하지 않았다.

유화낭랑이 대신 웃으며 답했다.

"이건 어디까지나 내가 천랑에게 선물하기 위해 꾸민 일이에요."

유화낭랑은 살짝 날카로운 눈빛을 띠며 덧붙였다.

"그리고 강호를 하나로 일통하기 위한 것이기도 했죠."

"이, 이런 씹어 죽일… 더럽고 비열한……!"

탁율이 이를 갈며 유화낭랑을 쏘아보았다. 그러나 그도 어찌할 수 있는 상태가 아니었다.

유화낭랑은 뾰족한 음성으로 소리쳤다.

"닥쳐요! 당신들은 은혜도 모르는 개만도 못한 자들이에요! 그런 자들은 그런 말 따위 할 자격이 없어요!"

태허자가 물었다.

"과거의 일은… 우리가 잘못한 것이 분명하오. 하지만 그대가 낄 자리는 아니지 않소?"

유화낭랑은 태허자를 쳐다보며 말했다.

"모르시겠나요? 나는 그와 부부예요. 부부는 일심동체죠. 어디까지나 한 몸. 게다가 난 그이에게 선물을 하고 싶었다고 했잖아요?"

태허자는 피식 웃으며 중얼거렸다.

"비싼 선물이로군."

그때 군웅들을 제치며 건장한 사내가 몸을 드러냈다. 그리고 그 뒤를 예쁜 여자가 따라 나왔다.

유화낭랑이 그들을 보며 웃었다.

"호호, 아직 살아 있었군요? 산 군, 설련 낭자."

곽산은 유화낭랑을 잡아먹을 듯 노려보았다. 이미 많은 피를 흘렸기에 혼절하고 있어도 이상한 상태가 아니었으나 곽산은 의지력으로 꿋꿋하게 걸어나오고 있었다.

"우리들을 이용한 것이었군."

유화낭랑은 살짝 미소를 지었다.

"이용했다기보다는 그대들의 궁금증을 풀어준 것. 그것으로 족하지 않은가요?"

설련이 외쳤다.

"천양묘 때부터! 팽가의 사건! 그 모든 것이 당신의 손에서 이루어진 것이었군요!"

유화낭랑이 웃으며 대답했다.

"물밑에서 오래 있다 보니 숨을 쉬기가 곤란했을 뿐이에요. 이래 뵈도 난 야심이 많은 편이거든요."

유화낭랑은 미소를 지으며 한 사람을 손으로 가리켰다.

"결정적으로 저분의 도움이 많았죠."

모두가 유화낭랑의 손끝을 따라 고개를 돌렸다.

거기에는 힘없는 모습으로 팽가려가 서 있었다. 그녀는 엄청난 혼전 속에서도 기절한 상태였기에 다행히도 액을 면했던 것이다.

팽가려는 힘없이 말했다.

"어차피 나도 당신의 도움이 필요했을 뿐. 이용당한 건……"

유화낭랑은 고개를 끄덕이며 팽가려를 향해 걸어갔다.

"그래요. 나는 이분의 복수를 위해 모든 자금 지원을 했고 이분은 나에게 마교의 모든 정보를 알려주었어요. 이분이 없었다면 가장 위협적이었던 강시의 존재도 몰랐을 거고, 그러면 결국 이 일을 성사시키지도 못했을 테죠. 거기에 운 좋게도 당신들은 서장과 인연이 있었고 나는 그것을 발판으로 삼았을 뿐."

유화낭랑은 팽가려의 바로 앞에까지 다가가 그녀의 어깨에 손을 얹었다.

"나는 당신에게 진심으로 고마워하고 있어요."

팽가려는 갑자기 눈을 빛내며 유화낭랑의 손을 탁 하고 쳐냈다. 팽가려는 마극천을 가리키며 소리쳤다.

"이 손 저리 치워! 너는 저이가 살아 있는 것을 알면서도 내게 죽었다고 거짓말을 했어! 마극천의 행세를 하는 다른 자가 그를 죽였다고 말했지. 그렇지 않았다면 나는… 나는 이런 일을 꾸미지도 않았을 거야. 넌 세상에서 제일 추악한 악녀야!"

유화낭랑은 처음으로 눈에 살기를 띠었다.

파악―

"컥!"

"엄마!"

설련은 팽가려를 향해 달려갔다.

그러나 이미 때는 늦어 있었다.

팽가려는 눈이 동그랗게 떠지며 입에서 피를 흘렸다. 그녀의 등 뒤로는 유화낭랑의 손이 피를 머금고 삐죽이 솟아 나와 있었다.

유화낭랑은 이를 갈며 나지막한 소리로 말했다.

"감히 나의 낭군을 저이라고 부르다니……."

"컥… 이… 이……."

그때 마극천의 고함이 터져 나왔다.

"가려!"

마극천은 달려오며 왼손을 거세게 뻗어냈다. 유화낭랑은 마극천이 자신을 공격하는 것을 알고 급히 몸을 피했으나 어깨에 일장을 얻어맞고 말았다.

"까악!"

마극천은 정신없이 달려오더니 피를 토하며 쓰러지는 팽가려를 감싸 안았다.

유화낭랑은 이 사태를 믿을 수가 없었다. 어째서 마극천이 자신을 공격한단 말인가!

"다, 당신?"

팽가려는 떨리는 손으로 마극천의 뺨을 어루만졌다.

"아… 흉터가……."

마극천은 눈에서 피눈물을 흘리고 있었다. 유화낭랑 따위는 안중에도 없었던 것이다.

"가려! 죽지 마오!"

팽가려는 서서히 죽어가고 있었다. 예전에 마상회에게 찔린 그 상처! 그 상처를 다시 한 번 유화낭랑의 우수가 뚫고 지나갔던 것이다. 가슴뼈가 박살이 나며 관통했으니 아마 이번에는 살 수 없을 것이었다.

팽가려는 눈물을 흘리며 말했다.

"안아줘요……."

"가려……."

마극천은 피눈물을 흘리며 그녀를 안았다. 팽가려는 마극천의 귀에 조그맣게 속삭였다.

"당신의… 품에 안겨… 죽을 수 있어… 행복해요……. 처음부터… 처음부터 당신이… 살아 있다는 것을 알았다면……."

마극천은 자신의 뺨에 팽가려의 눈물이 흐르는 것을 느낄 수 있었다.

"나도… 행복하오."

팽가려는 곧 숨을 거두었다.

마극천은 시간이 멈춘 것처럼 무릎을 꿇고 팽가려를 안고 있었다.

유화낭랑은 마극천을 향해 소리를 질렀다.

"왜! 왜! 왜!"

마극천은 몸을 움직이지도 않으며 조용히 말했다.

"당신은 잊은 게 있군. 내가 가려를 위해서 내 팔까지 잘라냈다는 걸."

"흑……."

유화낭랑은 울고 있었다. 그러나 그녀의 표정은 온통 독기로 가득했다.

유화낭랑은 울음을 멈추고 날카로운 목소리로 소리를 질렀다.

"난 당신을 위해 이 모든 것을 꾸몄어요! 내 딸아이까지 망쳐 가며 이십여 년을 당신을 위해 살아왔단 말이에요!"

유화낭랑의 목소리가 떨렸다.

"그런데… 그런데 왜! 당신은 내 맘을 알아주지 않는 거에요!"

마극천은 이미 숨진 가려를 안고 일어섰다. 마극천은 유화낭랑을 돌아보았다. 그 눈에는 온통 경멸과 분노가 섞여 있었다.

"당신은 내게 거짓말을 했소. 당신이 가려에게 거짓말을 해서 이용한 것처럼."

유화낭랑은 고개를 저으며 눈물 섞인 얼굴에 억지로 웃음을 지었다. 그녀는 장문인들을 손으로 가리키며 말했다.

"아니야… 당신은 그럴 사람이 아니야……. 여기… 여기 당신이 원하던 그자들이 있잖아. 내가… 내가 이자들을 당신에게 선물한 거야……."

마극천은 우울한 얼굴로 고개를 저었다.

"내가 당신 곁에 남아 있었던 것은 당신이 가려의 행적에 대해 알고 있다는 확신 때문이었소. 하지만 당신은 그것을 보여줄 듯하며 철저히 내게 사실을 숨겼지."

마극천은 유화낭랑에게서 고개를 돌렸다.

그것이 유화낭랑에게는 심장에 비수를 꽂는 것과 같은 일이었다.

마극천이 입을 열었다.

"다시는 나를 찾지 마시오."

마극천은 지체없이 몸을 띄웠다. 흑도련의 무인들은 그를 막아야 할지 말아야 할지 갈팡질팡하고 있었다. 그들로서는 명령이 떨어지기 전에 움직일 수가 없었던 것이다.

그때 갈의를 입은 한 남자가 순식간에 마극천의 앞에 나타났다. 마극천은 뛰어오르다가 담에 살짝 착지했다.

마극천은 그를 돌아보며 말했다.

"늦었군."

갈의를 입은 남자, 암혼수라 군악은 놀랍게도 차분한 표정이었다. 그간 광인이 되어 있던 그답지 않은 눈빛.

군악이 말했다.

"내게… 허락된다면 자네의 곁에서 평생 무덤을 지켜도 되겠는가?"

마극천은 조용히 고개를 끄덕였다. 둘은 나란히 공중으로 몸을 띄웠다.

그를 바라보던 한 사람이 말했다.

"흥! 나도 가야겠군. 한평생 저 친구와 무덤이나 지켜야 하겠지만 셋이니 적적하지는 않겠군."

여의수제 읍고는 코웃음을 치며 마극천의 뒤를 따랐다. 이렇게 되니 흑도련의 무인들도 어수선해질 수밖에 없었다.

그러나 일은 거기에서 끝나지 않았다.

검은 복면을 한 복면인 한 명이 터덜터덜 걸어나오고 있었다.

유화낭랑은 그가, 아니, 그녀가 누군지 알고 있었다.

복면인은 쓴 두건을 벗어 던졌다.

"아!"

그 얼굴을 본 사람들은 정신을 차리지 못하였다. 그녀는 다름 아닌 예민.

예민은 차가운 어조로 유화낭랑에게 말했다.

"어머니, 어머니는 어머니의 사랑을 위해 나를 이용했어요. 내 마음 따위는 생각도 하지 않고."

유화낭랑은 아무 말도 하지 못하고 멍하니 자신의 딸을 바라보고 있을 뿐이었다.

예민은 유화낭랑에게서 고개를 돌리며 조그맣게 중얼거렸다.

"이젠 모든 게 끝났어요."

그때 한 명이 훌쩍 그녀의 앞에 나타났다. 금의인이었다. 서문환과 마상회 곁에서 항상 그들을 보좌하던 금의인.

"아니! 아직 끝나지 않았소!"

금의인은 자신의 복면을 던져 버렸다.

"아!"

사람들은 그의 얼굴을 너무나도 잘 알고 있었다. 당대 최고의 미남이며 기재인 그, 서문제상이었다.

서문제상은 붉은 눈시울로 천천히 예민에게 다가갔다.

"얼마나… 얼마나 당신을 찾았는지 모르오."

예민은 울먹이며 뒤로 물러났다.

"당신이 본 모습은 나의 모습이 아니었어요. 그건… 그건 모두 꾸며낸 모습이었다구요. 인피면구를 쓰고… 난 당신을 속였어요."

서문제상은 고개를 저었다.

"나는 당신의 목소리를 들은 때부터 이미 당신이라는 것을 알 수 있었소. 얼굴 따위는 중요하지 않아요."

예민은 고개를 저었다. 그녀는 아무 말도 하지 못하고 있었다.

예민은 몸을 돌려 담 위로 뛰어올라 자리를 피하려 했다. 하지만 이번에는 흑도련의 무인들이 그녀를 가만히 달아나도록 놔두지 않았다. 어디까지나 그녀는 마교의 흑의인 복장을 하고 있지 않았던가.

유화낭랑이 소리쳤다.

"잡아!"

흑도련의 무인들은 창칼을 겨누며 예민이 달아나지 못하도록 포위했다.

유화낭랑은 독이 오른 섬뜩한 얼굴로 예민에게 다가갔다. 예민은 유화낭랑으로부터 고개를 돌리며 그녀를 보지 않으려 했다.

그러나 유화낭랑은 눈을 치켜뜨며 예민의 혈도를 찔렀다.

"악!"

예민은 그대로 몸이 굳어버렸다. 서문제상이 앞으로 뛰어오며 소리쳤다.

"무슨 짓이오! 그녀를 놔주시오!"

유화낭랑은 옆에 있던 한 흑도련 무인의 허리춤에서 검을 빼 들었다.

창—

유화낭랑은 자신의 딸인 예민의 얼굴에 검을 가져다 댔다. 그녀의 얼굴에는 깊은 그늘이 드리워져 있었다.

"남자들은 다 똑같아… 그저 미인이라면 사족을 못 쓰지."

서문제상이 소리쳤다.

"그런 게 아닙니다! 나는 그녀를 사랑하오! 그녀의 얼굴이 아니라 그녀의 모든 것을!"

유화낭랑은 클클 웃으며 검을 잡지 않은 다른 손으로 자신의 얼굴을 부욱 뜯어냈다.

"아니!"

서문제상을 비롯한 모든 이들의 눈이 놀라 동그랗게 커졌다.

반쪽짜리 인피면구를 뜯어낸 유화낭랑의 얼굴 반쪽은 화상으로 인한 흉터가 자리 잡고 있는 게 아닌가!

곽산과 설련도 놀라기는 마찬가지였다. 어쩐지 처음 보았을 때부터 뭔가 이상한 느낌이 들었던 것은 얼굴 근육의 반이 제대로 움직이지 않았던 탓일까.

사실 팽가려가 쓰고 있던 인피면구나 예민이 서문제상을 처음 유혹할 때 쓰던 것은 모두 유화낭랑이 만든 것이었다. 그녀는 자신에게 주어진 시련을 극복하기 위해 인피면구 만드는 기술을 완전히 터득했던 것이다.

유화낭랑은 서문제상에게 물었다.

"내 딸의 얼굴이 아름답지 않다면 너는 그토록 사랑하지 않았을 거야."

서문제상은 큰 소리로 외쳤다.

"내가 그녀를 사랑한 것은 그녀의 본 얼굴을 알기 전이었소!"

그러나 유화낭랑은 서문제상의 말을 듣고 있지 않았다. 유화낭랑은 겁에 질린 예민의 눈을 보며 검을 쥔 손을 힘껏 휘둘렀다.

찌익—

"아악!"

예민의 얼굴 반쪽의 가죽이 유화낭랑의 손에 의해 벗겨졌다. 얼굴에서 피가 철철 흐르고 있었다.

서문제상의 얼굴에 분노와 다급함이 어렸다.

유화낭랑은 서문제상을 보며 물었다.

"이래도 좋은가?"

유화낭랑은 마치 서문제상을 시험하는 듯한 눈초리였다. 자신의 선택이 틀린 것이 아니라 모든 남자가 그럴 것이라는 불신을 가진 눈이었다.

서문제상은 유화낭랑의 눈을 정면으로 보며 단호히 대답했다.

"물론!"

유화낭랑은 고개를 숙이고 웃었다.

"큭… 큭큭큭……. 그 말을 어떻게 믿지? 언젠가는 흉한 그녀의 얼굴이 보기 싫어질 게야. 남자는 모두 똑같아!"

서문제상은 망설이지 않고 검을 들어 자신의 두 눈을 차례로 찔렀다.

"큭!"

서문제상은 단 한 마디의 신음성만을 흘렀다.

땡그랑—

서문제상은 고통을 참지 못하고 손에서 검을 떨어뜨렸다. 하지만 그는 두 눈에서 피를 줄줄 흘리며 유화낭랑 쪽으로 고개를 들고 외쳤다.

“이것이 나의 의지요!”

예민은 그 모습을 보며 얼굴의 반이 깎인 고통과 마음속의 고통을 함께 느끼며 눈물을 흘렸다.

“제상……”

유화낭랑은 예민의 혈을 풀어주었다. 예민은 혈이 풀리자마자 자신의 얼굴 상처는 돌보지 않고 서문제상에게 달려갔다.

“제상!”

예민은 서문제상의 팔을 잡고 그를 부축했다. 서문제상은 유화낭랑을 향해 고개를 한 번 숙이고는 예민을 붙들고 당당히 정문으로 걸어 나갔다.

“어딜 가려고!”

그의 앞을 흑도련의 무인들이 막아서자 유화낭랑이 고통스러운 얼굴로 외쳤다.

“보내줘!”

“고맙소.”

서문제상은 비틀거리며 예민과 함께 장내에서 사라졌다. 유화낭랑은 흉측한 얼굴에 허탈함을 드러내며 말했다.

“다 죽여.”

그녀의 말을 들은 흑도련의 무인들은 깜짝 놀라 반문했다.

“예?”

유화낭랑은 소리를 지르며 명령을 내렸다.

“다 죽여 버려! 오늘은 저들의 피로 위안을 삼아야겠다!”

“예!”

흑도련의 무인들은 꺼림칙한 얼굴로 대답하며 가운데를 향해 활과 창을 겨누었다. 정, 사파와 마교, 라마승들은 두 주먹을 불끈 쥐고 죽음만을 기다릴 뿐이었다.

이제는 더 이상 반항하거나 덤벼들 기운이 남아 있는 사람도 없었다.

모두의 눈에 절망이 감도는 그 순간.

콰르르릉—

불에 타고 있던 전각들이 무너지기 시작했다.

"으아아! 피해라!"

군웅들이 아우성을 지르며 단상 쪽에서 물러나기 시작했다.

콰릉—

"엇?"

그러나 이어 땅이 흔들리는 듯한 진동이 이들을 덮쳤다. 그것은 담 쪽에서 일어나고 있는 일이었다.

우직—

담이 무언가에 충격을 받아 점점 금이 가기 시작했다. 그것도 한쪽이 아닌 삼면의 모든 담이!

콰앙!

마침내 모든 담이 무너지고 뒤쪽의 전각들이 모두 쓰러졌다. 담 쪽에서 보인 것은 거대한 통나무에 쇠를 입혀 마차 위에 올려놓은 듯한 병기들.

"추, 충차(衝車)!"

그것은 전쟁에서나 쓰일 법한 공성 병기였다. 성문을 부수는 데 쓰이는 전쟁용 병기.

전각이 무너진 쪽에서 보인 것은 발석차였다. 돌을 던져 성벽을 부수는 데 쓰이는 병기.

둥— 둥둥둥둥—

이어 들려오는 북소리!

무너진 담과 불탄 전각에서 보이는 수많은 깃발들!

"화, 황군이다!"

누군가의 외침 속에 군웅들은 엄청난 수의 병사들을 볼 수 있었다. 무장한 군사들이 황색의 깃발을 앞세우고 세가 장원의 사면을 모두 포위하고 있었다.

흑도련의 무인들 역시 사방을 빙 둘러 엄청난 규모로 나타난 황군을 보고 당황함을 금치 못하고 있었다. 흑도련의 무인들이 정, 사파와 마교, 라마승들을 포위한 것과는 비교조차 할 수 없었다.

가장 앞 열에는 공성 병기가 우람하니 자리 잡고 있었고 그 뒤에는 선두 열로 갑옷을 걸쳐 중무장한 기마병 일만이, 그 뒤에는 창을 든 보병 삼만이, 그 뒤로 칼을 든 도부수 오만이, 마지막으로 가장 후열에는 저마다 긴 활을 든 일만의 궁수가 시위를 먹인 채 조준을 하고 있었다.

이 엄청난 군세와 위압감!

그 누가 반항을 할 수 있겠는가!

제아무리 날뛰던 마황대의 고수들이라도, 이만의 흑도련 무인들이라도 이 장엄한 광경에 입을 다물지 못했다.

또각— 또각—

그 가운데에서 우람한 준마를 탄 세 장수가 앞으로 나섰다. 그들은 다름 아닌 익위삼장이었다.

그리고 그 뒤로 진류영이 수척한 몸을 이끌고 말을 탄 채 모습을 드러내고 있었다.

일장이 앞으로 나서며 근엄한 목소리로 외쳤다.

"민심을 어지럽히고 나라를 소란케 한 자들을 잡아들이라는 황제 폐하의 엄명이시다!"

이장이 나서며 소리쳤다.

"반항하는 자는 즉시 그 자리에서 목을 벨 것이다! 모두 순순히 무기를 버리고 투항하라!"

삼장이 소리쳤다.

"죄가 없는 자는 가벼이 처벌할 것이요, 죄가 있는 자는 엄히 처벌할 것이다! 모두가 조사를 통해 공정하게 이루어질 것이니 겁먹지 말고 명을 따르라!"

쨍그랑— 쨍그랑—

흑도련의 무인들은 투항을 택했다. 아무리 무공이 뛰어나도 십만의 병사들을 상대로, 그것도 가장 강하다는 황군을 상대로 전쟁을 벌이는 것은 무모했다.

유화낭랑은 비명을 지르는 듯 소리를 질렀다.

"안 돼! 안 돼! 안 돼!"

일장이 그 모습을 보며 소리쳤다.

"이장!"

이장은 지체없이 자신의 거대한 강궁을 들어 올렸다.

피잉—

이장이 쏘아낸 화살이 유화낭랑의 심장을 꿰뚫었다. 유화낭랑의 입에서 피가 토해져 나왔다.

"아, 안 돼! 이, 이대로는……."

유화낭랑은 쓰러지면서도 두 손을 허우적거렸다.

그러나 그것도 곧 멈추었다.

유화낭랑은 비참한 최후를 맞이했다. 그녀를 뒤따르던 유각노괴와 육마랑, 우궁 등도 모두 순순히 투항할 수밖에 없었다. 이 압도적인 군사를 상대로 조약돌을 던질 만큼 그들은 어리석지 않았다.

군사들은 하나둘씩 무인들을 포승줄로 엮고 있었다. 그 사이에는 각 문파의 장문인들과 마황대의 고수들도 끼어 있었다.

"진 아우!"

곽산과 설련이 진류영을 보고 달려왔다.

"형님! 누이!"

진류영은 반가운 얼굴로 말에서 내려왔다. 곽산과 설련은 자신들이 몸에 온통 피 칠을 하고 있다는 것도 잊은 채 진류영을 얼싸안았다.

"하하하하! 무사하셔서 다행입니다. 누이도 무사해서 다행이고."

이히히힝—

투레질하는 말을 달래며 익위삼장이 다가왔다. 일장은 곽산을 보며 말했다.

"술 약속을 잊지 않아서 다행이네."

이장과 삼장은 포승줄에 차례로 묶여 끌려가는 무인들과 잔혹한 장내를 보고 눈살을 찌푸렸다.

"정말로 처참하군. 지옥이 따로 없어. 수많은 전장을 누볐지만 이와 같이 지독한 건 처음이네."

"으음, 그래도 이 정도에서 끝나 다행입니다."

"그래, 정말로 다행이야."

곽산은 완전히 탈진한 상태로 이제는 겨우 서 있을 뿐이었다. 그것은 설련 또한 마찬가지.

진류영은 잠시 이야기를 나누다가 곽산에게 급히 물었다.

"그런데 그들은 어디 있습니까?"

"응? 누구?"

설련은 아차 싶은 생각이 들었다.

"아, 아빠?"

콰아앙—

"앗!"

단상 쪽에서 갑작스레 큰 폭발이 나며 하늘로 무언가가 떠올랐다. 동시에 여기저기로 돌덩이와 흙이 날고 폭풍이 마구 휘몰아쳤다.

우르릉— 쾅!

쨍쨍 내리쬐던 하늘은 삽시간에 온통 검은 구름으로 뒤덮이고 마구 번개와 천둥을 뿌리기 시작했다.

익위삼장의 얼굴에 경악이 어렸다.

"이, 이럴 수가!"

"어떻게 이런 일이?"

단상에서 하늘로 떠오른 것은 하나의 녹색 구슬이었다. 거의 사람 머리통보다 더 큰 녹색의 구슬은 가슴이 떨리도록 음습한 기운을 내뿜고 있었다.

진류영이 이를 악물고 소리쳤다.

"마, 마정단이다! 대마정단!"

그와 함께 한 명이 큰 웃음을 지으며 하늘로 떠올랐다.

"으하하하하!"

온몸이 녹색으로 변한 마상회!

마상회는 소란의 와중에 마정단을 숨겨놓았던 단상까지 이동했던 것이다.

그의 손에는 아직도 펄떡이는 심장 하나가 들려 있었다. 그 밑으로 단상의 가운데에 처박혀 있는 서문환! 그의 가슴에 뚫린 구멍으로 보아 마상회가 들고 있는 것은 분명 서문환의 심장이 틀림없었다.

마상회는 심장을 으적으적 씹어 먹으며 마정단에 손을 가져다 댔다.

"마정단이여! 모든 피를 먹어 문을 열어라!!"

마상회의 외침과 함께 마정단은 허공에 떠서 피를 빨아들이기 시작했다. 그간 장내에 뿌려져 흐르고 있던 모든 피가 마정단으로 휩쓸려 들어가기 시작했다.

쿠오오오오오—

그것은 하나의 괴기스러운 장면이었다.

군사들도 무인들도 모두 넋을 잃고 그 장면을 바라보고 있었다. 마정단은 장내에 뿌려진 피를 모조리 흡수하며 천천히 붉은색으로 변하고 있었다.

"으하하하하하!"

진류영은 사색이 된 얼굴로 소리쳤다.

"안 돼! 막아야 해!"

익위삼장이 급히 소리쳤다.

"활을 쏴라! 저자를 떨어뜨려라!"

넋을 놓고 그 장면을 지켜보던 궁수들이 재빨리 활에 시위를 먹이고 화살을 날렸다. 만 명의 궁수들이 쏜 화살은 새까맣게 하늘을 뒤덮으며 공중에 뜬 마상회를 덮쳐 갔다.

"크하하하! 어리석은 것들!"

휘이이잉—

갑작스레 엄청난 광풍이 불어닥쳤다. 화살들은 마상회를 향해 날아가다 그의 근처에도 못 미치고 모두 다른 곳으로 벗어나고 말았다.

"으아아아!"

아직 채 단상의 근처에서 벗어나지 못했던 무인들이 바람에 휩쓸려 멀리 나가떨어졌다.

콰르르릉—

하늘에서는 천둥이 치고 땅에서는 광풍이 불었다.

"으하하하!"

"크아악!"

엄청난 바람이 불어와 눈을 뜨고 마상회를 바라볼 수 없게 만들었다. 그의 주위 십여 장에 있던 모든 것들이 휩쓸리며 소용돌이를 만들어냈다.

그것은 하나의 벽이었다. 결계이며 방어벽이었다.

진류영이 목에 핏줄을 세우며 소리쳤다. 그 역시 고개를 뒤로 돌린 채 눈을 제대로 뜨지 못하고 있었다.

"이대로 두면 안 돼! 막아야 해! 이대로는… 이대로는 라후가 깨어나고 만다!"

익위삼장 역시 거센 바람에 몸을 돌린 채 눈을 뜨지 못하고 있었다.

일장이 소리쳤다.

"무슨 방법이 없겠는가!"

진류영이 소리쳤다.

"그의! 그의 바로 앞에까지 가야 합니다! 거기까지만 갈 수 있다면!"

설련이 소리쳤다.

"그건 불가능해! 이 바람 때문에 한 발자국도 못 갈 지경이야!"

번쩍— 콰르르릉!

하늘이 울부짖고 있었다. 하늘을 뒤덮었던 검은 구름 가운데에서 붉은 기운이 감도는 공간이 서서히 열리기 시작했다. 이미 마정단은 수만의 사람들이 흘린 피를 모두 빨아먹고 섬뜩한 붉은색의 구슬로 변해 있었다.

마상회는 마정단에 손을 얹은 채 소리쳤다.

"크하하하! 나에게 힘을 다오! 내게 모든 권능과 불멸의 육체를 다오!"

마정단의 붉은 기운은 마치 뱀이 휘감듯 마상회의 손을 타고 그의 몸을 감쌌다.

"으으으으으!"

찌직—

마상회의 눈이 갑자기 부릅떠졌다. 그의 가슴에서 무언가가 불룩 솟아오르고 있었다.

"으… 으아아아! 안 돼—"

마상회는 급히 그것을 누르려 애썼지만 헛수고였다. 이미 그의 가슴 뼈를 부수고 무언가가 그의 가슴을 뜯어먹으며 삐져 나오고 있었다.

"으아아악—"

퍼억—

마침내 그의 가슴이 열리며 하나의 머리가 튀어나왔다. 마상회는 믿을 수 없다는 듯 두 눈을 부릅뜬 채로 지상으로 추락했다.

쿵!

마상회는 몇 번 몸을 꿈틀이더니 곧 잠잠해지고 말았다. 마신의 힘을 자신의 몸 안에 잡아 넣으려던 야망을 가진 자, 마상회의 최후였다.

"으흐흐흐—"

왕방울만한 튀어나온 두 눈. 귀밑까지 찢어져 있는 입과 두터운 입술. 공처럼 둥그런 머리와 뾰족이 솟아난 두 개의 귀. 가끔 사원의 벽화에서 볼 수 있을 만한 악마의 머리!

마상회의 가슴에서 튀어나온 것은 악마, 바로 그 형상을 가진 라후였다.

라후의 커다란 입이 열렸다.

"어리석은 인간들이여, 이제 곧 나의 몸이 저 머나먼 공간에서 전송되어질 것이다. 그때에 나는 천계와 인간계를 모두 아우르는 절대의 신으로서 군림할 것이다! 경배하라! 경배하라, 나의 종들아!"

번쩍! 콰르르릉—

라후의 목소리는 크지 않으면서도 듣는 이들의 머리 속에 칼로 새겨 넣는 듯 똑똑히 들려왔다.

어둠!

공포!

두려움!

절대 악!

그 모든 것이 라후의 목소리에 담겨 있었다.

털썩— 털썩—

하나둘씩 무릎을 꿇는 자들이 생겨났다. 그들은 잔뜩 겁에 질린 눈으로 부르르 몸을 떨고 있었다.

"으… 으으으으……. 하, 하늘이……!"

군웅들과 군사들은 강한 바람이 부는 가운데에서도 하늘에 붉은 문이 생기는 것을 볼 수 있었다. 볼 수밖에 없었다. 두려움에 몸이 움직이지 않으니 고개를 든 채 하늘을 볼 수밖에 없었다.

"이, 이대로 둘 줄 아느냐!"

진류영은 입술을 피가 흐르도록 깨문 채 앞으로 한 걸음씩을 걸어나갔다. 그러나 라후에게 가까이 갈수록 바람은 심해지고 발걸음은 후들거렸다.

곽산이 진류영의 어깨를 잡고 외쳤다. 곽산은 마지막 힘을 다 짜내고 있었다.

"어떻게든 앞까지만 가면 된다 이거지!"

진류영은 이미 몸이 바람에 날아갈 지경이었으므로 대답을 하는 대신 고개를 끄덕였다.

"좋… 아."

곽산은 무엇인가 다짐한 듯 이를 악물었다.

"모든 것을… 버리겠다."

곽산은 단전을 파괴당해 모든 무공을 잃은 상태. 그런 그가 무엇을 할 수 있겠는가.

그러나 곽산은 한 가지에 희망을 가지고 있었다.

'어쩌면… 어쩌면……'

모든 것을 잃은 여의수제 융고가 자연과 하나가 되었듯 자신도 어쩌면…….

모든 것을 버려라! 인간의 감정을! 대자연을 있는 그대로 느낄 수 있는 무(無)를 얻어라!

곽산의 머리 속에서 하나의 구결이 스르륵 떠올랐다. 믿을 수 없을 만큼 머리 속이 가벼워졌다.

이미 곽산은 기쁨을 버림으로써 슬픔을 잃었다. 이때에 이미 곽산은 내공이란 것에 대해 잊을 수 있는 경지에 올랐던 것이다.

툭─

곽산은 분노를 잃었다. 곽산은 눈을 감았다.

툭─

한번 끊어진 인간으로서의 감정은 희로애락뿐 아니라 인간의 모든 오욕칠정을 앗아갔다.

그와 동시에 곽산의 존재는 사라졌다. 자리에 육체는 남아 있으되 스스로는 자신의 존재감을 느낄 수 없었다. 대신 곽산은 사물이 되었다.

주변에 흩어진 돌이 되고 검이 되고 시체가 되었다. 모든 의지를 가진 것, 의지를 가지지 않은 것들과 하나가 되었다.

이것이야말로 대자연과의 합일!

곽산은 강한 바람을 느꼈다. 강한 바람이 되었다. 아무리 강한 바람이 불어도 곽산은 밀려나지 않았다. 그 자체가 바람이었고 그가 바로 공기였다.

라후의 의지를 받은 바람의 숨결들이 곽산의 존재를 방해했다. 곽산은 그마저도 자신으로 받아들였다. 그가 바로 라후의 의지를 받은 바람의 숨결이 되었다.

진류영의 눈에 보이는 곽산은 그대로 곽산이었다. 그러나 라후가 보는 곽산은 달랐다.

"으음? 미천한 인간이!"

머리만 공중에 떠 있는 라후는 일말의 불안감과 초조함을 느꼈다.

자신이 바람으로 감싸놓은 결계에 곽산의 의지가 침투한 것이다. 그것
도 자신의 결계로 화(化)하여 말이다.

그때 붉은 공간의 문이 서서히 열리며 수십 수백만의 악마들이 나타
났다. 원숭이같이 생긴 악마, 꼬리가 달린 악마. 그 종류는 수십만, 수
백만 가지였다. 어쩌면 똑같이 생긴 악마는 하나도 없다고 생각될 정
도였다.

삐리리리리―

둥둥둥둥둥―

피리 소리와 북소리.

쨍― 쨍―

떵― 띠리링―

종소리와 현악기의 풍악이 울리며 악마들은 거대한 하나의 관을 짊
어지고 문에서 걸어나오고 있었다.

악마들은 같은 목소리로 외쳤다.

"경배하라! 경배하라, 최초의 대우주를 지배하는 유일한 신을!"

그 목소리를 듣는 지상의 인간들은 마치 지옥에 있는 것 같은 공포
를 느끼며 두려움에 덜덜 떨고 있었다. 수만의 악마들이 내지르는 소
리는 절대의 공포였다.

악마들이 두 손으로 받치고 오는 거대한 관은 아직 문을 반도 빠져
나오지 못했다. 저 관이 문을 통과하는 순간에 라후는 절대의 힘을 가
지게 될 것이다.

그러나 라후는 자신의 결계 속으로 들어오는 한 인간에게 불안함을
느끼고 있었다. 육체가 아닌 의지로 자신의 힘 속으로 들어오는 인간
을.

미약하지만 어디선가 한 번은 본 것만 같은 느낌!

라후는 소리 질렀다.

"묘덕지장!"

그와 동시에 곽산이 눈을 떴다.

양의태극검(兩儀太極劍), 궁극경지(窮極境地) 태초지검(太初之劍) 건곤이기(乾坤二氣) 자연검(自然劍) 풍(風).

촤아아악―

라후가 만들어낸 바람의 결계가 양쪽으로 갈라지고 있었다. 곽산과 진류영의 머리와 옷을 마구 날리던 바람이 한 줄로 갈라지며 더 이상 불지 않았다.

바람이 양쪽으로 갈라져 생겨난 길을 진류영이 달려갔다. 곽산은 가만히 선 자세 그대로 계속 자연검을 사용하여 진류영의 앞길을 열어주고 있었다.

"감히!"

라후는 분노에 가득 찬 소리로 부르짖었다.

"한낱 인간이 어째서 대자연과 신의 힘을 거스르려 하는가!"

라후는 온 힘을 다해 달려오는 진류영의 앞길에 절벽을 만들어냈다.

우르르릉―

갑자기 땅이 솟아오르며 진류영의 앞길을 막았다.

"크윽!"

진류영은 계속 솟아오르는 절벽 위로 거의 드러난 관을 보았다. 더 이상 지체할 시간이 없었다.

그때 다시 한 번 곽산의 의지가 대지를 갈라놓았다.

양의태극검(兩儀太極劍), 궁극경지(窮極境地) 태초지검(太初之劍) 건

곤이기(乾坤二氣) 자연검(自然劍) 지(地).

쩌어억―

위로 계속 솟아오르던 절벽의 반이 갈리며 다시 진류영을 위한 길이 생겼다.

"크… 크윽! 대단한 인간이구나! 그렇다면!"

라후는 두 눈에서 불길을 뿜어냈다. 푸른색의 불꽃이 일렁이는 지옥의 염화였다. 이것은 인간계에 존재하는 불길이 아니었다. 그가 자신의 힘을 이용하여 지옥에서 불러온 꺼지지 않는 불길이었다.

이번만은 곽산도 어쩔 수 없었다. 대자연과 하나가 된 곽산은 그것을 움직이는 힘은 방해할 수 있었지만 스스로가 대자연을 움직여 공격하거나 할 수는 없었다.

"앗!"

진류영의 몸에서 위험을 감지한 자령도가 엄청난 숫자로 갈라지며 튀어나왔다. 그러나 라후의 불꽃에 닿자마자 자령도는 눈 녹듯 녹아버리고 말았다.

진류영의 눈에 절망감이 비칠 무렵, 그의 등 뒤에서 설련이 뛰어올랐다.

"으아아아아!"

설련은 얼굴 가득 눈물을 흘리며 눈이 시리도록 아름다운 빛을 뿜어내는 막야현검을 쏘아냈다. 그 검에는 대자연에게서 빌린 힘과 설련의 온 생명을 담은 순수함이 실려 있었다. 생명의 힘이란 처음 태어날 때부터 가지고 나는 힘. 신의 축복으로 받은 그 힘은 살아가면서 쓸 수는 있지만 되돌리지는 못한다.

지금 설련은 그 힘을 사용했다. 앞으로 써야 할 모든 생명의 힘을!

설련의 입에서 울부짖음이 터져 나왔다.

월하난검(月下蘭劍), 순백지화(純白之花) 신성(神聖) 생명검(生命劍).

막야현검은 설련의 생명과 대자연의 생명의 힘을 받아 망자의 지옥에서 쏟아져 나온 불길을 헤치고 앞으로 나아갔다. 생명의 힘 앞에 지옥의 불길은 사그라들고 말았다.

라후는 설련을 보고 또다시 경악했다.

"중덕선일지장!"

라후는 막야현검의 뒤를 따라 진류영이 어느새 자신의 앞까지 당도한 것을 목도했다.

붉은 문에서는 관이 거의 빠져나오기 직전의 상태!

그리고 한순간 설련의 눈빛이 인간의 것이 아닌 것처럼 번쩍 빛을 냈다. 생의 마지막 불꽃을 태우면서 전생의 기억을 되찾은 것이다.

중덕선일지장이라 불릴 때의 자신을.

진류영은 막야현검을 다시 손에 쥔 설련을 보며 소리쳤다.

"부탁해!"

진류영은 자신의 두 팔을 앞으로 내밀었다.

온 생명을 쏟아 넣은 설련은 생명의 힘을 거의 잃은 상태였다.

이승에서의 마지막 할 일.

설련은 이미 쓰러지기 일보 직전이었으나 마지막 기운을 모두 짜내어 막야현검을 높이 치켜들었다.

잠깐 망설이는 설련을 보며 진류영은 고개를 끄덕였다.

"음."

설련은 두 눈을 질끈 감고 막야현검을 아래로 내리그었다.

파악─

붉은 피가 허공으로 솟구쳤다.

설련은 작아져 가는 목소리로 말했다.

"부탁해……."

설련은 눈물을 흘리면서 눈을 감고 쓰러졌다.

진류영의 잘린 두 손목에서 피가 폭포수처럼 허공으로 쏟아져 나왔다.

진류영은 소리쳤다.

"세존이시여! 당신에게서 빈 힘을 다시 돌리겠나이다!"

진류영의 손에서 쏟아져 나온 피는 허공에 원을 그리며 서서히 돌기 시작했다.

진류영의 낯빛이 급속도로 창백해져 갔다.

진류영이 뿜어낸 피는 빙글빙글 도는 륜(輪)이 되어 라후를 향해 날아갔다.

"아, 안 돼―!"

퍼어엉!

라후의 얼굴을 반으로 가르며 피의 륜이 솟구쳤다.

"크아아아아―"

라후는 반으로 갈린 그 상태에서도 마구 비명을 질러댔다.

진류영은 근엄한 목소리로 소리쳤다.

"모든 것은 순리대로 흘러갈지니! 돌―아―가―라―!"

콰앙!

하늘을 반으로 찢는 듯한 괴성과 함께 라후의 잘린 머리는 붉은 문으로 빨려 들어갔다.

"우워어어어어―"

　다 빠져나왔던 관과 그 관을 메고 있는 수백만의 악마들도 항거할
수 없는 힘에 휘말려 붉은 문으로 밀려들어 갔다.

　콰아아아아—

　모든 것을 빨아들인 붉은 문은 소리없이 닫히고…

　마침내…

　사라졌다.

　"아……."

　이 광경을 지켜본 모두의 눈에 경탄과 감동이 일렁거렸다.

　그들의 눈앞에 남은 것은…

　온통 폐허가 된 장내와 죽어간 자들의 시체, 살아남은 자들의 기쁨.

　그리고……

　온통 새까맣게 하늘을 덮고 있던 검은 구름의 사이로 비치는… 맑은
하늘이었다.

최종장

영웅무가(英雄舞歌)

영웅무가(英雄舞歌)

가을의 높고 푸른 하늘은 익어가는 단풍의 정취와 함께 맑은 햇살을 선물한다. 지저귀는 산새들은 높은 산을 찾는 손님들에게 잠시의 여유와 소박한 기쁨, 잃어간 미소를 다시금 찾게 한다.

그 가을.

어느 조그마한 산사의 상큼한 풀잎들은 낯선 두 방문자로 인해 머금었던 이슬을 떨구며 소란을 피웠다.

낯선 두 방문자는 염불 소리와 목탁 소리가 들려오는 암자의 앞에서 걸음을 멈추었다.

양손에 친친 붕대를 감은 청년은 행동이 부자연스러운지 그 옆에 동행한 귀여운 소녀의 도움을 받아 무릎 꿇고 절을 했다. 인기척을 느꼈는지 낭랑한 염불 소리가 잠깐 멈추며 암자 안에서 청아한 목소리가 들려왔다.

"뉘시오? 이런 이른 새벽부터 암자를 찾으신 시주는."

붕대를 감은 청년은 알 듯 말 듯 담담하고 현현한 미소를 지으며 조용히 그 말에 답했다.

"접니다, 어머님."

쉬지 않고 울려오던 목탁 소리가 살짝이 멈추었다.

아직 열리지 않은 방문의 안에서 떨리는 목소리가 들려왔다.

"사… 람을 잘못 찾으신 모양입니다."

청년은 무릎을 꿇은 그대로 미소를 지으며 대답했다.

"그렇습니다. 제가 잘못 찾아온 것 같습니다."

방문 안의 여승은 아무 말도 하지 못하고 있었다. 어찌 잘못 들으면 숨죽여 흐느끼는 소리가 들려오는 것도 같았다.

청년은 미소를 잃지 않으며 조용히 말했다.

"제게는 어머님이 한 분 계신데, 제가 열 살 때 저를 위해 불공을 드리러 가셨답니다. 저는 어머님의 덕으로 남들보다는 짧지만 누구보다도 긴 여행을 할 수 있었습니다."

청년의 곁에 있던 소녀가 참지 못하고 울음을 터뜨렸다.

"흑… 흑……."

청년은 담담한 미소로 소녀를 한 번 쳐다본 다음 다시 입을 열었다.

"이제 저는 이 세상에서 가질 수 있었던 많은 좋은 추억을 가지고 여행을 마치려고 합니다."

방문 안의 여승은 다시 목탁을 두드렸다. 그리곤 여승은 반쯤 울먹이는 목소리로 말했다.

"시주의 어머님은 분명 그대를 자랑스러워하실 것입니다. 분명히……."

청년은 그제야 활짝 웃으며 절을 했다. 손목이 없어 절을 하는 데 불편했지만 그것은 큰 문제가 되지 않았다. 청년은 두 번의 절을 마치고 소녀의 도움을 받아 산사를 조용히 내려갔다.

따사로운 햇살이 새벽의 싱그러움을 빛내며 조용한 산사의 아침을 맞이하고 있었다.

"효령, 내가 떠나도 너무 슬퍼하지 마세요."

진류영은 바싹 야윈 모습으로 침상에 누워 있었다.

"걱정 말아요, 가가."

효령 공주는 애써 웃음을 지으며 진류영의 얼굴을 쓰다듬었다. 진류영은 눈을 감고 부드러운 효령 공주의 손길을 느꼈다.

"효령, 탁자 위의 저 구슬은 내가 죽거든 함께 묻어줘요."

진류영은 힘없이 떨리는 손으로 탁자 위의 회색 빛 구슬을 가리켰다. 그의 손끝은 손목부터 뭉툭하게 붕대로 감겨 있었다.

회색 빛 구슬. 그것은 마신 라후를 부활시키는 대마정단이었다. 또한 진류영이 천수를 누릴 수 있게 하는 비밀이 담긴 것이었다. 하지만 그렇게 되면 다시 같은 일이 반복되게 된다. 이미 진류영은 결정을 내렸다, 더 이상의 윤회는 거듭하지 않겠다는.

"알… 았어요."

효령 공주는 눈에 가득 고인 눈물을 몰래 손등으로 훔치며 고개를 끄덕였다.

밖에서 인기척이 났다.

진류영은 창백한 얼굴에 미소를 지으며 말했다.

"나를 부축해 주겠습니까. 밖에 손님이 찾아온 모양이에요."

효령 공주는 말없이 진류영을 부축했다.

진류영은 효령 공주의 부축을 받아 힘겹게 작은 오두막의 밖으로 나
갔다.

화창한 날씨.

오두막 앞 작은 마당에는 누군가의 무덤인 듯 작은 묘가 있었다. 그
리고 그 묘의 곁에는 삿갓을 쓴 건장한 체격의 스님이 한 명 서 있었다.

진류영은 묘와 스님을 동시에 바라보며 싱긋 웃었다.

스님이 진류영을 보며 무덤덤한 목소리로 물었다.

"이제 떠나는 겐가?"

진류영은 조용히 대답했다.

"새로운 여행을 떠날 뿐이지요. 그보다 스님 생활은 할 만합니까?"

스님은 삿갓을 벗었다. 파르라니 깎은 머리가 왠지 스님의 덩치와는
어울리지 않는 듯.

"내가 딱히 갈 곳이 어디 있겠나. 이 정도면 할 만하고 자시고 할 것
도 없는 게지. 그보다 시주, 시주의 여비는 몇 푼의 은자로 충분하지
않겠나? 나라에 가뭄이 들어 다들 생활이 어렵더군."

스님은 몇 푼의 은자를 손에 들어 보였다.

진류영은 그 모습에 여전히 웃음 짓고 있었다.

"충분합니다."

스님이 다가와 진류영을 부축해 무덤 옆 긴 침대형의 의자에 앉혔
다. 그리고는 따뜻해 보이는 천을 위에 살짝 덮어주었다.

"형님은 역시 스님이 잘 어울리지 않는 것 같습니다."

스님은 무표정한 얼굴로 진류영을 바라보며 말했다.

"이미 산이라는 이름도, 형이라는 연도 버린 지 오래라네. 속세에서
입었던 때를 많이도 벗었다네. 하지만 떠나는 사람을 위해 춤 정도 춰

줄 수는 있을 정도의 때는 남아 있다네.”

그때 마당 저쪽에서 새로운 손님 둘이 나타났다. 남자는 수려한 용모의 미남자였으나 장님인 듯 행동이 불편했고 여자는 얼굴의 반쪽이 흉하게 일그러져 있었지만 다른 반쪽은 아름다운 미모를 가지고 있었다.

장님인 남자가 다가오며 말을 걸었다.

“떠나는 사람에 대한 배웅이 너무 초라하구려. 배웅이란 것은 원래 소란해야 하는 것 아니겠소.”

스님이 장님인 남자와 흉한 얼굴을 가진 여자를 보며 말했다.

“그대와의 연이 항상 마음에 걸렸으나 오늘에야 비로소 연을 종식할 수 있겠구려.”

장님인 남자는 미소를 지으며 말했다.

“그거 좋소이다. 사실 난 오늘 스님께서 과거에 맺으셨던 위지가의 한 여인이 잘살고 있다는 소식을 전하러 왔소. 하지만 오늘 스님을 보니 내 쓸데없는 짓을 하려 한 것 같소.”

스님이 말했다.

“그대와의 연이 내 생전의 마지막 연이 될 것이라오.”

“그 연을 어떻게 끊을 생각이오? 스님이 내 목숨을 원한다면 칼을, 복수를 원한다면 나는 춤을 추어드리겠소.”

스님이 말했다.

“그것은 정말 좋은 생각이오. 그대는 눈이 보이지 않으니 칼 따위는 필요없소. 모든 것을 훌훌 털어버리고 함께 춤을 춰봅시다.”

그 모습을 바라보는 진류영의 입가에 웃음이 자리 잡았다.

두 남자는 춤을 추기 시작했다.

너울너울 푸른 하늘을 노니는 나비처럼,
굽이굽이 흐르는 냇물의 펄떡이는 잉어처럼,
사르륵 고개를 흔드는 풍요로운 논의 황금빛 물결처럼,
하얀 나뭇가지 위에 소복이 피어난 눈꽃처럼.

조용하게 시작된 두 남자의 춤은 점차 절정으로 치달았다.

흙보라를 일으키며 질주하는 한 마리 야생마처럼,
갈기를 휘날리며 포효하는 성난 사자처럼,
활짝 편 날개로 하늘이 좁다 날아다니는 한 마리 봉황처럼,
천지를 진동시키고 천둥 벼락을 물고 오르는 용처럼.

효령 공주는 떠나는 그의 연인을 위해 노래를 불렀다.
고운 노랫소리가 두 남자의 춤과 어울려 작은 오두막에서 울려 퍼졌다.
한참이나 계속되던 두 남자의 춤이 조금씩 조금씩 그 열기를 줄여갔다.
춤은 어느새 마무리를 지어가고 있었다.
진류영은 행복한 미소를 지었다.
짧은 생. 긴 인연.
진류영은 조용히 눈을 감았다.

〈영웅무가 완결〉